Ronso Kaigai
MYSTERY
272

ボニーとアボリジニの伝説

Arthur Upfield
The Will of the Tribe

アーサー・アップフィールド
稲見佳代子［訳］

論創社

The Will of the Tribe
1962
by Arthur Upfield

目次

主要登場人物

ナポレオン・ボナパルト（ボニー）……警部
ハワード……巡査
カート・ブレナー……牧場主
ローズ・ブレナー……牧場主の妻
ロージー・ブレナー……ブレナー家の娘
ヒルダ・ブレナー……ブレナー家の娘
ヤング・カル……ブレナー家の牧夫
オールド・テッド……ブレナー家の牧夫
ジム・スコロッティ……ブレナー家の料理人
テッサ……ブレナー家の養女
キャプテン……ブレナー家の馬の調教師
ガプガプ……アボリジニの酋長
ポッパ……アボリジニの呪医
モーンディン……野蛮なアボリジニの酋長
ローレンス……アボリジニの男
ワンディン……アボリジニの女
ミッティ……アボリジニの男
トビー……アボリジニの男
ルロイ……牧場主
エセル・ルロイ……牧場主の妻

ボニーとアボリジニの伝説

第一章　ルシファーのカウチ

ナポレオン・ボナパルト警部は〈ルシファーのカウチ〉を見て思わず息をのんだ。その闖入者《ちんにゅうしゃ》は相当な大きさだったにちがいない。このレモン色の砂と赤金色《レッドゴールド》の岩だらけの地面にこんな跡を残すほど。その闖入者が一九〇五年の年の瀬も押し迫った頃にやって来て、深さが数百フィート、周囲が一マイルもある穴を掘り、そこから引き上げた岩や石をその穴のまわりの平地に百フィートほどの高さにまで積み上げたのを、ホールズクリーク（オーストラリア、西オーストラリア州北東部にある集落）の住民たちは覚えていた。その衝撃はなんともすさまじいもので、砕けた石の輪を穴のまわりに三重に隆起させていた。一番内側の輪はその穴から半マイルの位置にあり、真ん中のは四分の三マイル、外側のはゆうに一マイルの距離にあった。

それは斜めからの落下ではなく、垂直の落下だった。というのは穴のまわりの壁が完全な円形になっていて、一カ所を除けばその頂上までの高さも幅も一様だったのだ。時々降ってくるモンスーンの猛烈な雨や、春と秋に吹く激しい風が、くずの砕石から土を取ってしまっていた。そしてもともと雲母の多い硬い砂岩がセメントのようになって壁を形成し、まるでファラオに仕える建築技師によって考案され、奴隷の労働によって造られたような、輝くばかりの記念碑を作り上げていた。壁の内側では、その穴の床の土砂が、中央にある水たまりまでゆるやかに傾斜しており、そこには砂漠の広葉樹が何本か茂っていた。

「ここは平地から百フィートほど高くなっているね、ハワード君。二、三百フィート下に水たまりがあるな」ボナパルト警部が言った。「ここの由来を教えてくれるかね」

屈強な体格で、彼らが座っている壁と同じくらい太陽の日差しや風にさらされてきたように見えるハワード巡査が答えた。

「一九〇五年に隕石が落ちたんです。これが三百年前に落ちた隕石の跡だと主張する地質学者も二、三いるんですが、当時目撃した人間はそんな話信じようとしませんね。ホールズクリークの住民は実際に炎を上げている物体を見て、爆発音を聞いてます。何しろ彼らの住んでる場所から六十五マイルしか離れてなかったんですから。

当時この一帯は牧場主の所有地ではありませんでね、ホールズクリークへの出入口は北部海岸にあるウィンダムだったんです。だからはるばる調査に来る人間なんぞ誰もいませんでしたよ。ボーデザートが牧場主の所有になってからも、牧夫がわざわざここまで登って来ることなどなかったんです。この場所は、頂上の平べったい、ただ石の多い低い丘みたいでしたからね。実際このクレーターはつい最近の一九四七年に、たまたま上空を飛んでいた石油試掘団が発見したんです。

この発見のあと、かろうじて十二人ほどの牧夫がここにやって来ました。で、一九四八年にオーストラリア地理学会が派遣した探検隊のメンバーがここの写真を撮って報告したのに続いて、最初に来た一行のトラックの車輪の跡をたどって、別の一団が来ました。

そして今年の四月二十七日のことですが、また飛行機が偶然上空を飛んでいたら、飛行機に乗っていた人間が、その穴の中に死体らしきものがあるのを見つけたんです。で、それはまさしく死体だった。死後数日たった白人の男の。その男はどうやってそこに来たのか？　その男は誰なのか？　誰にもわかりませんでした。身の回りのものを入れた袋も水入れ袋も持っていなければ、装備を何一つ身に着けていなかったんです。服は汚れて傷んでいて、ブーツは修理が必要な状態でした。もちろんこの国では、無線で報告せずに旅をして回ることなどできないはずなんです。それがたとえ旅行中の政治家であれ、探鉱者であれ、よそ者はニュースになるのです。あらゆる牧場居住区で、格好の噂話の種になるんです。ここは西にあるダービーまでは三百マイル、北のウィンダムまでは二百マイル、ダーウィンまでは五百マイル程度です。それらの地点を結ぶ一帯には牧場居住区がたくさんあり、それ以上にアボリジニが大勢住んでいます。そして、黒人であれ白人であれ、誰もその死んだ男のことは報じてなかったんです」

「その中でも近くにある牧場はディープクリークとボーデザートか」とボナパルトが口を挟んだ。

「そのどちらかの人間がこの男の死に関わっているかもしれんな」

「そうですね」と巡査がうなずいた。「それでも、その二つの牧場は比較的接近してますし、よそ者が無線で報告されることもなく通り抜けては行けなかったでしょう。ここからディープクリーク牧場が見えますよね。ホールズクリークからダービーに行くのに、ボーデザートの道を通って行くことはできません。その間には千マイル以上もの砂漠が広がっていて、この砂漠には百パーセント野蛮なアボリジニが住んでますから。つまりわたしたちはその死んだ男の身元を特定できないばかりか、どの地点からもその男の足取りを追うことができないんです。唯一考えられる説は、いや、説でも何でもないんですが、その男が飛行機から落下したということですが、それもありえませんでした。なぜなら男は頭蓋骨以外はどこも骨折してなかったからです」

ボナパルトは立ち上がって顔を北に向け、周囲の砂漠をじっと見つめた。彼の目には、内側と真ん中の砕石の輪と、闖入者の熱によって焼けて灰になった地面との境界線が見えた。その境界線の向こうにある低木林は年月を経ており、そのまた向こう側には大昔からあるゴムの木が茂っていて、ディープクリークとの境を成していた。川《クリーク》の木々は、風化されて残った赤く平らな丘と、かみそりの刃のように鋭い緑の急斜面と、黒々とした小さな峡谷から成る、まるで多色使いの敷物のようなキンバリー高原に縁をつけているように見えた。

西に三マイルの場所にディープクリーク牧場が見えた。無造作に地図に目を走らせただけでも、公式名〈ウルフ・クリーク・メテオ・クレーター〉が西オーストラリアの内陸部にある広大な砂漠の北端に位置しているのがわかる。

「あの水たまりの木は平地の木より若いですよ」ハワード巡査が言った。「それが、その隕石が今から六十年以内に落ちたことを何より立証してますよね。三百年前ではなくて」

砂漠のふもとには東西の方向に山々が鎮座しており、一日のうちのこの時間になると、南のほうへ果てしなく広がって軽やかにきらめいている平地に比して、暗く不気味に見えた。ボナパルトはまた腰を下ろし、別のタバコに火を点けて言った。「この場所で死体が発見されてから、現在までに何があったか教えてくれるかね。事件の概要には目を通したんだが、きみからも話を聞きたいんだよ」

「その死体は、鉱物資源の調査に来ていた一行が四月二十七日に発見したんです。この日の早朝、ディープクリークの牧場支配人と牧夫たちは、南へ向かって牛を駆り集めに出かけました。牧場では通常の日常作業が行われてました。アボリジニの女《ルーブラ》たちは洗濯をし、キャプテン《マスター》と呼ばれているアボリジニの男は馬を馴らしており、支配人の妻はいつもながらの雑用を片付けていて、幼い二人の少女たちは、テッサという教育を受けたアボリジニの娘に勉強を教えてもらっていました。

十時を少しまわった頃、飛行機に乗っていた一団が地上に手紙を落としました。その手紙にはこう書かれてあったんです。〝クレーターに、負傷しているかあるいはすでに死亡している男性がいる模様です。調べたほうがよいと思われます〟と。すぐに牧場の料理人のジム・スコロッティという白人の男と、キャプテンと呼ばれているアボリジニが、料理人の古い小型トラックに乗ってここに来ました」そう言うとハワードは、クレーターから遠くの牧場までくねくね続いている、明確な轍《わだち》を指差した。「あの車輪の跡は、最初に料理人の小型トラックがつけたもので、その跡をさらに調査の車両が通ったんです。

二人の男が牧場に戻って来ると、支配人の妻のブレナー夫人が無線機を作動させようとしました。でも彼女も料理人もその機器にあまり明るくなくて、作動させることができなかった。それでスコロッティが、二十七マイルの道をボーデザートまで運転していって、警察本部を呼び出したんです。で、本部から連絡を受けたわたしはただちに出発し、牧場に到着しました。

わたしがトラッカー（警察が犯人や迷子の捜索に使うアボリジニ）を二人連れてボーデザートに着くと、ルロイ夫人が、夫はディープクリークの無線機を作動させに行っていて、クレーターの死体のことを聞いた黒人たちが急いでウォークアバウト（アボリジニが仕事を離れて送る森林地での短期間の放浪生活）に出てしまったと知らせてきた、と言ったんです。馬の調教師のキャプテンとアボリジニの娘のテッサまで出て行ってしまったと。でもわたしがディープクリークに着いたときにはもう二人は帰って来てましたがね。

もう日が暮れかけてましたし、わたしは夜間に歩き回ってこの場所の痕跡を台無しにするつもりはありませんでした。わたしは夜明けを待ってルロイとトラッカーと一緒にここに来て、死体のところまで降りて行ったんです。料理人とアボリジニの馬の調教師がつけた足跡ははっきりしていましたが、わたしのトラッカーですらそれ以外の人間の足跡を見つけることはできませんでした。死んだ男の足跡もね。死んだ男が死体が発見された場所まで自分の足で歩いて行ったんだとしたら、足跡が残っているにちがいないんですが。あるいはもし男がそこまで運ばれたんだとすれば、彼を運んだ男または男たちの足跡がきっと残っているはずでしょう。ですが今お話ししたように、そこにある足跡は料理人とアボリジニのものだけでした。わたしはトラッカーを壁ぎわに沿って歩かせましたが、それでも何も見つけることはできませんでした。もちろん二人とも優秀なトラッカーなんですけどね」

ハワード巡査はいったん話を中断してタバコに火を点け、また話を続けた。「わたしの部下が午後にリーディー医師と一緒にここへ来て、医師が死体を調べました。死体は鳥に襲われてひどく損傷していましたが、男は遅くても三日前、早ければ六日前に死んだという自説に医師は固執しました。まったく湿気がないせいで、鳥に攻撃されてない体の部位に天然痘の痕があることもわかりました。また片方の手は損傷していなかったので、なんとかはっきりした一組の指紋をとることができました。それとひとそろいの義歯もです。男の年齢は四十五歳前後。身長は五フィート十一インチ。ブーツのサイズは八。帽子のサイズは七と四分の三。体重はおよそ十二ストーンです。衣服は平均的な奥地《ブッシュマン》の住人と同じくらいにくたびれていました。

翌日、検死官とダービーの医師が到着して、二人とも最初のリーディー医師の所見に同意しました。あとはもうその死体をホールズクリークまで運んで埋葬する以外に何もすることはありませんでした。検死官の見立てでは、その男はかなりの力で後頭部を鈍器で殴られて殺害されたということでしたね」

「X印のついている場所まで降りて行ってみよう」とボナパルトが言った。

降りて行くにつれ、クレーターの周囲の壁が彼らの前にそびえ立ってきて、ボニーはこのクレーターの巨大さにますます圧倒された。砂だらけのロームの床面に立ってアリーナの急斜面を見ていると、古代ローマの円形闘技場で苦悶する犠牲者の目に映った光景はかくのごときかと思わせられた。陽光が巨大な岩壁を金色に輝かせていた。クレーターの外側で吹いていたかすかな風は遮断されていた。気温は外側より少なくとも十度は高く、真夏ならゆうに五十度は超えるだろう。ハワードがまだ四本の木の杭で印をつけてある場所まで先に立って歩いて行った。

「ここにあおむけに倒れていたんです」と彼は言った。「片方の腕を伸ばし、もう片方は尻の下で折り曲げて。両脚はまっすぐ伸ばしていましたが、いくぶん膝のところが上がってました。医師たちは、その死体が捨てられたときにはすでに死後硬直が始まっていたようだと考えました。彼らは死体は捨てられたものと確信していましたね。つまり死んでからここまで運ばれたと」

「クレーター内にも外側にも足跡はなかったときみは言ってたが」

「一つもありませんでしたよ」

「アボリジニは足跡を消す名人だし、足跡を残さないようにするのが非常にうまいからな」とボナパルトが、部分的に砂漠の低木でおおわれている水たまりの縁に佇んで独り言のように言った。それは直径十五フィートほどで、深さが八フィートくらいあり、ぬかるみにはまり込んで身動きがとれなくなってしまったカンガルーの何匹分かの骨があった。今は地面は堅牢だった。

「死体が発見されたのは四月二十七日だったね」ボニーが言った。「今日は八月七日だから、ざっと十四週間経過している。それにしちゃここの痕跡は周囲の壁のせいでよく保存されているね。この現場の証拠捜しを打ち切ったのはいつのことだね？」

「五月の十八日です」ハワードが答えた。「その日に、大がかりな最後の捜索のようなものがあったんです。五月十二日にブレナーと使用人たちが牛を連れて戻って来て、トラッカーたちとキャプテンと、ウォークアバウトから二、三日前に戻って来たディープクリークの黒人たちに合流しました。その日はあの赤っぽい壁がほとんど崩れ落ちるかと思いましたよ」

彼らは壁を昇った。壁はひどく険しかったので、二人はたびたび両手を使って昇らなければならず、頂上まで着いてやっと一息ついた。

「きみのトラッカーたちは、その事件のことで何か言っていたかね？」

「いいえ。でも彼らが何か不安に思ってるのはわかりました。と言っても黒人たちは、理解できないことについちゃ何でも不安がりますけどね」

「きみはどう思う？　犯人は黒人だろうか？　それとも白人かな？」

「断定はできませんがね。でもどこかの時点で関わりのあった黒人だと思います。アボリジニにも二つのタイプがいましてね、南のほうにいる野蛮な輩と、ディープクリークやボーデザートにいるような半ば文明化された連中がいるんです。わたしはウィンダムの巡査部長のようなキンバリー高原の人間じゃありません。彼なんかは、殺しなんぞやるのは野蛮な黒人に決まってるから、飼いならされた黒人たちは口をつぐんでると思ってますよ」

「確かに彼らが口をつぐんでる可能性もあるよ、ハワード君。その方向で考えてディープクリークまで行ってみるか。聞くところによるとブレナー家の人々は社交的だそうな。一カ月かそこらその評判の真偽を検証しないといけないかもしれん。ブレナー家とはどういう家なんだね？」

「ざっとかいつまんでお話ししましょう。ウィンダムの巡査部長によりますと、最初ブレナーは牧夫として働いていて、やがて家畜商人になり、のちに自身で家畜商人の会社を持って、オーストラリア北部全域で活動するようになりました。彼は決してこちらが心配になるような人間ではなく、われわれにも常に協力的なようでした。時々、牛をめぐっての民事訴訟に巻き込まれることはありましたけどね。彼の雇い主やらほかのオーナーやらと。でもまあその程度のことです。その後彼はディープクリークの牧場支配人の職を得ました。そしてパースの大物実業家の秘書をしていた女性と結婚したんです。彼女をここに連れて来たとき、彼らは満足げに高笑いしていましたよ。でも今は彼らは高笑いなどしません。結婚してカート・ブレナーはすっかり落ち着きました。結婚するとわれわれはたいがい落ち着くものですよね」

「確かに結婚には人の気分を落ち着かせる効果はあるな」ボナパルトが笑いながらうなずいた。「どうやらここで快適な時間を過ごせそうだよ。ほとんど休暇みたいな。空いた時間にはちょっとした人類学の研究でもしてね。きみの上司に報告しておくよ。上司というのは、何だかんだ報告されるのが好きなものだ。それで彼らの気分が落ち着くんだろうな?」

「うちの上司の精神安定のためにも、まあせいぜい頑張ってください」と言ってからハワードは思い出したようにつけ足した。「すみません。つい忘れてました。あなたが巡査よりはちょっと上なんだということを」

「なに、ずっと忘れておいてくれ。さてと、きみのほうから何か質問はあるかい?」

「一つ訊きたいことがあります。この正体不明の男の殺人は、通常の事件とちょっとちがう気がするんです。もう発見されてから何週間もたっているのに、あなたが新たに担当することになったんですから。彼はそれほど重要人物だったんですか？」

「数人の人間にとっては彼はきわめて重要な人物だよ。あえて現在形で言うけど。だからわたしがここに派遣されて来てるんだ」

第二章　ブレナー家

その牧場主の住宅は、ディープクリークから五百ヤードほど南にある小高い丘の上に建っていた。もともとは四部屋の小家屋だったのが、今では幅十二フィートのベランダの上に張り出した屋根の下に十二の部屋がある、多種多様な素材を使ったゆったりとした間取りの建物だった。母屋とは別に、厨房と、バッファローグラス（アメリカからオーストラリアにもたらされた芝草）で設えられた離れがあり、二つとも屋根付きの渡り廊下で母屋とつながっていた。有刺鉄線を張り巡らした牧場のフェンスと建物との間には広々とした敷地が広がっており、そこにはキングサリ（オーストラリア産のマメ科の植物）や花をつけた数本のゴムの木が伸びていた。

敷地内の西には、作業場や、倉庫や、男たちの宿所や、牛馬の囲い地や、車庫があり、高い台の上には貯水槽が鎮座していた。

八月七日の昼下がり、東側のベランダにはローズ・ブレナーと、彼女の二人の娘のロージーとヒルダと、ブレナー家に養女にもらわれてきたテッサの姿があった。みな白いワンピースを着ており、めいめいが、まるで熱帯地方を描いた一幅の絵画から抜け出て来たかのようだった。

ローズ・ブレナーは三十代前半の、いくぶん痩せ気味の筋肉質な体つきの女性だった。ブロンドがかった茶色い髪と茶色い瞳の持ち主で、何かに興味を引かれると目を見開くくせがあった。背はすらりと高く、話し方にいかにもてきぱきと仕事をしてきたというような片鱗が窺《うかが》えた。上の娘のロージーは七歳で、ごく自然な肌の色をしていた。下の娘のヒルダは父親に似て抜けるように色が白く、まるで二歳児のような無垢な光を宿したはしばみ色の目をしていたものの、実際の年は五歳だった。

「ハワードさんとボナパルト警部が早く来るといいのに」とロージーがいくぶんもどかしそうに言った。「来ると言ったんだからすぐ来るべきよね。その警部さんはフランスの皇帝の息子なの？」

「そうじゃないと思うけど」と母親が答えた。「そうでないことを願うわ。うちに皇族をお迎えする準備はできてないし。だいたい今が一体何年なのか考えてみなさいな」

「ハワードさんとボナパルト警部は、ランチの前に〈ルシファーのカウチ〉に車で向かったって、キャプテンが言ってたわ。車の砂ぼこりを見たって」ベランダの仕切りのところに立っていたヒルダが言った。「あたしにも砂ぼこりが見えるわ」

年かさの少女が彼女に駆け寄り、すぐにハワード巡査のジープが近づいて来ていることに同意した。アボリジニの娘も子どもたちに加わった。彼女は美人ではなかったものの人好きのする容貌で、今は何しろ十八歳という花も恥じらう年頃だった。ブレナー家で文明化された生活をしているおかげで、彼女にはこの家の娘たちと一緒に立っても劣等感を覚えずにすむだけの身のこなしとたくましさが身についていた。また、彼女の口調は穏やかで訛りもなかった。幼いヒルダが興奮して彼女の手を握り、茶色い砂ぼこりが陽光で金色に光っているのを指差した。

「きっとその人たちね」とテッサが言った。「クレーターからの小道を走って来てるし。見て！キャプテンが貯水槽の上にいるわ。何か合図をしてる。カートさんを呼びましょうか？」

「ええ、そうして。テッサ」ローズがうなずいた。「離れで午後のお茶にしましょう。支度をしてもらえる？」

テッサが急ぎ足で家の中に入って行った。ローズ・ブレナーは娘たちと一緒に敷地を横切って、川《クリーク》に面した門に向かった。彼女の夫もそこに合流した。彼は大柄で屈強ないかつい男で、ブロンドの髪はすでに薄くなりかけており、太陽の日差しを受けてはしばみ色の目を細めていた。彼もジープから降りてきた男たちも一様に、カーキ色のドリル織りのズボンに開襟シャツという格好だった。

ジープのずっと向こうにアボリジニたちが半円形を描いて遠巻きに立っていることや、さっきまで貯水槽のところにいたアボリジニが今は、集団に向かって離れるように手を振って合図をしていることには誰も気づいていないようだった。ローズと彼女の夫はハワードに微笑みかけて、彼の後ろを笑顔を浮かべて近づいて来る青い瞳の男に素早く関心を移した。

ハワードが言った。「こちらがボナパルト警部です。ブレナーさん」

ローズ・ブレナーはいささか驚いた。この男の話は事前に聞いていたが、思い描いていたような人物とはまるでちがったのだ。彼がアボリジニの血を引いているらしき唯一の痕跡といえば、彼女の夫の日に焼けた肌よりもいくぶん黒い、その肌の色だけだった。牧場主と握手している彼は華奢に見えたが、それはたいていの男がそうだろう。彼女が手を差し出すと彼は身をかがめて微笑んだ。

「警官にはさぞうんざりされてることでしょうな、ブレナー夫人。なるべくご迷惑にならないようにします」

「そんな、大歓迎ですわ、警部さん」ローズは無意識にそう答えていた。「わたしたちみたいな暮らしをしてますとね、当然のことかもしれませんけど、誰であろうとお客様は大歓迎なんです」彼女は幼い娘たちをちらりと見て言った。「ちょっと待ちきれなかったくらいです」

「それはそれは」ボナパルトは少女たちに挨拶をするためにかがんだ。「きみがロージーで、きみがヒルダだね。初めまして！　ルロイ夫人からきみたちの話は聞いたよ。彼女がきみたちによろしくと言っていた」

「ルロイ夫人がこの子たちを甘やかすもんで、わがままになって困るんです」とブレナーが口を挟んだ。

「信じられませんな」とボナパルトが首を振った。「こんなお行儀のいいお嬢さんたちなのに。ルロイ夫人が話してくれましたよ。二人ともアボリジニの美しい伝説を知ってるそうですね。いつかわたしにそれを聞かせてもらいたいものです」

「どうぞどうぞ」ブレナーが請け合った。「テッサには会いましたか？　お茶の用意をしに行ったんですが」

訪問客たちはまるで近い親戚のような温かいもてなしを受けた。彼らは離れに通され、その広さと造作に目を奪われた。部屋は円形で、安楽椅子やら本棚やら大きな食卓やらが置いてあり、敷物が何枚も敷いてあった。若いアボリジニの娘がお茶の支度をし終えて振り返り、大きな黒い目がハワード巡査に微笑みかけたあとで、ゆっくりとボナパルトに留まった。

「きみがテッサだね！　会えて嬉しいよ」

「どうも、警部さん。初めまして！」

「さあ、みなさんお茶でも飲んでひと休みしましょう」ヒルダに目配せしてブレナーが言った。「きっと僕らの友人たちもお腹がすいておられるにちがいない。僕も今日やった仕事のせいで腹ぺこなんです」

「あら、あなたは一日中何もしてないじゃない。牧畜関係の雑誌を読む以外に」と妻がなじると、ブレナーはにやりとしてボナパルト警部が既婚者かどうかを知りたがった。

テッサがお茶を注ぎ、子どもたちがかしこまった顔でそれをお客と両親に渡した。

「みなさんに一つお願いしていいでしょうか?」とボナパルトが切り出し、彼らの返事を待って言った。「まあ正確には二つあるんですが。一つ目は、わたしが警察官だということは忘れるようにしてもらいたいんです。あなたがたはハワード君が巡査だということはどうしても忘れられないでしょうけど。彼はどう見たってそうですからね。それと二つ目のお願いは、わたしのことをボニーと呼んで欲しいんです。妻はわたしをそう呼びます。三人の息子たちも。承諾してもらえるといいんですが。ルロイ夫人は説得できました」

彼の膝の上に小さな手を置いて、ヒルダが言った。「あたしたちもボニーと呼んでいいの、ボナパルト警部さん?」

「もちろんだよ。ボナパルト警部ってちょっと長ったらしいだろう?」

ヒルダはまじめくさってうなずくと、姉のところに行った。

カート・ブレナーが、お客様は仕事の話をなさりたいかもしれないから、自分の事務所のほうが落ち着くだろうと提案した。ボニーはあとでブレナー夫人にも話に加わってもらいたいと言い置いた。

その事務所もまた驚くほど広々とした部屋で、一対のフランス窓があった。黒の配電盤にクロームの付属品のついた無線の受信機が最初に目を引いた。巻き込み式のふたの付いたアメリカ製の机と、その両側に置かれているスチールのキャビネットを除けば、この家具の備え付けられた居心地のいい部屋に事務所らしいものは何もなかった。ブレナーは客たちに座って一服するように勧め、牧場主ほど幸運な者はないと言った。ボニーは部屋を横切ってフランス窓のところまで行き、砂漠の向こうにある、地平線の上に横たわっている金色の四角い塊を眺めた。

「ルロイ夫人から聞いたんですが、〈ルシファーのカウチ〉の名付け親は奥さんだとか。正式名称の〈ウルフ・クリーク・メテオ・クレーター〉よりよっぽど雰囲気があってしっくりきますよね。ところで窓を閉めてもかまいませんか?」

「どうぞ。寒いですか?」

「いいえ。ベランダに人がいる可能性もありますから」窓を二つとも閉めると、ボニーは紙巻タバコと刻みタバコの載った、低いサイドテーブルの脇にある安楽椅子に身を収めた。彼は微笑みながら言った。「人を見たら泥棒と思えという、警察官のさがですよ。警察は意地が悪くて猜疑心が強いんです」

「職業病というわけですね」ブレナーは愛想よく言った。

「われわれはまず疑ってかかるよう訓練されてるんですよ」ボニーは穏やかに笑って言った。「奥さんがいらっしゃる前に、この事件と、ここの人たちのことを少し聞いておきたいんですが。クレーターでの事件の警察の調書には目を通しましたがね、あくまでざっとでしたので。あなたは生まれてからずっとオーストラリア大陸のこの地域にお住まいだとわたしは理解しています。ですからあなたならアボリジニのことには精通しておられるでしょう。つまり誰よりも彼らのことはよくご存じだということです。〈ルシファーのカウチ〉には何か言い伝えなどはありますか?」

「わたしは聞いたことありませんね。でもうちのテッサならお答えできるかもしれません。あの子は伝説に興味がありますから」

「では彼女にも話を聞いてみませんとね。ところで、この件はくれぐれもご内密に願います。クレーターで発見されたあの男は、アボリジニに知られずにあの場所まで行くことなどとてもできなかったという前提で捜査を始めないといけないんです。わたしの言うアボリジニとは、ここディープクリーク牧場のアボリジニと、ボーデザート牧場のアボリジニ、野営地に住む彼らの部族、そして南の砂漠にいる野蛮な黒人をさしています。この意見に同意してもらえますか？」

「ええ、でも……」

「今の段階でわたしが言えるのは、つまりこの殺人は地元のアボリジニか、野蛮なアボリジニか、この地域の白人によって行われた可能性があるということです。そしてわたしが明確に言いたいのは次のことです。男の死体がアボリジニに知られずにクレーターに置かれることなどおよそありえなかったでしょう。また、そもそも彼が、あらゆる部族やあらゆる地域で噂にならずに、北はキンバリー高原、南は砂漠というこの地域に入ることなどできなかったでしょう。これに賛同してもらえますかな？」

「おっしゃるとおりです」

「そこでわれわれは三通りの仮説を立てました。一つは、この殺人は白人によるものであるというもの。二つ目は、黒人によるものであるというもの。三つ目は白人と黒人が共謀して殺害したというもの。要するに、犯人は白人か、黒人か、白人と黒人か、というわけです。黒人と白人の混血をそこに足せないのが残念ですが。わたしは捜査がややこしいのが好きでしてね」

「この牧場に一人ややこしいのがいるじゃないですか」ハワードが脇から言った。

「ルロイ夫人は、あなたのとこのアボリジニが、キンバリー高原の黒人と密接なつながりがあると見てるようですよ。どうしておたくのアボリジニがあの野蛮人たちとうまくやっていってるんですか？」

「確かに、もう何年も揉め事らしい揉め事は起きてないですね。うちのアボリジニたちが属する部族の土地は、南におよそ四十マイルにわたっていて、あのクレーターも含まれてるんですよ」

「それで、おたくのアボリジニは白人に同化していると思いますか？　たとえばボーデザートの部族同様に」

　ブレナーは即座に首を横に振った。

「退屈な話ですみませんが。おたくの使用人がどっちにより近いのか教えてもらえますか？……野蛮な黒人か、ボーデザートの黒人か」

「確信はないんですが、まあ、砂漠にいる黒人のほうに近いと言っておきますよ。それとちっとも退屈な話ではありません」

「それはどうも。ところでテッサのことを教えてもらえますかね。どういういきさつで彼女を養女にすることになったのか」

「ああ、あれは九年前のある晩のことですが、わたしと妻が離れに座っていましたら、いきなり子どもが走り込んできて妻の足元にひざまずき、彼女の足に抱きついて、ここに置いてくれと懇願したんです。聞けば彼女は部族のならわしで、彼女の祖父と言ってもおかしくないような年のアボリジニに翌日嫁がされることになっていると言うんです。妻はわたしに、そんなことは断固阻止しなければならないと言いました。彼女はまだここに来て日が浅く、その問題がよくわかってなかったんです。わたしやその子とは比較にならないくらい。

　とにもかくにもローズが彼女を浴室に連れて行き、ごしごしこすって汚れを落とし、彼女のベッドに寝かせて部屋に鍵をかけ、揉め事が起きた場合に備えてわたしに寝ずの番をさせました。幸い揉め事は起きませんでしたが、翌朝になってもローズの決心はまだ変わらず、わたしは野営地まで行って、部族の酋長のガプガプと呪医のポッパに話をしました。そして結局わたしは噛みタバコ数本とひきかえにその子を買い、最終的には養女にしたんです。お気づきでしょうが、彼女は出来のいい娘でしてね」

「同感です。彼女は自分の部族とはどの程度親しいですか？」

「時たま、母親とか誰かほかの人たちを訪ねて行きます。でもそれだけのことです。今あの子と一緒に暮らしているのはわたしたちなんですから。もう今では彼女はうちの家族の一員なんです。わたしのことはカートと呼びますし、妻のことはローズと呼んでます。ローズが彼女に教育を施しまして、わたしたちは彼女を教員養成大学にやりたいと思うまでになりました。彼女は現在うちの子どもたちの勉強を見てくれてます。彼女はすっかり立派になりました。わたしも妻もテッサを誇りに思っています。鉄は熱いうちに打てとはよく言ったもので、早い時期に親元から離して連れて来た成果ですよ」

「わたしが思うに、どちらかと言えば愛情を注いだ成果ですよ。で、キャプテンと呼ばれている男のことも伺いたいんですが？」

「そう呼びだしたのはうちの子どもたちです」とブレナーが説明した。「この牧場はわたしの前はルロイが管理していたんですが、彼はブルームにある救世軍の若い娘と結婚したんです。あなたたちももう彼女に会ったでしょう。不幸にも彼女は失明しましてね。まあとにかく、彼女はアボリジニの子どもたちを集めて、キリスト教信仰を教え込もうとしたんです。わたしたちがキャプテンと呼んでる若者は、その思想をのみ込むのは早かったが、ルロイ夫人のそのあとの対応があまりよくなかったと思うんです。彼女は彼をダービーの牧師のところに送り、その牧師が彼を学校に入れた。十五歳になるまでは彼はいたって出来がよかった。で、地元の期待に応えてくれました。目を見張るほどにね。その気になれば彼はわたしより上手に話をしましたし、字を書かせれば達筆でしたしね。ですが、まあ、あなたも何となく想像はつくでしょう」

「もっと詳しく聞かせてください」

「こちらに戻って来たときの彼は、言うなればひどく情緒不安定な若者でした」と牧場主が続けた。

「わたしたちはここに来てまだほんの数カ月しかたっていなかったんですが、ローズは自分のもとで彼に勉強を続けさせようと頑張ったんです。でもだめでした。彼はうちのテッサみたいに同化できなかった。もう手遅れだったんです。彼は野営地の出で、酋長のガプガプの孫でしたから、彼らの影響を強く受けていたんだと思いました。でも彼らのほうも、彼を百パーセント取り戻せたわけではなかったんです」

「彼は料理人と一緒に過ごしたり、にわとりの世話をしたり、頼まれなくても半端な仕事の片付けを好んでやるようになりました。彼がダービーから戻って来て二、三年たった頃、わたしは馬具置き場で眠っている彼を見ました。本を読みながら寝入ってしまったようでした。二人でしばらく話し合った結果、わたしは彼に別棟の小屋を自室として使わせることにしました。ローズが彼に読むべき本を与え、最終的に彼は牧場の黒人たちの監督のようなものになりました。わたしには牧夫が必要なので、その際には彼が選別してくれるのです。それと彼は馬を馴らすことができるんです。今ではローズが笛を吹いてもちゃんと馬が走って来ますよ。彼は食事はたいてい料理人と一緒にとります。うちの子たちを連れて足跡たどりをして遊んでくれますし、アボリジニの伝説を話してやってもくれます。それに彼はわれわれと彼の部族との間の非常に優秀な仲介役なんですよ」

「彼は何歳くらいなんでしょうか?」

「二十五歳くらいでしょう」

「決まった女《ルーブラ》はいるんですか?」

「わたしたちが知る限りではいませんね」

「それでは料理人の話に移りましょう。彼の名前は……」そのときブレナー夫人が部屋に入って来た。

ボニーは話を中断して立ち上がった。「わたしたちのささやかな集まりへようこそ」

第三章　評判の客

ローズ・ブレナーは外で仕事をしていた経験から、ささいなことにも敏感に気がつくのが習い性になっていた。ボニーが彼女を案内した椅子は強い光を背に座るようになっており、彼の顔にその光がまともに当たっているのを彼女は見逃さなかった。これは故意なのだろうか、それとも特に意味はないのだろうかと彼女は訝った。また彼女は、彼の控えめな態度がくつろいだ態度に取って代わっているのに気づき、この離れでの話し合いの主導権を握っているのは彼で、それを夫もハワード巡査もすでに認めているのを見てとった。彼女は彼に傲慢さや仰々しさを予想していたのだが、実際に彼女が目にしたものは彼の気さくさと感じのよさだった。おかげで彼女は経験からくる落ち着きを取り戻し、本来の気力がみなぎってくるのを感じた。

彼女の夫が料理人のジム・スコロッティのことを、彼はもう長年ここで働いていて、アルコールの臭いをさせているとき以外は頼りになると話すと、ボニーは青い瞳を窓の向こうにほとんどものうげに向けてはいたものの、何一つ聞き逃してはいないことに彼女は気がついた。

「おたくには白人の牧夫が二人いますよね」とボニーが確認するように言った。

「ええ、二人だけです」と牧場主が答えた。「キャプテン同様に、子どもたちが二人にオールド・テッドとヤング・カルと名前をつけてます。夕食のときに彼らに会えますよ。オールド・テッドは二十六歳で、ヤング・カルは二十歳です。二人とも昔ながらの奥地のカウボーイより優秀ですよ。ちゃんと教育も受けてますし。オールド・テッドの両親は交通事故で亡くなってますが、彼にいくらか財産を遺してます。ヤング・カルの父親は、南部のリベリナで農場を経営していて、彼がそこを継ぐことを望んでます。もっとも彼もオールド・テッドと同じでここを離れようとしませんよ。カルはもうちに四年います。オールド・テッドのほうは七年になります」

「で、あなたはここに来て十年になるんですよね。十八年前に牧場を創設したルロイ氏からあとを引き継いで。現在ここには白人の牧夫二人と、料理人とあなたと、全部で四人の白人の男性がいますね。クレーターで死んでいる男が発見される前の六日間、あなたたちが何をしておいでだったかお訊きしていいですか?」

ブレナーはまるで立ち上がろうとするかのように体を後ろにやった。

「ちょっと待ってください。あと少し我慢してください。医師の見立てでは、男は死後三日から六日ほど経過していた。彼はこのディープクリーク牧場から三マイルの場所で見つかったんです。で、オーストラリアのこの地域では、三マイルなんて、ちょっと裏口を出たところくらいに思われてるんですよね」

ブレナーはスチール製のキャビネットの一つから、何のへんてつもない業務日誌を取り出した。彼はその日誌をさっと開いたが、その指先にははからずも苛立ちが表れており、努めて平静に話そうとはしていたものの成功していなかった。

「さかのぼって六日間の仕事の内容がお知りになりたいんですよね、警部さん。ということは、四月二十一日からですな。その日はオールド・テッドは、地元の部族の黒人の牧夫四人と、ボーデザートまで牛の群れを移動させてましたよ。その牛をダービーまで連れて行ってくれる家畜商人に渡すためにね。ヤング・カルは黒人の牧夫と二人で、〈エディーの井戸〉のところにある牧草地を調べに行ってました。彼らはそこで野営していたんです。その日わたしはローズと子どもたちを連れて、十時にホールズクリークに向けて出発しました。

四月二十二日にわたしと家族はボーデザートまで戻って来て、その晩はそこに泊まりました。牛を連れたオールド・テッドも到着しました。ヤング・カルはまだ〈エディーの井戸〉にいましたね。二十三日は、うちの家族は朝十一時頃に帰宅して、オールド・テッドは四時頃ボーデザートから戻りました。ヤング・カルは依然として〈エディーの井戸〉にいましたが、翌日の二十四日に戻って来ました。その日わたしはこの事務所で仕事をしていまして、オールド・テッドは馬具の修理をしていました。二十五日にはわたしたちは仕事を交代しました。二十六日には、わたしたちは牛の駆り集め《マスター》に出かける準備をして、二十七日の朝七時に出発しました。飛行機に乗っていた人々が死体を見たのはこの日でしたよね。これでいいですかね？」

「その期間、おたくのアボリジニたちの間で何か不穏な感じとか、厄介な問題などはありませんでしたか？」

「彼らは普段どおり静かでした」とブレナーは答え、また腰を下ろした。

「ご協力ありがとうございました。ところでわたしのことをお話ししておきましょう。わたしは自分の所属部署から、一時的に連邦政府のある機関によって派遣されて来てるんです。二つの問いの答えを捜すために。一つは、クレーターで死んで発見された男が、牧場居住区間で無線で報告されることもなく、どうやってキンバリー地域のこんな奥深くまで入り込んだのか？　もう一つは、死ぬ前に彼は何をしていたのか？　ということです。彼が何者だったかはすでにわかっています。そういうわけでこの二つの点が、連邦政府機関にとっては重要なのです。どうして彼が死ぬことになったかには特に関心はなくても」

「まあ！」とローズ・ブレナーが小さく叫んだ。「じゃあ彼は何者だったんですか？」

「それはわたしも尋ねました。でも知らされてないんです。わたしの調査の本筋には無関係だと上は考えてるようで。それはともかく西オーストラリア州警察が捜索をしている、この匿名の男の殺人の調査にわたしは派遣されて来ました。つまりわたしは二人の主人に仕えなければならないというわけです」

　ローズ・ブレナーは、彼の褐色の長い指が紙巻タバコを巻いていくのを観察し、アボリジニらしい造形がどこにも見受けられないその暗褐色の顔をじっと眺めた。顔の形は丸からず長からず、鼻筋がとおっていて、弾力のある口元をしていた。両の眉はひどく青い瞳を陰らせるほどひさしのように張り出してはいない。黒髪はすでに頭頂部が灰色になりかけてはいたものの、まだまだ男性的で、きちんと整えられていた。ふと彼が彼女を見た。その強い目の力の前にほかの特徴は消え失せた。

「キンバリーを旅する者は誰であろうと、牧場に到着したり通過したりすれば無線で報告される決まりになっていると思うんです。そういう人間はここに住むすべての人々にとってのニュースですし、牧場居住区間が非常に離れているために、旅行者が常にだいたいの居場所を知らせておくことが、自分の身の安全にとってもほとんど必須のことですから」

　ボニーは今やブレナーを信頼して自分の考えを率直に話しており、ハワードは何一つ聞き漏らすまいとでもいうように身を乗り出していた。

「あなたはまちがいなくこのオーストラリア北西部の地理に詳しいでしょうが、今回の事件の状況を説明するのに、扇をたとえに使いたいと思います。〈ルシファーのカウチ〉に、開いた扇の要《かなめ》を置くことにしましょう。左翼に沿ってダービーへ出るまでに六軒の牧場主の家があります。中央に沿ってウィンダムまで出るのにも、ホールズクリークの町を含めて六軒の牧場主の家があります。また右翼に沿ってダーウィンに出る途中にも牧場主の家がいくつかあります。旅行者はこれらのルートの一つを通ってキンバリーに入ります。ほかに道はないわけですから。わたしの考えではこの旅行者は、南にある砂漠を越えて来ることでしかここに来ることができなかったんです。周辺の千マイルほども離れたどこかの地点から。

ですが野蛮なアボリジニがこの男をよく知っているのでなければ、彼は砂漠を渡ることなどできないでしょう。牧場のアボリジニがその動きを知り尽くさずには、旅行者がキンバリーを横切ることができないのと同様に。白人との親交からいまだに隔絶されているアボリジニもまた、過去何世紀もの間に進化した通信システムを持っていることには、奥さんもブレナーさんもハワード巡査も異論はないと思います。それに、外国の政府が設立した諜報機関なんて、こういうオーストラリアのアボリジニが用いている方法に比べたらまるでアマチュアだということにも同意していただけるものと思います。彼らには街角で諜報活動をしている男たちだって色を失いますよ。

くどいようですが、ご協力をお願いしたいんです。そうしていただけたらありがたいです。おたくのアボリジニたちは、誰がその男を殺害したか、そして誰が男をクレーターに置いたかを知ってるんです。彼らはその犯行には何の関係もなかったかもしれません。でも、彼らの部族の長老たちは確実にその詳細を知っているはずです。そういうわけですからわれわれは、キャプテンとテッサを含めてどのアボリジニにも内密に捜査を進めます。ご検討いただけますか？」

ローズ・ブレナーがにっこりして立ち上がった。「もちろんですわ、ボニーさん。でももうこんな時間です！　一時間もすればディナーの準備が整うでしょうし、わたしは身支度をしなければなりません。この続きはまたあとでよろしいですか？」

「わたしはこれから数週間、あなたがたのもてなしを吟味することになるかもしれませんが、わたしとしてもどの話題にせよみなさんを退屈させることは望むところではありません」

もっとも、外界との接触に飢えている人々にとってはどんな話題でも退屈なんかではないのだとボニーは確信していた。彼は敷地の向こうにある小川の木々まで見晴らせる快適な部屋に案内され、ハワードの助言によってもっと格式ばった服装に着替えた。トライアングルを棒で叩く音が聞こえ、彼は食堂に向かった。すでに彼のホストとハワードと二人の若者がサイドボードの前にたむろしており、ビールやシェリー酒を勧められていた。

赤毛のあごひげを生やした青い目の男がオールド・テッドで、どう見ても十六歳くらいにしか見えない青年がヤング・カルだと紹介された。ヤング・カルはいやに長い金髪をしており、はしばみ色の目がいたずらっぽく光っていた。二人とも言葉つきが洗練されていた。

「あなたの噂は伺っています、警部さん」とヤング・カルが乾杯でもするようにグラスを掲げて言った。「あなたの名声を汚すようなことはないでしょうよ。俺の言うことはまちがってないよな、テッド？」

「まちがってないな、今度ばかりは」あごひげの男が答え、グラスを掲げてつけ足した。「主賓に乾杯。ここで僕らと一緒に過ごす時間が平穏であることを願って」

「必ずそうなるさ。きみたちがわたしをボニーと呼んでくれさえすれば」

「お安い御用ですとも。そうですよね、ボス?」赤いあごひげの男が確認するように言った。

「そのほうが呼びやすいな」と牧場主がうなずいた。

テッサが姿を見せた。二人の子どもたちも一緒だ。ボニーは彼女たちに会釈をして、そのうきうきしている目を見て微笑みかけた。料理人のお仕着せを着た、背の高い痩せた男が大皿を持って現れ、そのあとから、黒いワンピースの上にエプロンを着けて、帽子を被り、トレーを持った若いアボリジニの女が入って来た。

ボニーにはその部屋も調度品も部屋にいる人々もこの上なく好ましく思われた。そしてそれはローズ・ブレナーが長年にわたってこの家に影響を与えてきた結果だと瞬時に理解した。彼女の夫は気楽な様子で話をし、若者たちはハワードをからかい、子どもたちはいろいろと質問をしてきたが、それが気に障ることもなかった。テッサがみなの食事の差配をしていた。ボニーは、ペットの羊のミスター・ラムと、五匹の子犬の母親のミセス・ブルーイと、ボブ・メンジーズというカンガルーを紹介してもらう約束をした。

ボニーがミスター・ラムに会ったのは、翌朝ハワードと、無線で連絡のとれる時間について調整し合ったあと、巡査のジープが小川の向こうへ消えていくのを眺めているときだった。彼はこの動物が彼の脚を頭でそっと押しているのを感じた。小さいヒルダが、ミスター・ラムはタバコを欲しがっているのだと教えてくれ、ついでに彼女がミスター・ラムの長所と短所を並べ立てていると、母親が勉強部屋に行くよう彼女に指示した。

ローズが手ぶりで招き、ボニーはベランダにいる彼女のところに行った。「こちらで朝の紅茶でも召し上がってくださいな。わたしは噂話が聞きたくてうずうずしてるんです。それにあなたのこともいろいろお訊きしたいし。男の人たちは午前中ずっと忙しいんで、この時間がチャンスなんです」

「みなさん、わたしのことはすっかりご存じでしょう」彼は軽く受け流すように言った。

「あら、わたしはそんなに知りませんわ。それにわたしは詮索好きなんです。わたしたちにしてみれば、あなたはものすごく変わってますもの」

「僕はオーストラリア一変わった男ですからね」と彼はおどけて言い、声を立てて笑ったが、それは自嘲の笑いだと彼女にはわかった。彼が自分の血筋のことやら、経歴の主だったところやら、他人というよりは自分に打ち克った話をするうちに、それまで彼女の中にあった優越感が消えていった。彼女はディープクリークに花嫁としてやって来たときには、ビリー罐（キャンプ用のブリキの湯沸かし）でお茶を淹れることもできなかったことを打ち明け、当初恋しく思っていた様々な快適な設備のことや、その代わりに得た幸福についてひとしきり話した。最後に彼が事件の話に移ってもいいかと尋ねると、彼女がうなずいた。

「飛行機の人間が手紙を落とした日にあなたに起きたことについてお聞きしたいんですが」と彼は切り出した。「あの日は運の悪い日でしたよね？」

「わたしがあの手紙を読んだときからすべての調子が狂ってしまいました」

「そう伺ってます。あなたは無線機を作動させることができなかった。それなのにルロイ氏は難なく無線機を使うことができた。つまりハワード巡査に連絡がつくのを遅らせるために、何者かが電源を切り、ルロイ氏がここに着く直前にまた電源を入れた可能性があります。あなたはどう思われます？」

「おっしゃってることはわかります。でも一体誰がそんなことするでしょう？　それはないと思います。あのときは、ジムもわたしもひどく動転してて無線機を正しく扱えなかったんだと思います。二人ともあまり機械に強くないですから」

「キャプテンとテッサはどうですか？」とボニーが食い下がった。

「あの二人は除外していいと思います。無線機のことは何一つわかっていませんから」

「まあ、原因が何であれ、スコロッティがハワード巡査に連絡をとるためにわざわざボーデザートに行かなければならなかったことで、ほとんど一日始動が遅れました。この一日が重要な意味を持っていたのかもしれません。まだよくわかりませんが」

「でもなぜ誰かが無線機に細工をしなければならなかったんです？」

　ボニーがわずかに肩をすくめて言った。「どんな質問にでも即座に答えられたら苦労しません。とにかく、あなたとスコロッティがまた家の外に出たときには、お子さんたちを除いてすでに全員消えてしまっていた。テッサでさえいなくなっていて、日が落ちてからやっと彼女はキャプテンと一緒に戻って来た。いや実際にはキャプテンが彼女を連れて戻って来た。テッサは泣きじゃくっていて、まるで力ずくで連れ戻されたかのように服が破けていた。ハワードが聞いたところでは、部族は突然ウォークアバウトに出ることを決めたそうで。まあそれはよくあることらしいですけど。で、テッサとキャプテンも部族と一緒に出て行ったと。まあこれもいたって普通のことみたいですよね。二人ともこの部族の人間ですから。ところでテッサはあなたにはどう説明したのか聞かせていただけますか？」

「彼女からは、いったん部族のほかの人たちと一緒に逃げたものの、キャプテンに説得されて考え直したと聞きましたわ」

「どうかお願いしますよ」彼の青い瞳が彼女を見据えていた。彼は視線を離さずに言った。「九年前、一人の子どもがあなたに保護されることを求めました。彼女はまだ儀式《イニシエーション》は一度も受けていなかった。そして彼女はあなたの養女になった。現在、彼女はほとんど完全に同化しています。彼女の服装のセンスは素晴らしいですし、身のこなしも申し分ありません。会話の内容は知的ですし、頭脳明晰です。それなのに命じられたからといって部族と一緒に逃げるでしょうか？　どうか本当の彼女の説明を教えてください」

「ええ、まあ、本当はそうではありませんでした。逃げたことをわたしが叱っても、あの子は何も言おうとしなかったんです。それから、自分でもわけがわからないと言いだしました。やがてようやく、ループラたちに手招きされて、彼女たちのあとを追うよう自分の中にある何かに駆り立てられたんだと打ち明けました。驚きましたわ。カートはこれを、部族の絆のせいだと考えてます。あなたもそう思われます？」

「そうですね。でも、部族の絆がおたくのテッサを意のままにするよう何が促したのでしょう？　料理人が手紙の件を報告しに出て行くと、あなたとお子さんたちは完全に取り残された。そしてあなたたちが野営地に行ってみると、人はすっかりいなくなっていた。戻って来たあなたはご主人の銃を手入れしてそばに置き、倉庫で寝ることにした。そこが一番頑丈な場所のように思えたからです。そして夕方早くにキャプテンがテッサと一緒に戻って来た。娘は泣いていて、着ていた服は破けていた。状況はよくわかりました。でもどこかがおかしいんです」

第四章　金色の物体

奥地のアボリジニに比べると、キンバリーの先住民は長身で体格がよく、歩くさまも身のこなしもどこか優雅だった。彼らは北部の島々からの最後の移民で、もとから住んでいた住民は、住むのに適さない乾き切った土地に追いやられたらしいと考えられている。大陸にもともと住んでいた住民が、大陸から分離する以前のタスマニアに追いやられたように。

キャプテンは典型的なキンバリーの男だった。身の丈は五フィート一〇。均整のとれた体つきをしており、いたって健康だった。それは一つには、ジム・スコロッティが提供する食事によるものが大きかった。彼の背骨の両側には切り傷があり、儀式を終えていることの何よりの証《あかし》だったが、胸には切り傷がないことが、部族のエリートの地位には昇っていないことを証明していた。

ボニーは若い去勢馬を相手に仕事をしている彼を眺めていた。男と馬は円形の庭の中にいた。アボリジニはいずれ馬の耳の上をずり上がるよう宿命づけられている馬勒《ブライドル》（頭部馬具。馬具の一部でおもがい、くつわ、手綱から成る）を持って、馬についてこの庭をぐるぐる回っていた。早晩どちらかが先に疲れるのだろうが、それはアボリジニではないはずだ。そして先に音《ね》を上げるのもアボリジニのほうではあるまい。キャプテンは古ぼけたダンガリーのズボン一枚で、まるでディンゴ（オーストラリア産の中形の野生犬）のような執拗《しつよう》さで馬を追った。

途中で邪魔をされたくなかったので、ボニーは意のままになる葦毛の雌馬を選んで鞍を置き、牧場の家屋を通り過ぎて、〈ルシファーのカウチ〉のある前方の砂漠に向かった。彼は穏やかな気性の馬を望んでいたが、なるほどこの葦毛の馬は確かにおとなしく、実際おとなしすぎるくらいだった。雌馬は普通の駆け足《キャンター》で進むことも拒んだ。この調子では午後の二時に牧場の敷地を出ることも無理なのは火を見るよりも明らかだった。どこにもスイッチなどないので、ボニーは馬の肋骨にかかとで蹴りを入れなければならなかった。

　空には雲一つなく、空気は静止していた。天頂をとうに過ぎている太陽が、低木やら、牧草やら、動物が砂の上につけたおうとつのある、くっきりした足跡やら、地面にあるすべてのものに黒い影をつけていた。小川のゴムの木の緑色は、上から乳白色を過剰に塗りつけたかのようだった。そのゴムの木の一帯は徐々に左のほうに後退したが、地平線に横たわる金色の塊は一向に近づいて来ているようには見えなかった。ボニーは自分がこの土地に惑わされているような感覚にとらわれた。そこでは距離が広がることもなければ狭まることもなく、平地が不意に低い砂の隆起部になるかと思えば、巨大な砂丘が次第に沈下して、ビリヤード台のごとく平らになるのだ。

　彼は最初にスコロッティの小型トラックがつけて、そのあと捜査員たちを乗せた車両がつけた、くっきりした車輪の跡を追った。彼女の意志に反して急ぎ足で歩き続けさせられた葦毛の馬は、ボニーをクレーターを取り囲む三つの円のうちの一番外側の円に運んで行った。この岩の隆起はほかの地面よりかろうじて一フィート高い程度のもので、その斜面を砂が埋め尽くしており、ここを車両はなんの支障もなく通ることができた。目に見える限りでは南北に、ちょうど定規のようにまっすぐに走っているように見え、ぜひとも修理を必要とする状態ではあるものの、まるでオズの国の都へと通じる黄色い煉瓦の道のようだった。

次の、つまり真ん中の円はまるで道同然によく整っていて、あと欠けているのはローラーでならして舗装することだけだった。地面からの高さは平均して三フィートあり、車両の通行が可能なように岩が取り除かれていた。この地点まで来て初めて〈ルシファーのカウチ〉は地平線上の金の塊から、圧倒的な威容を誇る、頂上の平らな幅の広い丘となっていた。輝くばかりの陽光が斜めに降り注いでいるため、まるでアスファルトの山に金の塊が大量に投げつけられたかのようで、それにともなう影もできていた。

一番内側の円まで着くと〈ルシファーのカウチ〉がまるで手が届きそうに近くに見えた。実際にはまだ四分の一マイルも先にあったとはいえ。幅が何ヤードもあり、四フィートから六フィートの高さのあるこの円を横切るのを可能にするために、さらなる人の手が加えられていた。それは輪の外側のほうのことで、内側は流されてきた土砂やら残骸やらで、自然にほぼ頂上と同じくらいの高さになっていた。葦毛の馬はおとなしく歩き続け、堂々とした外観を持つ金色の岩のふもとへと、ゆるやかな斜面を登っていった。

ボニーはそこで雌馬を南へ操り、クレーターの壁の縁に沿って進むためにそのまま前進した。その周囲はおよそ一マイルほどあると思われ、つい最近までほぼまっすぐ続いていると考えられていた。ハワードとその城壁のような壁にいたときに、頂上はほとんど平らだとはいえ、一カ所裂け目というか、くぼみがあって、高さがいくらか減じられていることに、確信はなかったが気がついてはいた。彼はこの裂け目まで壁をぐるりと馬で回り、そこで壁を降りて、馬を頑丈なアクミナータアカシアの木につないだ。

彼は険しい岩の階段を上がるように、岩から岩へと壁を昇って行った。低いところにある壁のてっぺんに着くと、彼はもう一度〈ルシファーのカウチ〉を凝視して、その宇宙からの衝撃の完璧な痕跡に息をのんだ。視界にある生き物は一羽の鷲だけで、壁の上を飛んで来て、くぼみまで降り、ほんの二、三度ゆっくりと羽ばたいて上昇し、向こう側の壁の上に飛んで行った。

その鷲はどうやら暖かい陽光の下でまどろんでいるイグアナかトカゲが見つかることを期待して、自分の縄張りを巡回しているようだった。ボニーは、この巨大な鳥はあの死んだ男が無防備にそこに横たわっていた日々のことを覚えているのだろうかとぼんやり考えた。中央にある水たまりのところにある低木は、荒れ放題のバッファローグラスのように見え、円形の斜面にあるさらに小さい低木はひょろ長い草の茎のようだった。この〈ルシファーのカウチ〉の光景は一度見たら決して忘れることはあるまい。堕天使ルシファーの転落した場所。死体を放置するにはお誂え向きの場所でもある。壁の頂上で感じる孤立感に加え、この堂々とした、それでいて陰鬱な遺跡から受ける隔絶された感じ。一瞬、完璧に自分が無防備であるような感覚に襲われた。

彼はその考えを振り捨て、自分が置かれている問題に心を向けた。そして死者を放置するのにこの広大なくぼみを選んだ男の脳裏に思いを引き戻そうとした。なぜこの壁を越えて死体を運び、乾いた水たまりのそばに放置したのか？　砂漠は北を除くあらゆる方角に、内陸部の平地の縁まで、太陽の下にむきだしに横たわっていた。そして地平線はたった一、二マイルの距離にあるようにくっきりと見えた。そこには何千平方マイルもの乾き切った荒れ地が広がっている。なぜカインはアベルを犯行が行われた場所に埋めなかったのか？　なぜ死体をこのクレーターに運んで来たのか？　そして運んできたあと、なぜそれを明確に水たまりの外に置いたのか？　上空を飛行機が飛び回っているというのに。なぜ水たまりのところにあるわずかばかりの低木で隠すことを選ばなかったのか？　それは白人の考え方には合致しなかった。いくぶん文明化されたアボリジニとも、南部の砂漠に住んでいる野蛮な黒人とも。

一週間前にある男が言った。「この死んだ男についてわれわれが主に知りたいのは、この男がどうやってこの土地に入って来たのかということだ。目撃されもせず無線で報告されもせず。われわれは彼がそこで何をしていたのかを知りたい。なぜ殺されたのかも。誰が彼を殺したかには関心はない。それは警察の仕事だからだ。それはきみたちの仕事であってわれわれの仕事ではない」

「おたくらはこの男が誰かわかってるんですか？」

「ああ」と男が答えた。「指紋と義歯と天然痘の痕でこの死体の身元は確認した。従って身元の件についてはもう関心はない。われわれがきみに何を期待しているかはわかったかな？」

「当然です。学校は出ましたからね」ボニーはそう答えると、慇懃無礼な輩が幅をきかせている事務所から歩み去った。

今彼が直面している問題は、何者かがこの巨大な壁を越えて死んだ男を運び入れるのに、壁の一番低くなっているところを選ぶだろうかということだった。それは今まさに彼が腰を下ろしている場所だったが。慌てているかパニックになっている白人の男なら、そうは考えなかっただろう。一番低い地点まで行くのにさらに半マイル運んで行かなければならないとしたら、むしろ到達した場所で壁をしゃにむに昇るほうを選んだだろう。もっとも彼には、野蛮なアボリジニなら一番低い地点を選ぶにちがいないという確信もあった。なぜなら彼らには骨折り仕事を一緒に引き受けてくれるルーブラがいないだろうから。まず彼が考えなければならないのは、犯人が白人か黒人かという問題だった。

彼は岩から岩へとクレーターの一番底まで降りていった。中央に向かって二十ヤードばかり進んだ地点まで足跡はいっさいなかった。彼は壁からその距離を保ったままでぐるりと一周した。そして死体が置かれていたことを示している、地面に打ち込んである杭のところに行き、最後にもう一度壁が一番低くなっている地点のふもとまで行った。それまでに彼はブーツや裸足でつけられた無数の足跡を横切っており、あることに気づいた。

ハワードも先住民のトラッカーたちも、死んだ男が白人だということがわかっていた。彼らは白人の男または男たちの足跡を捜すよう指示されており、そして足跡を残さずに歩くことに熟練している白人などいないと信じていたので、クレーターの壁のふもとまではわざわざ調べなかったのだ。誰も壁のどこを横切って行ったかの証拠を捜そうとまでは思わなかったのだ。

アボリジニのように考え、白人のように推論することのできるこの男は、死んだ男が壁の一番低い地点を越えて運ばれたことの立証に取りかかった。

彼は壁を昇った。今度は一つ一つの岩や、深く影になっている岩の裂け目にさらに目を凝らすために、両手両足を駆使した。まっすぐ昇る代わりに、大きくジグザグに昇り、くまなく目が行くようにした。また、目には見えない物でも手で探り当てようとした。割れた岩の角が、風雨や日光にさらされても完全には浸食されずにいまだに鋭いのが指先に感じられた。これはつまり隕石が落ちたのが比較的最近のことで、何百年も前のことではないにちがいないことを証明していた。それでもその尖った角は彼の指を切るほど鋭くはなかったので、未開のアボリジニの足を切ることもなかっただろう。

彼は二時間かけて壁を昇り、腰を下ろして一服したときには、手がひりひりし、脚が痛かった。太陽が北にある山脈の頂上に沈みかけており、砂漠に突き出している山脈の細長い突起が、紫色と紺青色に染められていた。クレーターの壁の西側は藍色に色づき、金無垢の沈みゆく太陽と対峙していた。

ボニーは遠くの岩山に陽光をまきちらしながら沈みかけている太陽に、顔を向けて立っていた。彼は右手を上げて、上着の左のポケットに触った。そこには封筒が収まっていて、彼が粗い麻布の繊維だと確信しているものがいくつか入っていた。それは袋に使われる素材で、死体をクレーターまで運んで来た男たちが彼らの足をおおい、それによって足跡の深さを減じ、うまくいけば足跡を消すために使っていたものだった。

未開の男たちなら、粗い麻布の袋地は使わないだろう。そもそも彼らは粗い麻布の袋地など持ってないだろう。たとえ使いたいと思ったにせよ。

陽光が遠くの岩山に焼けつくように降り注いでおり、隣接する山々の頂がパステルカラーの宝石の連なりのようになっていた。陽光は立っているボナパルトにも降り注ぎ、彼を金色に変えていた。彼のまわりの岩々はもちろん、勝ち誇ってにやりとした彼の歯まで一瞬金色に染めた。

この夕暮れどきの魔法のような世界を彼は家へ向かって馬を走らせた。空腹が馬をすさまじい勢いで走らせたように、発見したことの興奮で彼ははやる気持ちをおさえられなかった。これで未開のアボリジニを除外することができた。ブーツを穿いた男たちが死体をクレーターまで運んだことを、あの繊維が証明したからだ。男たちは白人か、もしくは牧夫として雇われているアボリジニだろう。彼らはディープクリークかボーデザートから来たのかもしれない。距離から考えればディープクリークの可能性は低くなるが。

ブレナー家と彼らの二人の助手を交えての今夜の話題は、連邦政府のお偉方の一行がキンバリー地区にやって来るということだった。公の金がどのように使われようとたいして関心のないボニーは、早々に自分の部屋に引き取った。ずっしりと重いスーツケースから彼は一足のウールの靴を取りだした。外側がウールになっていて、それを着用すれば足跡が残らないよう企図されていた。そして明日の朝は四時に目を覚ますのだと自分に言い聞かせ、その時間まで眠った。

外は月は出ておらず空気はひんやりとしていた。彼はひものついたウールの靴を首にひっかけ、普段どおり乗馬靴を履いて家を出て、川の土手に沿って行った。頭上には流星が忙しく流れており、一分間に一つの星も流れないことはまれで、少なくとも一回は瞬間的に閃光を発して輝いた。東の空に明けの明星が上る頃、彼は前にハワードと一緒に渡った川の浅瀬にいた。

その浅瀬と牧場と〈ルシファーのカウチ〉は、ほぼ正三角形を形成していた。その一辺の長さはおよそ三マイルで、つまりそこからクレーターまでは三マイルほどの距離だった。彼はそこでウールの靴を履いた。そしてものの形がわかるほどに十分あたりが明るくなった頃、彼は巨大な壁から一マイルもない場所にある、アクミナータアカシアの木立の中にある避難小屋にたどり着いた。

それはくすんだとび色でこれといって特徴もないものに見えたが、彼の関心を奪ったのは、前日彼が〈ルシファーのカウチ〉に行った際に使ったのと同じ低木に、小さな馬がつながれていたことだった。男がクレーターの壁のカーブをまわって現れるのが見えた。男は馬を自由にすると、牧場へ向けて疾走させた。

これこそボニーが求めていた情報だった。男は夜明け前に馬に乗って牧場を出て、あたりが明るくなるとボニーの馬の足跡を追い、アクミナータアカシアのところまで行って馬をつなぎ、そのあとボニーの足跡を追ってクレーターの壁まで行って、彼がどこから上ってどこから降りて来たかを確認したのだ。男もまた壁の一番下まで降りたことはまずまちがいなく、ボニーがそこで何をしていたかおそらくわかっただろう。もうあの男には、ボニーの前日の午後の行動が知られてしまっているのだ。

もっとも、粗い麻布の繊維という重大な発見があったことはわかってないかもしれないが。

ボニーは川に戻る途中で、ウールの靴をブーツに履き替えると、その靴をコートの下の脇腹に押しつけながら、牧場へと歩き続けた。もしもあっちが彼の行動になおも関心があれば、彼が靴を履き替えた、浅瀬の上にある木のところまでも足跡をつけられるだろうと思い、そこへは足を向けなかったのだ。

馬の囲い地はがらんとしていた。彼が見かけた馬は放牧場から連れ出されて、そこに戻されたのにちがいない。敷地を横切って家までぶらぶら歩いて行くと、洗濯場のところに数人のルーブラがいるのが目に入った。ちょうどキャプテンが自分の部屋から出て来るところだった。裸馬に乗ったアボリジニが一人、何頭かの馬を馬の囲い地に追い立てていた。クレーターに来たのはこの男かもしれないとボニーは咄嗟に思った。ルーブラのうちの一人が髪を青いリボンで結わえていたが、あとでこの若い女が川へ向かって歩いて行くのをボニーは見た。どうやら彼の足跡を追っているようだった。

第五章　ガプガプとポッパ

ディープクリーク牧場が創設される以前、この土地を自分たちのものとして囲い込んでいたアボリジニの部族は、そこから西に七十マイルの場所にある、常に水をたたえている泉のそばにもともとの野営地があった。ディープクリークに牧場ができるにあたり――常時、水の供給を維持するためのため池が作られて――川から離れた場所でもパイプで水が運ばれるようになり、そこにアボリジニが定住するようになった。彼らにとって牧場や食料がすぐそばにあるというのは好都合なことであり、その上若者たちは牧畜の仕事にありつけた。また、ブレナー家より彼らに近しいルロイ夫人の話によると、その移動に部族の酋長が強く賛成していた。なぜならもともとの野営地は白人の居住地にあまりにも近すぎて、彼らに破滅的な影響を及ぼしていたからだ。

彼らはビンゴンジナ国の西に住むその支族で、この同じ国に属するマスグレーブ族と密接ではないもののつながりがあった。例の謎めいたクレーター騒ぎが起きた当時の彼らの酋長はＧＵＰ《ガプ》―ＧＵＰ《ガプ》と呼ばれており、そのつづりがアボリジニの発音にもっとも近かった。

酋長のガプガプは、彼の部族がディープクリークに移動する前から長年部族を治めていた。部族の移動は隕石の落下から二十年後のことで、彼はホールズクリークの住人として隕石の落下を目撃した。

ボニーが彼を訪ねることに決めた際、彼の年を知る者は周囲に誰もいなかった。蛇革のバンドが巻かれたぼうぼうの白髪頭がこちらを盗み見た。そのしなびた胸には古い傷跡がいくつもあり、背中には蛙男の像が彫り込まれてある。両手両足は皮が骨をおおっているにすぎなかった。彼はこれまでいくども命拾いして生き延びてきたのだろうが、その黒いまなざしは若者のそれだった。

彼は今朝もいつもどおりに小さな焚火の前に座り、ルーブラたちが彼の脇に集めて積み上げてある木切れをくべて火の番をしていた。彼の後ろには、木で作った骨組みを樹皮でおおった彼の小屋があった。というのも彼は、白人が捨てた波形のトタン板なんぞはひどく軽蔑していたからだ。彼は白人が着る服も軽蔑しており、腰に巻いている飾り房と、人毛のひもで首からぶら下げてある編んだ袋以外は何も身に着けていなかった。彼は地べたにじかに座っていた。しゃがむことができないのだ。歯が一本もなかったので、鼻があごにほとんどくっつきそうだった。

冷え込んだ夜が明けて暖かい日になっていた。共用の焚火を囲むように、古い鉄板でできた小屋が並んでいる野営地は、子どもたちの嬉しそうな喚声や、こまごました仕事をするのに忙しい女たちの叫び声で活気に満ちていた。男たちはもっと小さな焚火のまわりで噂話に興じており、まるで火がなければ野営地ではないとでも証明しているかのようだった。だしぬけに老いたガプガプが頭を上げ、五十ヤードばかり向こうにいるボナパルト警部のどっしりした姿を見据えた。野営地の騒音が不意にやんだ。

酋長のところにポッパと呼ばれている呪医がやって来た。彼はたくましい体つきの、いかつい顔をした五十前と思しき男で、彼の職業を示す風体と、もじゃもじゃした灰色の髪を上げておくための頭のまわりのベルトを除けば、そもそも決して特徴のある男ではなかった。今朝のポッパは右膝のところに穴のあいたぼろぼろのドリル織りのズボンしか身に着けておらず、およそ神秘的な権威を漂わせた、印象的な人物ではなかった。

「あそこにいるのは牧場の警察官だな」彼は怒った燃えるような目をして速い息をしながら、大声で言った。「こっちが知らぬ間に近づいてきたのはあの男が初めてだ。あの男の中にはルーブラの母親の血でも流れとるにちがいない」

「そうかもしれんの」とガプガプは穏やかに答え、まるで訪問者を歓迎するかのように、先が真っ赤になっている木切れを五本ばかり動かして火を勢いよく燃え上がらせた。「白人の警官だと、ここまで馬で乗りつけてきおって、いきなり訊きたいことを訊いて、怒鳴って命令すると相場が決まっとる。その点この男には良識がある。この男はよそ者が野営地に入ってもよいか許可を求めているんだ。お通ししろ」ポッパが叫んだ。若者が二人訪問者を迎えに行った。ガプガプが言った。「あの男はの、ステンハウス巡査をあやめた者たちを白人の法律で裁いた人間じゃ。悪賢いやつだぞ、あの男は」

二人の男に伴われ、ボニーが先に立って歩いて来た。彼のつばの広いソフト帽の正面には、西オーストラリア州警察のバッジが付いている。彼が着ているドリル織りの上着の肩章には、幅の広い黒い線が三本入っていたが、それが何を意味しているかはアボリジニたちにはわからなかった。ともあれガプガプとポッパはそれを高い階級の印だと受け取った。ボニーは彼らのところまで来ると、まるでカモメが霧の中に消えていくように、後ろのほうに引っ込んでしまって、しんとしている住民と野営地をじっと見た。彼はしゃがんで座ることにして、焚火をはさんで二人のアボリジニと向かい合った。

「もうずいぶん前のことですが、両親と叔父たちからあなたの話を聞きました、ガプガプさん。わたしの母の出身部族の酋長は名前をイラワリといったそうです」

「イラワリの名前は聞いたことがある、カソワリ族じゃ」とガプガプは無表情にうなずいた。「彼はここからは遠く離れたところで一生を終えたがの」彼の声には正式に承認したような響きがこもっていた。「彼はあんたにわしらの民族のしきたりを遺《のこ》していったようじゃの。あんたの話はずいぶん聞いとるぞ。あんたはジャッキー・マスグレーブの殺しを目撃したんじゃったな。あの黒人の。で、ステンハウス巡査殺しの犯人をあげて、白人の法で裁いたんじゃ。あんたの中にイラワリが生きておることはわかったが」そう言うと老人は再び火のついた木切れを動かして、不機嫌にそれをじっと見つめた。ボニーもポッパも何も言わずに黙っていた。やがて酋長が目を上げると、ボニーの青い瞳と出くわした。打ち負かそうとしては来ないもののこちらが征服することはできないような名状しがたい力を持った青い瞳だった。

「よくご存じで」とボニーが答えた。彼はタバコを巻き終えたが、ガプガプの持っていた火のついた木切れを取ってタバコに火を点けるようなへまはやらかさなかった。「でもこっちもいろいろと知っていますよ。たとえばあなたがなぜ部族をここに連れて来て野営させたのか。それは実に賢明なことでしたよね。あなたにはその焚火の中に未来のことがたくさん見えてるんでしょう。わたしが黒人のトラッカーじゃなくて、体の大きな白人の警官だということを当然ご存じなように。わたしがあなたの頭の中を見通せるのもご存じなはずだ。わたしには呪医への恐れがないことも」

「あんたはずっと前にカルシャット族の呪医に呪いの骨を向けられて死にかけたじゃろ」ガプガプが言った。

　これにはボニーも動揺した。カルシャット族はキンバリーからは千六百マイル離れたところに住んでおり、呪いをかけられたのは十五年も前のことだったのだ。だがそのそぶりは微塵も見せなかった。彼がこれに応戦しようとしていると、ポッパが先に口を挟んだ。

「アルチュリンガの時代のことだが、呪医を非難したある若者がいたんだ」この現代の呪医が言った。「呪医は自分の指の上に若者の舌を載せ、彼に舌の上で羽たちを育てるように言った。やがて羽たちは翼になり、若者を高い木の枝まで運んだ。すると舌が言ったんだ。〝僕はこんなに飛び回るのにはくたびれた〟と。羽たちは〝こっちだってそうだ〟と一斉に言い、みな舌から落ちた。で、若者は地面に落ちて死んだとさ」

「これはつい昨年の夏の話ですが」とボニーが負けじと言った。「白人の警官に舌を突き出した呪医がいたんです。白人の警官は呪医の両手をつかんで、鋼鉄の手かせをはめた。それからその呪医をバオバブの木の中に入れて、閉じ込めて、出られるものなら出てみろと言ったんです。手首ばかりか足首にもかせをはめられた呪医はもう絶体絶命の状況でした。彼は白人の警官に向かって大声で呪文をかけだした。そうしているうちに手足のかせがどんどん熱くなって、ついには何匹かの蛇に変身し、彼を小さく嚙み砕いた。そしてそのかけらは木の裂け目をするりと抜けて、砂丘の上を舞いながら消えて行ったんです。またそれが集まって呪医になることは二度とはなく」

ガプガプから低いくすくす笑いが漏れた。

「ポッパ、あんたもくれぐれも口を慎むことじゃな。年寄りにはあんたの薬が必要じゃ。若いもんにはあんたの怖さが必要じゃし。ルーブラにはあんたのしつけが必要じゃ。あんたも刑務所の中からじゃと、彼らの世話はできまい。かく言うわしもずいぶん前に刑務所の中にいたがの」そこで彼はまたくすくす笑った。「あのとき白人の警官とトラッカー三人はわしを刑務所に入れるのに相当てこずった。じゃがなんにせよわしを刑務所にぶちこんだんじゃ」彼の声は鞭《むち》の音のように鋭かった。「ルーブラのおしゃべりをやめさせせんか、ポッパ。この大声の警官は何でここに来たかを今から話すんじゃろう、え？」

「まるで心当たりがないとでもいうようですな、ガプガプさん」ボニーが咎めるように言った。「あなたにクレーターで死んでいた男のことを訊きに来たんですよ」

「わしらは何も知らん。あの男は白人じゃ。きっと白人に殺されたんじゃろ」ガプガプは穏やかに答えると、やはり穏やかな仕種で火のついた木切れの一本を抜き取って、その真っ赤な火先で焚き木の山から這い出してきていた六インチほどある虫をつついた。

「何も知らん！」とボニーがおうむ返しに言った。「あなたは十五年も前にこの世界の向こう側でわたしが誰から呪いの骨を向けられたかをご存じゃないですか。それなのについ最近あそこにあるクレーターで誰が白人の男を殺したかはご存じないと。どうやらおたくの部族には新たな酋長と呪医が要るようですな。で、おたくらは二人ともしばらく刑務所に入ってもらうことになるかもしれませんな。おたくらなら千々に砕けて逃げることなどないでしょうし、仮にそうなったとしても問題はない。なぜならそのかけらは二度と集結してガプガプさんとポッパさんになることもないでしょうからね」

呪医はガプガプが火のついた木切れをのらくらと並べ替えるのを一心に見つめていたが、酋長の両手は彼の関心が火のついた木切れになど少しもないことを暴露していた。彼は何も体をおおわれていない、生けるミイラのようだった。まるで薄汚れた骨と皮を針金を使って組み立てて、上からダークグレーのタイツでもをかぶせたように見えた。

「あなたたちがひどく悪賢いというのはわかっています」ボニーは続けた。「でもわたしも悪賢いんです。白人の法律では殺人は禁じられています。あなたたちはそれを知っている。あの白人があなたたちに知られずにクレーターの中に入ることはありえなかっただろうとわたしにはわかってますし、わたしにはそれがわかるということをあなたたちもわかっている。だからその辺のループラみたいに話すのはやめてもらえませんか。飛行機に乗っていた人間が見つける前からそこには何日もその死体があったのを知らなかった、などというのは。知っていたからこそ飛行機が上空を飛んだその日にあなたたちは全員でウォークアバウトに出てしまったんです」

「わしらは若いもんとループラのイニシエーションのためにウォークアバウトに出たんだ」ポッパが主張した。

「おたくの部族にはイニシエーションの準備のできた若い男女はいなかったと聞いていますが」実際にイニシエーションを行うにはそれに先立つ長い準備期間があることをよく知りぬいているボニーが異を唱えた。「まあいいでしょう。では証明してもらえますか？ その若者とループラをここに呼んでください。さあ、ここに彼らを呼んでわたしに確認させてください。彼らの切り傷はまだ古くないはずでしょうから。さあさあ、ガプガプさん、目を覚ましてください。彼らにここに出て来るよう命じてください」

「まだその時機ではなかったんじゃ」とガプガプが答えた。「うちの若い男女はまだ成熟しておらんかった。ボーデザートじゃ若者のイニシエーションがウォークアバウトに出る目的じゃ。ディープクリークも同じじゃ。彼らもわしらもウォークアバウトに出るんじゃ。白人の法律だってそれを禁じてはおらん。ハワード巡査は一度もわしらに行くなとは言わなかったぞ。いつでも野営地にいろとはな」

「つまりは、真実じゃなかったというんですかな。あなたがたが若い男女のイニシエーションのためにウォークアバウトに出たというのは。わたしは彼らをここに連れて来てくださいと言っているんです。あなたはさっきあなたが殺した虫みたいにのたうってますな」ボニーの顔にはいささかずるそうな笑みが浮かんでいた。二人の男はそれを見てとり、タバコを噛むのをやめた。「もちろん、その時機ではなかったんでしょう。クレーターから遠くないところで焚火の番をしていたアボリジニが、クレーターの上空を飛行機が飛んだとあなたがたに教えたのかもしれませんね。そのときあなたたちには若い者に準備をさせる時間はなかった。そしてあなたたちはハワード巡査とわたしがボーデザートを発ってディープクリークへ向かったのも知った。焚火の番をしていた黒人が教えたからです。もっとも、あの飛行機には焚火の番をする黒人はいなかったですからね。だから飛行機がクレーターの上を飛ぶのを事前には知らなかった、ということですよね？」

二人の男はボニーの目より口元をしげしげと見ていたが、彼らの目には何の表情も浮かんではいなかった。まるで燃えるような瞳孔の前に遮断幕が下ろされているかのようで、それはいわゆる鉄のカーテンなどよりもなお突破できそうになかった。それはボナパルトを締め出すためではなく、その中に彼らが閉じこもり、昔ながらの彼らの文明の砦をおびやかすよそ者の侵入に対して、自分たちを閉ざすためだった。ボニーはあまりにしばしばそういう場面を経験してきたので、そうした精神的な遮断幕を上げようとすることのむなしさをずっと以前に悟っていた。彼はもう一本タバコを巻くと、しまいまで吸って言った。「あなたたちは自分たちで思ってるように悪賢いのではなく、愚かなのかもしれませんな。あなたたち、つまり酋長のガプガプさんと呪医のポッパさんとで、この部族を治めておられる。あなたたちと部族は食べるものにも不自由せずにここで暮らしている。おたくらが平和に暮らしていられるのも、誰もあなたたちと戦ってはならない、あなたたちも誰とも戦ってはならないという白人の法律があるからでしょう。ガプガプさんは覚えているはずです。戦いに明け暮れていた頃のことを。それに、食料が十分にあるのはほんのわずかな間で、たいていは飢えていた頃のことも。あなたは今はそういう暖かい場所に座っているが、覚えているはずだ。今後もずっと幸せでいられるように、どうやってあなたの部族に黒人の慣習を守らせてきたか。

そしてそのために何をしたか、ディープクリークのこの場所に野営地を移したんです。ここには水が豊富にあり、食料も十分にある。若者には牧場での牛飼いの仕事があるし、タバコもたっぷり手に入る。ホールズクリークからもフィッツロイクロッシングからも離れている。このディープクリークでならあなたは部族を治めることができ、ポッパさんは黒人の法と慣習を彼らに守らせることができるんです。

ブルームやダーウィンの黒人たちのようにではなく、です。ああいった場所では、黒人は半ば白人化してしまっています。彼らはもう終わっている。あなたにはそれがわかっている。ディープクリークに来なければ部族の人間がどういうことになるか、あなたにはわかっていた。ああいった場所では黒人は自分たちの酋長に舌を出してみせたり、呪医の噛みタバコの世話などまったくしなかったり。野営地から野営地へと転々としては、ほうぼうのループラと寝るわ、火酒（ウイスキー、ジン、ラムなどの強い酒）を手に入れるために白人から汚い金を稼ぐわ。こういったていたらくを何もかもご存じでしょう。おたくら二人は」

ボニーはため息をつくとまた別のタバコを巻きだした。彼らはボニーの指をじっと見ていたが、その遮断幕の下りたような目と彼の目が合った。

「あの白人の男は自ら死を招いたんでしょうな」と彼が静かに言葉を続けた。「自らクレーターに身を置いたんでしょうな。それでも何者かが彼をそこに運んで行ったんです。なぜならあの男には羽がないんですから。そしてあのクレーターはあなたがたの縄張りだ。あなたがたの土地にある。ボーデザートではなく。あなたがたは自分たちを酋長と呪医だと名乗りながら、誰があの男を殺してクレーターに置いたかはわからないと言っている。だが、どれだけの鷲があなたがたの土地の上空を飛んでいるか、誰があなたがたの土地に入って来て、誰が出て行ってるかはご存じでしょう。そして、誰があの白人の男を殺したか、誰が男をあそこに置いたかもご存じのはずだ。

ガプガプさん、わたしがさっき言ったように、あなたはきわめて愚かで、この土地を治められないのかもしれない。わたしではなく、白人の法律があなたがたを刑務所に入れて、あなたがたの部族はどこか別の場所に追いやられるでしょう。で、あなたたちが刑務所から出て来たときには若者もルーブラもあなたに向かって舌を出してみせ、呪医にはとっとと消えてしまえなどと悪態をつくんでしょうね。まあ……もしもガプガプさんとポッパさんが刑務所に入れられたときの話ですけどね」

そのあと長い沈黙が続き、ようやく呪医が言葉を発した。「白人の男はわれわれアボリジニとは無関係だ。われわれはあの男とは何の関係もない」

再び沈黙が訪れた。この原始的な人々と、彼らとはまるで異なった世界に住む、現代的な人種の代表のような彼とを隔てている壁はなおさら強固なものになっていた。ボニーはさらに二本タバコを吸ってから立ちあがり、牧場に向かって踵を返した。

第六章　小さなペット

ガプガプと呪医を訪ねたことが明らかに失敗に終わったことに、ボニーは動じていなかった。おそらく彼らはそれぞれにあれがいつもの態度で、二人とも普段どおりにふるまったにすぎないのだから。不思議なことに、歩兵大隊の中の部隊長と副官の役割が、オーストラリアのアボリジニの部族の場合にだいたいあてはまる。部族が国を構成しているように、歩兵大隊は陸軍師団を構成している。うまく管理されている歩兵大隊では、厳格な部隊長が統率し、人気者の副官がみなの機嫌をとるらしいが、その逆の場合もあると兵士たちは言う。とにかくその絶妙なバランスの上で成り立っているのだとか。

このビンゴンジナ国のディープクリーク族を食べものにたとえて言えば、ガプガプが砂糖でポッパが酢の役割を果たしていると言えた。この同じ国でも別の部族ではどうも役割があべこべのようだったが。おおむね部族内で反乱が起きるのは、砂糖が多すぎたり酢が多すぎたりすることによるものらしい。

おそらくガプガプは、前の酋長が亡くなった際に長老たちによって後継者に選出されたと思われ、それでいくと彼はその地位に着いて七十年たつことになる。その期間に彼らの部族はまったくの未開の状態から、白人と平和に共存できる状態へと変貌を遂げたのだ。とはいえその酋長なら、徐々に彼らの文明が侵略され、すでに彼らの民族を脅かし始めている、その崩壊の兆しに気づいていないわけはあるまい。現に、彼の信頼を得ているルロイ夫人はそういう話を聞いていた。

ポッパのほうは、幼少期から特異な性質を示し、特別な訓練を受け、そして何百年来の慣習に定められた過酷な肉体的試練に耐え抜いて、前任者に指名された可能性が高い。白人の医者は、薬と患者への共感で病や傷を治すが、ポッパは、薬草と畏怖心で病や傷を治す。白人の僧侶は地獄の火をほのめかすことで人々が罪を犯すのを防ぐが、ポッパはおそらく魔人と大蛇の話で脅しては人々の堕落を抑えるのだ。フロイトが書物に著したこともポッパは修行中のごく早い時期に悟っているだろう。

つまりあの粗野な特権階級の人間たちはどちらも愚か者ではない。マキアベリ（「君主論」の著者）ならどちらのことも強く褒めただろう。彼らなら、牧場主の家の倉庫から盗みを働くとか、ルーブラに手を出したといって白人の命を奪うといった、部族の人間が犯すはんぱな罪の責任を逃れようとして、お役所の反感を買いそうでもなかった。ボニーはあの遮断幕が下ろされたようなまなざしの理由は、白人に対する忠誠心や、あるいは彼らより強大で白人の法の影響をあまり受けていない、近隣に住む部族への漠然とした恐れのようなものだろうと、次第に確信を持ち始めていた。

彼はディープクリークの土手にある丸太に腰を下ろし、こうしたことに思いをめぐらしながら、コンクリートの壁にせき止められた水を眺めていた。その場所はちょうどうまく選ばれていた。というのは、小川はそのL字カーブのところで水深が深くなっていて、向こう岸まで百ヤードほどの川幅に広がっており、水はカーブのまわりでせき止められていた。このため池の水面ではゲンゴロウやらほかの虫がしきりに鳴き声を立てていて、風に踊る葉の影が音のない音楽を奏でていた。

ボニーは屋敷に背を向けており、ぐいっと背中を押されて初めてミスター・ラムがそこにいることに気がついた。彼にタバコを分けてやっていると、ブレナー家の姉妹、ロージーとヒルダがやって来た。二人はボニーの両側に座ると、靴のかかとを丸太に打ちつけてとんとん鳴らした。

「うちのため池を見ているの？」とヒルダが訊いた。

「何て美しい眺めだろうと思ってたんだ。ゲンゴロウが忙しく動きまわっていて、葉の影が水の上で揺れていて。それでもすごく深そうな池だね。誰もここで水浴びをしたりはしないんだろうね」

「あら、いいえ」とロージーが答えた。「するわ。すぐそこでじゃないけど。小川の上流の水の浅いとこで。オールド・テッドがあたしたちに泳ぎを教えてくれるの。テッサは泳げるのよ。でももう決して泳ごうとしないの」

「なぜだい？」とボニーが不審げに言った。

「あのね、テッサがそこで泳いでたら、キャプテンが来てそれを見たの。で、げらげら笑ってテッサをからかったの。それ以来二度と泳ごうとしないのよ。あなたは泳げる？」

「もし川に落ちたらね。きみたちのご両親は人がため池で泳ぐのを嫌がらないの？」

「いいえ、家で使う雨水は貯水槽の中にたっぷりあるから」とロージーが答え、ヒルダが説明するようにつけ足した。「雨が降ると屋根から落ちて来るの」

「そうか。ところできみらは野営地の子どもたちとはよく遊ぶのかい？」

「時々遊ぶわよ、ボニーさん」とヒルダがうなずいた。「そういうとき、キャプテンも一緒にみんなで散歩に行くの。キャプテンが砂漠に連れて行ってくれて、みんなでマスグレーブ族の黒人の足跡を追う真似をするの。アルフィーとか誰かがマスグレーブ族になって、みんなで彼を追うのよ。彼は自分の足跡を消して、あたしたちをまこうとするんだけど、キャプテンが足跡の見つけ方を教えてくれるのよ」

「きみはキャプテンのことが大好きなんだね、わかるよ」

「だってキャプテンは世界中で一番素敵な男の人だもの。パパの次にね」とヒルダが宣言するように言い、彼女の姉がこれに異を唱えた。

「それはちがうわ。一番はオールド・テッドよ」

「ちがうわ」とヒルダが言い張った。「キャプテンは喧嘩で彼を負かすわ。あたしたち見たじゃないの」

ロージーは丸太から滑りおりて妹と向き合い、叱るように言った。「あのことは秘密なのよ。誰にも言わないってテッサと約束したじゃない。覚えてるでしょ」

幼いヒルダは唇を嚙みしめ、今にも泣きだしそうだった。そこでボニーが、テッサはそのことを牧場の誰にも言うつもりはないんだろうが、自分は牧場の人間ではないから、秘密を漏らしても問題にはなるまいよと言った。この言葉を聞いて、こぼれ落ちそうになっていたヒルダの涙が止まった。ボニーは話題を変えようと、きみたちのペットを見せてもらえるかなと尋ねた。

二人とも二つ返事で、彼にミセス・ブルーイと子犬たちを見せてくれた。それから姉妹は彼を百羽ばかりのインコを飼っている大きな鳥小屋まで連れて行き、そのあとで庭にいるボブ・メンジーズを訪ねた。その間もミスター・ラムは忠実に彼らのあとについて来て、時折り彼の脚をそっと突いては自分の存在を思い出させようとした。

「あたし、警部さんがミスター・ラムにタバコをやってるのを見たわ」とヒルダが咎めるように言った。

「そうかい。彼はどうやら紙巻タバコが好きらしいんだ」

「ケーキも好きなのよ」ロージーが補足するように言った。「ジムからくすねるの。誰にも見られずにお台所に入れたら。ジャガイモもよ」

「それでジムは何て言うんだね？」ボニーが興味深そうに尋ねた。

「慌ててミスター・ラムを追い出して、銃で撃ってやるって言うの。もちろん彼はそんなことしないけど。わかるでしょ。でね、今朝彼がラズベリータルトを焼いたかどうか、ボニーさん訊いてみたいと思わない？」

「ほう！　彼はそれを少し分けてくれるだろうかね？　まあ試してみるか」

彼らが厨房に近づいて行くと、ドアは開いていて、中でジム・スコロッティが立ち働いているのが見えた。少女たちはまるではにかんでいるかのように中に入るのをためらい、ボニーが料理人に声をかけようと前に出た。ドアから六フィートほどの場所まで来た途端、彼は後ろから途方もない力で突き飛ばされた。両足は宙に浮き、ドアの枠にぶつかることもなく、彼は厨房に放り込まれ、料理人の足元に四つん這いで着地した。

「人の台所に入って来るのにそれはないでしょう」ジム・スコロッティが口を尖らせ、ペットのワニでもかまうようにボナパルト警部のまわりを歩き回った。「もっとも、おたくを突き飛ばしたのがあのとんでもない羊だと仮定すると、責めを負うべきはあいつですが」

ボニーはいくぶん威厳を損なって立ち上がり、振り返ってドアのほうを見た。ミスター・ラムがまるで悪魔の化身のように勝ち誇って彼を凝視していた。その向こう側で二人の少女が、ラズベリータルトについての料理人の答えが知りたくてたまらないとでもいうような、厳粛な面持ちで彼をじっと見つめていた。体は痛みを感じだしていたものの、ボニーは何とか軽口をたたいた。

「まちがいなくあのとんでもない羊のせいだよ」と彼はうなずいた。「わたしは今まで一度も雄牛に体当たりされたことはないんだが、たぶんこんな感じなんだろうな。実を言えばわたしがここに来たのは、もしきみが今朝ラズベリータルトを焼いていたら、おこぼれにあずかれないかなと思ってね」

　スコロッティの生き生きした黒い瞳がさっと動いたように見え、彼は思案ありげに灰色のあごひげを引っ張った。彼の後ろにある台の上に、様々な菓子を盛った大皿が何枚か置いてあった。ボニーは念のために、これは朝焼いた菓子かと尋ねた。

「ええ、警部さん。そうですよ」とスコロッティが答えた。「あそこにいるいたずらっ子たちもちゃんとそのことは知ってます。あなたがここに来たのは、ビリヤードの球のようにポケットに入れられるためだったんですよ。僕も前にやられました。ミスター・ラムはオーストラリアじゅうで一番スヌーカー（ビリヤードの原型と言われる。白の手球一つで二十一の球を一定の順序でポケットに落とす）がうまいんだ」

「わたしにもわかってきたよ。オーストラリア一のスヌーカーの名手にポケットに落とされたんだとね」とボニーはうなずいて、中央のテーブルの脇に置いてある箱に腰を下ろした。料理人は椅子に座り、子どもたちのいる戸口からボニーへと素早く視線を戻した。

「あいつはビリヤードの名手と言っていいですよ。昔僕がやってたサッカーの名手と言ってもいい。もっともサッカーのゴールは、このドアの両側の柱の間よりも広いですけど。それにもちろんテーブルポケット（ビリヤードテーブルの四隅および中央にある玉受け）よりも。ちなみに僕はビリヤードの見事なキャノンショット（手球が続けて二つの的球にあたること）を何度か見たことがありますよ。でもミスター・ラムは決してキャノンショットはやりません。まあそれはむしろ結構なことですがね。なぜって彼がキャノンショットをやると、やられた人間は何かに当たって跳ね返って怪我をするのが落ちですからね」

「ミスター・ラムにこんなことを指南したのは誰だね？」ボニーは興味を引かれていた。

「僕らがキャプテンと呼んでいるアボリジニですよ。ボスが牧羊場からその羊を連れて来たときは、ロージーがまだはいはいしだした頃だった。彼女がよちよち歩きをしている頃には、そいつは去勢した巨体の羊になってましたよ。彼女は彼の背中に乗って、彼の毛にしがみついてどこにでも行ったもんです。それと、この羊は甘いものからジャガイモまで何でも食べるんですよ。くすねることさえできればタバコやケーキだってね。そんなだから立っていられないくらい太ってしまい、ダイエットをさせないといけなくなったんですよ」

「まさか」とボニーがつぶやいた。

「いや、本当です。僕らはあいつに砂糖や焼き菓子や何かを禁止して、タバコの量を増やした。だがあいつにも知恵があった。ある晩彼は菜園にあるものをあらかた食い尽くしたんです。彼は掛け金を上げて門を押し開けていました。それからある朝なんかは、僕がここに入って来ると、あいつがストーブの前に寝そべっていましてね。僕は食料貯蔵庫に最高級のジャガイモを四十ポンドくらい置いてあったんですが、一つも残ってませんでした。全部彼の胃袋の中に消えていたんです」

「彼は人がやってるのを見てビリヤードをしだしたのかね？」とボニーが疑わしげに訊いた。

スコロッティが両手を広げて肩をすくめた。

「信じられない話でしょうが、しばらくここにいればわかりますよ。彼にスヌーカーを教えたのはキャプテンです。彼はよくミスター・ラムをからかっては、自分を追い駆けさせた。あるときミスター・ラムが彼に追いついて、彼を牧場の端のほうまで追いやったんです。そのときキャプテンは何かひらめいたようで。あいつらアボリジニの連中はいろんなことを思いつくんですよ。キャプテンは棒を二本地面に突き立てて、その前に案山子を立てた。それからミスター・ラムに馬乗りになって案山子を狙わせた。いくらもしないうちにミスター・ラムは上手に案山子を後ろに突いて、棒の間に入れることができるようになったんです。いいですか、驚かないでくださいよ」

「え、何をです？」とボニーが身を乗り出した。

「僕は見たんですよ。そのとき僕はドアの近くに立ってて、キャプテンはこっちへ向かって歩いて来ていて、ロージーとあの羊は離れたとこにいた。で、彼女がミスター・ラムにキャプテンを狙わせたんだ。そう、警部さんもここにいたらよかったですよ。あいつはキャプテンを両側の柱にぶつけずにまっすぐに突き飛ばした。彼は遠くの壁に顔からぶつかったんだ。自業自得ですよ。あの男にもそう言ってやりましたよ。その日以来、ミスター・ラムは人にやらされるのを嫌がるんです。自分の意志でやるのはためらいませんがね。機会は絶対逃しませんよ。

さっきも言いましたが僕もしっかり被害をこうむりました。ボスも前に一度。オールド・テッドもやられましたし、時々やってくれるんですよ。何しろ僕らは彼がそばにいるのに慣れ切っているんで、あっちがキューで突くチャンスをうかがっているのをつい忘れてしまうんですよね」

「僕に関してならチャンスは二度とないと思うけどね」ボニーは即座に言った。

「それはどうですかね、警部さん。オールド・テッドがしてやられたときに言ってましたよ。親しくなると油断するからと。そういうものなんです」

「まあそうかもしれない。きみはロージーかヒルダが僕を狙わせたと思うかね？」

「それは考えてなかったですけど」と言うなりジム・スコロッティが考え込んだ。彼の鼻梁に皺が寄り、黒い瞳が開いているドアをちらりと見やった。「確かにあの子たちなら、あなたがどこへ飛んで行くか見物《みもの》だと思って、ミスター・ラムの頭をちょっと突くくらいのことはやりかねんでしょうね。その嫌疑であの子たちを逮捕したらどうですか?」

さっと一陣の風が起きたかと思うと、ロージーが慌てた様子で厨房に飛び込んできて、長身のスコロッティを燃えるような目でにらみつけた。ヒルダが震えながら彼女の後ろについて来た。ロージーが金切り声で言った。

「あたしはミスター・ラムに狙わせたりしてないわ、ジム・スコロッティさん。あたしは彼の近くのどこにもいなかったもの。それにあなただって言ったじゃない。ほんの一分くらい前に。彼は狙わせられるのは嫌なんだって。そう言ったわよ」

「そんな、髪の毛を逆立てて怒らないでくれる、おちびちゃん?」料理人が懇願した。「僕はきみたちがほんとにやらせたとまでは言ってないよ。二人ともドアのすぐ外にいたんだから聞こえてたと思うけど」

「そのとおりだよ」ボニーが助け舟を出すように言った。「きみはミスター・ラムにわたしを狙わせたりなんかしなかったと言ってるし、わたしはいつだってレディーの言葉は額面どおりに受け取るようにしてるんだ。だから何も問題なことはないんじゃないかね?」

茶色い瞳から怒りが薄らいでいき、ロージーはうなずいて微笑もうとした。スコロッティが時計を見て声を上げ、昼食の用意をしなければ自分は首になるだろうと断言するように言った。あたふたしている彼を残して、全員厨房を出て行った。

去り際にボニーがだしぬけにラズベリータルトを分けてもらえまいかと訊いた。スコロッティがそれぞれに二切れずつふるまってくれ、彼らは庭園のナツメヤシの木の下にある椅子のところへ行って、それを黙々とたいらげた。そのあとでボニーは粘つく指をハンカチで拭きながら、ラズベリータルトの薄いかけらやジャムの残りをむさぼり食っているミスター・ラムに話しかけていた。

幼いヒルダが目に涙をいっぱいためて言った。「ボニーさん、あたしがミスター・ラムにやらせたの。もう二度とあんなことしないわ」

第七章　テッサのことをどう思うか

夕食の席でカート・ブレナーがニュースがあるんだと切り出した。

「内務大臣が団長を務める政治家の一団がこちらへ向かっている。今朝、彼らは車でダービーを発った。キンバリー地区と北部地域を査察するようだ。ホールズクリークで二晩野営して、滞在中に畜産業者と会合を持つらしい。北部開発の最善の方法を探るためのね」

「まあ、あなたも行くの？」とローズが尋ねると、夫がうなずいた。「行くつもりだよ。きみの都合がよければ」

「いいでしょうね。彼らにとっては。キャンプには絶好のシーズンだ」とオールド・テッドがつぶやいた。

「最高でしょうね」とヤング・カルも同意した。「でも大変そうではあるけど」

「どうかな」オールド・テッドが気の毒そうにブレナーを見た。「ご一行は何人ですか？」

「十六人だ。政治家と秘書と専門家を合わせると」

「十六人もですか！　それにその奥さん連中を足すと三十二人か。ということはつまり、車が十六台で、運転手が十六人いるわけか。それにジープで案内する警察官が二人と、トラックに乗った料理人と助手と、キャンプの装備一式を載せたトラックの民間人二人。この民間人がテントを設営したり解体したりするんだ。どこかまちがってますよね」

ローズがやさしげに言った。「どうしたの、ミスター因習破壊主義者さん？」

「まあたったの十六人ですけどね、奥さん。去年は二十一人だったし。その前の年は十九人で。その前の前の年は……」

「今は不景気なんだ」とヤング・カルが口を挟んだ。「十万人も失業してることが何よりの証拠だ。派手に金を使うのは慎まないといけない。でないと民衆がバスティーユ監獄（政治犯の牢獄として使われたパリの要塞）を襲撃するようなことが起きかねませんよ。節度が求められてるんです。それでも政治家の休暇は普段より延びるにちがいないし。彼らは今回はいつもとちがう趣向で行くんですかね、ボス？　で、ここにも来るんでしょうか？　そしたらあのクレーターを見せてやれる。あの連中にミスター・ラムを紹介しましょうぜ」

ロージーは笑いがこみ上げるのを抑えようとしたが吹きだしてしまった。母親はそれを見て眉をひそめると、いくぶん抗議の色をにじませて言った。「キャンベラの政治家がここに来もせず、わたしたちの問題に耳も貸さないというんだったら、どうやってわたしたちの要求を理解してもらえたり、このだだっ広い、ほとんど人の住まない地域の開発をしてもらえることなど期待できて？　ツアー自体に不都合がないのはわかるけど。ロージー、どうしたの？　さっきから何でくすくす笑ってるの？」

「ヤング・カルのせいよ、お母さん。彼があんなこと言うから、ミスター・ラムが大臣を突き飛ばすのが目に浮かんじゃったのよ」

ボニーもこれをおもしろいとは思ったが、素晴らしく美しい天候に恵まれる冬の時期の、政治家のためのこのぜいたくなツアーの話題に入っていくことはしなかった。納税者が負担する費用はだいたいどのくらいかとか、そういう冬のツアーが何年くらい行われたかとか、アジア人がその土地に踏み込んできて、政治家が休暇を過ごすこともできないほどそこを開発してしまうまでにあとどのくらいの年数が残されているか、などという議論になると彼は興味を失った。あのガプガプ老人なら即座に答えられた質問もあったのかもしれないが。

ボニーはテッサを観察しながら、彼のそばに座っているヒルダに話しかけた。彼女は姉と一緒になってはしゃいではいなかった。ボニーはそんなに気に病まないでと彼女を慰めた。テッサは自分の大半の時間を子どもたちに使っており、子どもたちのほうも彼女に何か注意されても騒いだり反論したりせずにおとなしく聞き入れているのがわかった。彼女の物腰やテーブルマナーや服装のセンスはすべてローズ・ブレナーの気配りと愛情のたまものだった。

この夜ボニーは、先住民特有の排他的な壁を自分のまわりに作っている彼女を説き伏せて、話をする機会を持った。彼女は、彼が話題をふると打てば響くようにすぐに反応が返ってくるのがわかった。彼女は年が明けるとパースにある教員養成大学に入る予定になっており、もちろんディープクリークの家をうんと恋しく思うだろうが、その新生活を楽しみにしていると言った。彼女はローズ・ブレナーから彼のことを多少聞いており、ボニーの学歴や家族のことを尋ねた。

「きみは大学を卒業したら、地元の子どもたちを教えるためにここに戻って来るんだろうとわたしは思ってるんだけど、それで合ってるのかな？」

「ええ、警部さん。わたしたちは、ミセス・ルロイと同じか、それ以上のことができたらと思っています。ブレナーさんは、学校を建ててくれると言っていて。それがずっとわたしの念願なんです」

「素晴らしい計画だね！　わたしは今朝ガプガプと話をしたんだが。彼もそれに賛成してくれると思うかい？」

彼女は一瞬美しい眉をかすかにひそめると、大きな表情豊かな目に決意を見せて言った。「そうせざるをえないでしょう。わたしたちが彼にそうさせます。ポッパにも。彼らは部族を永遠に同化させずにいられると思ってるけど。どうやってそんなことができますか？　この北部地域はまもなく開発されることになるでしょう。そしてますます大勢の人々が定住するためにここにやって来るでしょう。政治家でさえ飛行機で上空を飛ぶでしょう」

ボニーはその娘を新たな角度から眺めた。話し方にも外見にも何一つ粗野なところや、下品なところや、無作法なところはなく、とかくアボリジニの女性に見られる、公然と男と話すのをためらうようなふしは微塵もなかった。

「きみは驚くべき女性だね、テッサ」彼がそう言うと、彼女はその褒め言葉をあっさりと受け入れた。

「何しろわたしの人生には、気がつくとアボリジニと白人の間にある深い海に橋をかけるような役割を果たしていた時期があったからね。きみがもし自分の夢を実現したなら、おそらくきみはそれよりもはるかに頑丈な橋を作ることになるだろうね。なぜならきみはまるきり白人女性のような考え方をするから。きみはどのくらいの頻度で野営地を訪れるのかね？」

「そうですね、わたしは時々母に会いに行くんです。あまり具合がよくないんで。だけど母のためでなければきっとめったに行かないでしょうね。警部さんにはその理由がおわかりかしら？」

「おそらくわかると思う。当ててみようか？」

テッサがうなずいた。ボニーは彼女の瞳の中に嘆願するようなものを見た。

「わたしには黒人の血が半分流れているにすぎない。だがそれでもわたし自身、その母方の血に強く引かれるものを感じてきた。それはとてつもなく強い力を持っていて、非常に大勢の前途有望なアボリジニの学生がその影響を受けるのをわたしは目の当たりにしてきたんだよ。自分を守るのにわたしが使わなければならない最大の武器は、誇り《プライド》だよ。わたしの仕事への誇り、息子たちへの誇り、妻への誇り。ちなみに彼女はわたしと似たような境遇だ。今までわたしは課せられた任務をまっとうしなかったことはないいんだよ。わたしが失敗しないのはこの誇りがあるからだ。誇りこそはわたしが手離してはならない唯一のよりどころなんだ。わたしの推測は正しいかね？」

再び彼女はうなずいた。たまたま彼女は灯に対して横向きに座っていたので、その目に遮断幕が下ろされているかは彼には判じかねた。何の動揺も感じられない声で彼女は言った。「ええ、そのとおりです、警部さん。あなたにはおわかりだろうと思ってました。あなたのおっしゃる武器が唯一無二のものだと思います。わたしも今までたびたびそれを使わないといけませんでした」

「きみが自分で選んだ仕事に邁進《まいしん》すればするほど、それを容易に使いこなせるようになるだろうさ、テッサ。そこできみの武器を強化するためにきみにできることを教えよう。それはきみの部族を客観的に見ることだ。部族の歴史を書き記すことでそれができる。いずれ訪れるガプガプ老人の死とともにすべてが闇に葬り去られる前に、部族の歴史を書き記すことだ。今までそのことについて考えたことはなかったかね？」

「ええ、ありました」と彼女は答えた。「実はわたしはその計画に手を着けてました。すると、キャプテンもそれをやろうとしているのがわかったんです。それでそのことは彼にまかせて、わたしは伝説を一冊の本にまとめました。今もまだ書き足してる最中ですけど。いつか警部さんにもお時間をとってもらって、わたしの知らない伝説をいろいろお話ししていただければと思ってます」

「これは驚いたね」とボニーは上機嫌で言った。「喜んでそうさせてもらうよ。それとキャプテンが歴史について書いてるって？　彼を説得してそれを見せてもらわないと。それにきみの伝説集も。もしよかったらだけど。どうやら彼はきみよりずっと部族と緊密な関係のようだね。ところで彼はきみと同じくらい高度な教育を受けてるのかね？」

テッサは答えるのに時間を要した。彼女が思慮深いのがわかりボニーは何やら嬉しかった。

「彼は読書家で本をたくさん読んでるんです。それにものすごく文章が上手です。もっとも、警部さんが持ってらっしゃるような武器は持ってません。わたしは持ってますけどね。ところでさっきの話ですが、警部さんにわたしの伝説集に目を通していただいて、手を加えていただけたらありがたいです。わたしのは主に北部に住む部族についてのもので、あとイルピラ族についての一つか二つの伝説です。オラブンナ族についてのものはありません」

オールド・テッドが部屋を横切って彼らに近づいて来て、お偉い警部さんの取り調べがずいぶん長くかかってるようだなと皮肉を言ったのにボニーはわずかに苛ついたものの、うっかりその苛立ちを見せるようなへまはしなかった。そしてその夜の収穫に満足して床に就いた。

翌日の朝食は離れの外に用意されており、ボニーはヤング・カルとオールド・テッドの間に収まった。そこにいるのは男ばかりで、女たちはそのあとで食べる習慣になっていた。またこれもやはり習慣のように、最初に挨拶を交わしたあと男たちはほとんどしゃべらなかった。そのうち彼らがパイプにタバコを詰めたり紙巻タバコを巻いたりし始めて、ようやくカート・ブレナーが口を開いた。「〈エディーの井戸〉まで馬で行ってみてくれないか、カル。で、風車小屋と貯水池を見て来てくれ」そこで彼は赤毛のあごひげを生やした男をちらりと見た。「テッドは鞍の修理があると言ってただろ。揚水器のエンジンの番をしながらそれを済ませたらいい。貯水池の水面が低くなってきてる。庭にもう一度水をやる必要があるんだが、それはテッサと子どもたちでできるだろう。あの子たちはぱちゃぱちゃ歩き回るのが好きだからな」

「あの仕事ですか！」ヤング・カルがうめいた。「まったく男の仕事にはきりがないな。俺はボスのためにこんなに身を粉にして働いてるというのに。この世の中には楽しいことなんか一つもない。お大臣がミスター・ラムを見にうちに来ることだってきっとないだろうし。ああ、俺が刑事だったらなあ。ぶらぶらして何か考えてるふりをしていればいいんだからな」

「今日、きみはわたしを一緒に連れて行ったらどうかな」とボニーが持ちかけた。「わたしはいい連れになれると思うよ」

「俺一人で行くよりましですかね。賭けみたいなもんだけど。じゃあボス、商談成立です。で、ボスはどうするんです？」

「ベランダで恋愛小説でも読むよ。時々缶ビールでもすすりながら」と牧場主が答えると、ヤング・カルが同僚の奴隷に訴えるように言った。

「どうよ？」

「俺がポンプのエンジンの面倒を見ながら、鞍の修理をする合間に、ボスのために本の頁を繰って、ボスが肘を曲げなくてすむように手伝うよ」

「頼むよ。ボスに無理させないようにしないとな」ブレナーがボニーに向かって人がよさそうににやりとした。ヤング・カルが言い足した。「ボニーさん、俺、昼飯をもらって来ますよ。あとで馬の囲い地のとこで落ち合いましょう」

「事件の糸口は見えてるんですか？」オールド・テッドとカルが出て行くと、ブレナーがボニーに尋ねた。「今度のクレーターの事件をどうお考えですか？」

「昨日、野営地に行ったんですよ」とボニーは質問をはぐらかした。「ガプガプとポッパと話しましたよ。ガプガプは一体何歳なんでしょうか？」

「百歳ですよ。たぶんね。知り合ってこのかた、いつだって彼は小さい焚火の前に座ってるんです。ほかには何もしない。それにあの呪医はぶらぶらしてるだけのよた者だ。まちがいなく。まあでも僕はあの二人のことはキャプテンにまかせてあるんです」

「あの野営地を中心に考えて、おたくの牛たちにとって一番近い水飲み場はその〈エディーの井戸〉ですか？」

「砂漠側だとそうです」

「風車小屋はさらに先にあるんですか？」

「ええ。われわれが〝死者の涙〟と呼んでる場所です。〈エディーの井戸〉より三十マイル余り向こうです。そこから南東へ行くと〝ボア・ナンバー・スリー〟があり、クレーターよりほぼ七十マイル南に〝パラダイス・ロックス〟があるんです。そこに行けばきっと驚きますよ。アカシアに囲まれた中で水が永遠に湧き出してるんですから。もっとも、安全な場所じゃありません。野蛮な黒人がここを自分たちのものだと主張してるからです」

「そういう場所にも行ってみないといけませんな」とボニーがきっぱりと言った。「ここだけの話ですがね、ガプガプと部族の人間はクレーターにいた謎の男のことを何か知ってるはずですよ。さてと、わたしはヤング・カルと一緒に出発します。また帰ってからお会いましょう」

「いいですよ。ところでカルに伝言をお願いできますか。庭の馬を放牧場に入れるようにキャプテンに伝えてくれと僕が言ってたと。さっき言い忘れてました」

ボニーが馬の囲い地に行くとヤング・カルが馬に鞍をつけているところだった。ブレナーの言葉を伝えると、ヤング・カルが大声で呼ばわり、若い動物を相手にしていたキャプテンが仕事を中断して、庭の柵のところに来た。

「キャプテンにはもう挨拶しましたか、警部さん？」とカルが尋ねた。

「いや、この前仕事中の彼を見たけどね。やあ、初めまして、キャプテン。忙しそうだね？」

まるで古代ギリシアのオリンピック選手役でもできそうなアボリジニが、にやりと笑ってこう言った。馬のなかには考えることのできるやつがいて、今引いてる馬は考え込む性質《たち》で頑固なのだと。彼の丸い顔には皺一つなく、勇敢で快活そうな目をしていた。彼は二人にどこかへ行くのかと尋ね、ボニーが〈エディーの井戸〉だと答えた。

ボニーとヤング・カルは馬で砂漠に入って行った。時々馬を軽く走らせ《キャンター》たり、馬をぴったりくっつけて歩かせたりした。ヤング・カルの説明では、ディープクリークは七マイル続いたのちに、南にある広大な一帯で水が枯渇しているという。この一帯はバッファローグラスにおおわれ、溝が交差して、ツゲやら何かほかの木々を潤してはいるものの、全体に荒涼としていて陰鬱な場所らしい。南の突き当たりに〈エディーの井戸〉があり、川《クリーク》沿いに行くよりは、まっすぐ進むほうが容易だということだった。

砂漠の大きなカーブを横切ると、目の前に無限の空間が広がっており、ひどく無防備な感覚に襲われた。ここにはスピニフェックス草や、生育不全のアクミナータアカシアや、大きく群生しているヤマアラシガヤがあり、そのすべてが広大な薄赤色の砂地で分離されていた。南の鮮やかな空の縁に黄色い砂丘の線が立ち上がっていた。背後にあった牧場の家屋敷や建物はもう視界から消えており、三時間ほどのちに前方に、草地の南端にある〈エディーの井戸〉が現れ、風車と貯水池が見えた。

〝井戸〟の周辺の草は半マイルほどにわたって牛が食い尽くしていた。いくつかある水入れのうちの二つが、風車が水を供給している貯水池の外側に転がっていた。その風車のせいで、ポンプのエンジンを収納している背の低い鉄製の小屋が小さく見えていた。風が長期間吹かないとまるきり無用の長物にすぎなかったにせよ。〝井戸〟の二百ヤード北に小屋が建っており、前面に空いている土地があった。小屋の裏手は西風に晒されており、小さな馬の囲い地がある。ヤング・カルが言ったとおり、まったく陰鬱な場所だ。

小屋の前にある数ヤード四方の炊事用の炉で、ジム・スコロッティが用意した昼飯を二人で食べながら、ヤング・カルが言った。「幸か不幸か、俺は以前ここに二週間配置されたことがあって。もうほとんどぶち切れそうでした。もちろんそんなことはやりませんがね。そのときに一週間、川《クリーク》が氾濫して、この草地じゅうの小さな湖や溝がカモで真っ黒になったんです。ある日突然、誰だって目に焼きついて離れないようなものを見たわけです。翌週オールド・テッドと俺はここに銃を持って来ました。カモをぎゅうぎゅうに詰めた袋が二、三袋できましたよ。カモが一斉に舞い上がると太陽は見えなくなった。あれは圧巻でした」

「きみは結構ここでの生活を楽しんでるんだね?」

ヤング・カルははしばみ色の瞳を熱っぽくきらめかせ、広い額にかかった金髪をさっと後ろに振り払った。

「俺の父親は南部のビクトリア州で羊牧場を二、三経営してるんです。父は俺が牧羊の仕事をすることを願ってた。ゆくゆくはそこを経営して欲しいとね。でも俺はまずオーストラリアという国をもっと見てみたかった。それでこんな遠くまで来てしまって、それ以来ずっとここにいるんです。リベリナ（オーストラリア、ニューサウスウェールズ州南部を中心とする平野）の羊なんか俺の知ったこっちゃないんだ。今の俺は牛とブレナーのおっさんの世話で十分なんです」

「都会の生活には魅かれないのかね？」とボニーが水を向けた。「女とか、きらびやかなネオン街とか？　そういうものが恋しくなったりはしないのかね？」

「二週間ここに張り付いてたときはまちがいなくそうなりましたよ、ボニーさん。この赤い土地には参ります、確かに。それでもこの前メルボルンにしばらく行ってたら、こっちに戻りたくてたまらなかった。いずれ永住するためには南へ行かなきゃならないとしたら、グレート・ホワイト・パトリアークあたりがいいですね。ちなみにオールド・テッドは両親を自動車事故で亡くしてるんで、彼には戻る場所はないんですが、かなりの大金を相続したんです。それでもあいつはキンバリーに憑りつかれてる。俺やブレナーさんみたいに。ひょっとしたらブレナーの奥さんでさえそうだけど」そう言うと彼はだしぬけに訊いた。「警部さん、テッサのことをどう思います？」

第八章　ヤング・カルの問題

「わたしはテッサにそれほど注意を払ってなかったからな」ボニーは質問の内容にもだが、不意に話題が変わったことを訝しく思いながら答えた。二人の間には消えかけの焚火があり、ヤング・カルは地面にあぐらをかいて座っていた。今のカルは実際の年齢より何歳も若いようには見えず、人生をなめてかかっているような小生意気な態度は影を潜め、思慮深い様子に取って代わっていた。

「俺が言いたいのはつまり、彼女はどうなっていくんだと思いますか?」カルは続けた。「ブレナーの奥さんは彼女を教員養成大学だか何だかにやるつもりです。まあ彼女が資格を取って卒業できるかは疑わしいですが。どうなると思いますか?」

「まあ普通に考えると、彼女は資格を取って戻って来て先生になるんじゃないのかな。現時点でわたしが想像する限りは。何が気にかかるんだね?」

「その、白人の男と黒人の女が結婚することをどう思いますか?」

「わたしは人種のちがう者同士の結婚には賛成しない」ボニーは依然として困惑しながら答えた。「ちなみに妻はわたしと同じような出自だ。それでも時々は衝突してぎくしゃくするよ。わざとらしく丁重に扱われたり、まったくもって失礼な態度をとられたり」

カルの小さな目の奥に不安が覗いた。「もっと話してください」と彼が促した。

「えっと、きみは今二十歳だよね。で、テッサは十八か。まあ十分結婚していい年頃だよ……でも、きみが白人でテッサが黒人となると、必然の結果として、十年後にきみが三十でテッサが二十八になる頃には、きみはこれから男盛りにさしかかろうとするときで、テッサのほうはすでに女盛りを迎えてるんだ。さらに十年後には……あとは言わなくてもわかるだろう?」

「ええ、わかります。よく」

カル・メーソンは、火はほとんど消えているものの灰の中から渦を巻いて立ち上っている細い煙を眺めながら、紙巻タバコを巻いた。ボニーは、自分の抱えている問題が解決不能だとわかっている別の若者のことを考えていた。

「むろん結婚するか、何もないかだが」とボニーが続けた。「たとえブレナー夫妻が結婚に同意したとしても、まだ解決しなきゃならない役所との問題もある。おそらく結婚生活以外の交友関係はきみにとっておよそ悲惨なものになるだろうね」

カルが思わず視線を上げると、同情心に満ちた青い瞳が彼を見ていた。

「俺にとってですって! 俺は自分の話をしてるんじゃないですよ。俺はオールド・テッドのことを考えてるんです。何しろオールド・テッドはテッサから見れば負け犬だから。でも彼はあれで結構いいやつなんで、俺はあいつが打ちのめされるのを見たくない。しかもキャプテンもテッサに気があるんで、ちょっと複雑なんです。そこへもってきてテッサが余計なことを言ってはあの二人の闘争心をあおる。時々俺はオールド・テッドが心配になるんです」

「聞くところによると彼らは取っ組み合いの喧嘩をしたそうだね。テッサのことが原因かい?」

「ご存じだったんですか?」

「ああ、まあね。でもどうやら秘密にしてるらしいね」

「ブレナーさんに気づかれないようにしてたんです。テッドはキャプテンにはまるで歯が立たないんで、こてんぱんにやられてしまって。それで俺たちは話をでっち上げた。あいつが馬から振り落とされて、その拍子に鐙《あぶみ》（鞍の両側に下げ、乗り手の足掛かりにする）に足をとられて、そのままいくらか引きずられたとね。その喧嘩を引き起こしたのはテッサですよ。まさかと思うでしょうが……」

「学校の先生が喧嘩を引き起こすことだってあるよ、カル」

「テッサは腹黒いあばずれ女だとは思いませんか？」

「思わんよ」ボニーは笑いだしそうになるのをこらえて言った。「いいかい、カル。女というのはえてしてそういう生きものなんだよ。若い娘でも中年の女性でも。女ってやつは始終どっかの男をものにしようとたくらんでるものだ。さあ、リトル・ミス・マフェット（英国の伝承童話で、クモに脅かされる臆病な女の子）のお話をもっと聞かせてくれるかね？」

「ここだけの話にしておいてもらえます？」

　ボニーがうなずいた。

「鐙に足をとられたという作り話をボスがうのみにしてるとは思いません」とカルが続けた。「まあよくはわかりませんけど。だいたいキャプテンは、テッドと喧嘩になるほどには興奮してなかった感じがするんですけど、ボスがテッドの身にもなれというようなことを言ってたきつけた気がするんです。ブレナーさんはなかなか読めないところがありますからね。もちろん、奥さんにそうするようけしかけられたのかもしれませんが。キャプテンがテッドに向かっていくようにね。まあとにかく何かそんなようなことがあったんじゃないかと」

ボニーはこの説も一理あると思い、そう相槌を打ったが、話はまたテッサに戻っていった。

「テッサは男を手玉にとる方法を心得てるんです、ボニーさん。いいですか、目をぱっちり見開いてじっと見つめるんです。いかにも憧れのまなざしでね。俺にも何度も仕掛けてきましたよ。テッドにそれをやってるとこも見たことがある。あの女はよくいる雌猫みたいな女で、男と見れば見境なくちょっかいを出さずにはいられない。で、爆発させるんだ」

「つまりきみは、いずれにしろ何かが爆発しそうだと思ってるのかい?」

ヤング・カルがおもむろにうなずいた。

「今朝ブレナーさんが、政治家連中はディープクリークには来ないだろうと言って俺ががっかりした理由の一つは、もし彼らが来て一晩か二晩でも泊まれば、あの二人が自分たちの心をかき乱す女から気をそらすことができるからです」彼は思案顔で言った。「それからボスは俺たちに、会合があるからホールズに行くと言った。それはつまり奥さんと子どもも連れて行くということだ。テッドも。たぶん俺も一緒に。となると、テッサがキャプテンと一緒にここに残ることになる。で、そのことはもちろんオールド・テッドだってわかってる」

「その喧嘩があったのはいつのことだい?」

「最後に牛を駆り集めてから何週間かあとでした」

「きみもその場にいたの?」

「いいえ、俺はテッドが突然銃の手入れをしているのに気がついたんです。思わず彼の顔を見ると、喧嘩をしたことを話してくれました。彼は相当頭に血が上っていたので、キャプテンを撃ちに行こうとしてるんだと俺は確信しました。ひどく逆上してましたからね。あいつはそうなるとまったく歯止めがきかなくなるんです。ずいぶんてこずりましたよ。彼をなだめて、怪我をした説明のために鐙の話をでっち上げることを承諾させるのに。俺はテッドが好きなんですよ、わかってもらえますよね。俺の初めての、たった一人の相棒ですからね」

重苦しい沈黙の時間が流れたあと、ボニーがこの問題をブレナー氏に相談してはどうかと提案した。カルは、そんなことしたらブレナーさんはオールド・テッドを首にするに決まっている、彼はキャプテンをやめさせるわけにはいかないので、と言い切った。

「ブレナーさんの答えは、テッサをすぐに大学にやることかもしれないんじゃないかね」とボニーは異を唱えた。

「それはないと思います」とカルが即答した。「彼女にはまだその準備ができていない。いずれにしろそれには奥さんが賛成しないでしょう」

「それじゃこの議論はまるで結び目だらけの糸みたいだな、カル。その結び目をほどくことを考えないとな。きみはキャプテンをどう思ってるんだい？」

「ちょっと甘い顔をするとすぐ増長するようなやつです。自分をボスに次ぐ存在だと思い上がってる。もっとも、馬の扱いは馬鹿にうまいけど。それとアボリジニに規律を守らせることもできる。俺らが牧夫が要《い》りようだと思えばその手配もする。それでも俺は一度もあいつを好きだと思ったことがないんだ。何となく虫が好かないんです」

「喧嘩の話に戻るがね。鍋を沸騰させたものは何だね？　何が引き金になったんだね？」

「だからあの女《スカート》ですよ」ヤング・カルはそう答えたあとで、下卑た言いまわしをしたと気づいたのか、すぐにつけ足した。「あの黒人娘です、もちろん」

「わたしが訊いてるのはそういうことじゃなくて」とボニーが首を振った。「あの黒人の娘が原因だとしてもだね、何が直接の引き金になったんだね？」

「ああ、そういうことですか」とカルは眉根を寄せて、火の消えた灰に目をやった。ボニーはぼんやりと二頭の馬を眺めていたが、彼らの関心が自分の視界の外にある何物かにあることに漠然と気づいた。「何が引き金だったのか俺にもわからないです、ボニーさん。まあ、鍋だから早晩沸騰するようになっていたんじゃないですかね」

「必ずしもそうとは言えないよ、カル。ずっとぐつぐつ煮え続けても、決して吹きこぼれない鍋だってあるよ。ところで、ここにはほかにも馬がいるの？」

「いませんよ。あの喧嘩を引き起こさせた可能性のあるものなんて、俺は思いつきませんね」

「それでも考えて欲しいんだ。喧嘩の前のことを思い出してみて。その喧嘩はきみが牛の駆り集めから戻って二週間後に起きたんだったね」

ヤング・カルが考え込んだ。ボニーは、馬の関心がさっきまで引かれていたものから別のものに移っていることに気がついた。水車小屋の向こうに長い牛の列が近づいて来ていた。明るい色の地面に立っている木々はさながらキャンバスに描かれているかのようだ。遠くのほうに見える伸び放題の醜いゴムの木々の下草は、まるで溶けかかった雪の上に生えているように見えた。一羽のカラスが、水車小屋の横木に止まってそこで文句でも言いたげに旋回した。カルがまだ記憶の糸をたぐろうとしていると、馬がまた男二人の背後にある草地に関心を示した。ボニーは声を押し殺して言った。「小屋の裏に何かいるのかもしれない。ちょっと調べてくるよ。きみもすぐに動ける準備をしておいて」

そう言って彼は立ち上がると、まだ喧嘩の原因に思いをめぐらしているカルをその場に残し、小屋に向かって走った。小屋の一つの角を回り込むと、地面を横切って木や草のあるところまで逃げて行く裸のアボリジニが目に入った。一瞬彼は衝撃を受けたが、踵を返し、カルにぶつかりそうになりながら馬のところまで走った。カルは馬の腹帯を締めているところだったが、ボニーは自分の雌馬から鞍をはずし、むきだしの背中にまたがった。カルが馬に乗ろうとしているときには、ボニーはすでに走り去るアボリジニのあとを追って百ヤードばかり先にいた。それでも結局カルは、人の肩くらいまである背の高い草地にアボリジニが頭から突っ込むのを見たボニーが、あとを追うのを断念する姿を見ることになった。

ボニーは小屋へと続いているまっすぐな道を縦横に動き、あのアボリジニの男が草地から小屋まで来たことを証明する足跡を見つけた。男は小屋の後ろ側の壁のそばに身を横たえていたのだ。

「あれは野蛮な黒人ですよ」カルが叫んだ。「俺はやつらをこんなに北のほうで見たのは初めてです。その辺にほかにもまだいるかもしれない。動物を槍で突こうと思って。あの連中は時々やりますからね。でも普通はこんなに北のほうではやらないんだが。うちのボスがたまげるだろうな。ボスはあいつらと協定みたいなものを結んでいると思ってるから」

「どんな協定だい?」ボニーがまだいくぶん興奮した様子で、くたびれた鞍のほこりをはらって雌馬の背に置きながら急き立てるように訊いた。

「クレーターからだいたい七十マイルくらい南に行ったところに、始終水が湧き出ている美しい岩穴があるんですがね。低木林の茂みの中にあるその場所に、俺たちは年に二回、野蛮な黒人に殺されるための獣を一頭置いておくんです。そうすれば連中はうちの群れに手を出さない。あいつらが群れを追い駆けて、一頭を手に入れるためにおよそ六頭を槍で突くなんてことは避けられるんです。以前にあいつらはうちの群れの九頭を傷つけて、実際に食ったのはそのうちの一頭の、しかもそのほんの四分の一くらいでしたからね」

「それで誰が野蛮人と接触したのかね？　そんな取り決めをするのに」

「キャプテンとガプガプですよ」カルが落ち着きなくボニーを眺めながらつけ足した。「警部さんはたぶん信じないでしょうが、ガプガプじいさんは焚火を覗き込むだけで無線を操るんです。信じがたいことだが、何かあるんでしょう。この土地にはいろいろな言い伝えがあって、まあやや荒唐無稽な感じなんですが」

「わかるよ」とボニーはうなずいて馬に乗った。しばらくして、ゆるやかな速歩で進んでいた彼らの二頭の馬が近づいたときに彼が言った。「さっきのアボリジニはガプガプの部族の男だったかもしれんな」

「いや、それはどうですかね」とカルが首をかしげた。「ガプガプの部族の人間は裸で走り回ったりはしませんよ。そんなことしたらボスが黙っちゃいないでしょうし。あの部族の男が獣を殺しに遠出していると知れば、ボスは何らかの手段に出るはずです。だいたいそんなことする筋の通った理由なんてないんですよ。彼らは自分たちが食べるだけの牛の肉は持ってるんですから」

「あのアボリジニはわたしたちの話を盗み聞きしようとしてたのかもしれない。あの男は草地から小屋のところまで来てずっとそこにいた。で、小屋はわたしたちと男との間にあったんだから」

「俺らの話を聞いていた……」カルは言いさして、ひどく難しい顔をして考え込んだ。彼は見かけによらず柔軟に、茶色いたくましい去勢馬を乗りこなしており、馬のほうも牧場に戻れば解放されるとわかっていて、まるで雌馬のようにきちんと歩いていた。彼が続けた。「その可能性はないんじゃないかと思います」

ボニーはそれ以上は主張すまいと思いながらも、あのアボリジニは〝井戸〟のところで牛を槍で突く一団の男ではないと確信しつつ、馬上で考えをめぐらした。確かにいかなる地元の部族民であろうと、彼らの話を聞こうとして野営地から十五マイルも旅をしてくる可能性などきわめて低いと思われた。しかも徒歩で。もし部族が馬を持っていないとしたら。彼がこの点について尋ねると、彼らは自分たちの馬は持っていないとカルが答えた。

「ボスは時々彼らに馬を貸すのかい？」

「それはないと思います」とカルが首を振った。「だいたいあいつらが一体何のために馬を借りたいっていうんですか？　やつらは今のままで十分間に合ってますよ」

ここまで十五マイルの道を徒歩でやって来て、クリークまでまた十五マイルの道を歩いて戻る可能性は、確かになきに等しかった。馬たちは早く家に戻りたくてたまらないようだった。ボニーは彼の馬が普通駆け足《キャンター》で走り始めるのをほうっておいた。カルは後ろからついて来ながら、不意にお気に入りのラブソングを切々と歌いだした。美しい歌詞にヤング・カルの物悲しい気分が慰められるようだった。一方ボニーは次から次へと思いをめぐらしていたが、それは不意に断たれた。カルが哀歌をやめて叫び声を上げたのだ。ボニーは手綱を引いて馬を止め、若者が追いつくのを待った。彼はもう悲しげではなかった。

「警部さんの言うのが当たってるかもしれません」と彼が言った。「あの黒人の野郎は俺たちの話に聞き耳を立てていたのかもしれない。俺らを尾行するようにキャプテンがあいつを寄越したんだ。思い出したんですよ。あの喧嘩が何で始まったのか。たった今ね。でもまだ何か大事なことを忘れてるな」

カルには記憶を鮮明に呼び覚ますための刺激が必要だったので、ボニーはタバコを巻いてやって待った。

「ああ、やっと思い出しました、ボニーさん。鍋が何で吹きこぼれたか。オールド・テッドはそうは言わないでしょうが、絶対そのせいだと思います。あいつは疑ってたんですよ。キャプテンがループラか誰かに、自分がテッサを追い回してないか始終見張らせてるとね。きっとそれです。テッドがぶつくさ言ってました。全部キャプテンに筒抜けになってるって。で、それから……そう、俺らが足跡を捜すためにクレーターにいたとき、テッドが指差して言ったんです。俺らにはどこまで行っても尾行がついて来るんだなとね」

「死体が発見されたあとで、足跡を捜しに行ったときのことだね？」

「そうです」彼らは黙って馬で進み続けた。二人の間に降りてきた沈黙はゆうに十分以上続いた。

「今朝、鞍を付けてたときには、馬の囲い地の中には馬が十一頭いたんだ」とボニーが思案ありげに言った。「今はもうみんな柵で囲った放牧場に戻ってるだろう。一頭いなくなってやしないか見てみよう。きみは馬の見分けはつくんだよね？」

「ええ、もちろん！　何かひらめいたんですか？」

「確認してみようじゃないか。わたしたちより先に、全速力で帰って来たばかりの馬が一頭いないか。ところで、一つ個人的な頼みごとをしていいかな？」

「何でいけない理由があるでしょう？」

「いけない理由はないよね。あの盗み聞きしていたアボリジニのことは誰にも他言しないで欲しいんだ。わたしが切り出すまでは」

第九章　キャプテンの美しき伝説

柵で囲われた馬用の放牧場は一平方マイルの広さがあった。ボニーとヤング・カルは端にあるゲートから馬を乗り入れ、家屋に隣接した馬の囲い地まで、その放牧場を突っ切って行った。放牧場には馬が本来なら十一頭いるはずだったが、今は十頭しかおらず、姿が見えないのはスターと呼ばれている去勢馬だとヤング・カルが言った。

キャプテンは作業に熱中するあまり、柵に昇って一番上の段に座って見ている二人の観客に気がつかなかった。三十分ばかりたって彼はやっと二人に目を留めて、楽しげににたりとした。

「馬を馴らすのはお手のものだね、キャプテン」とボニーが感心したように言うと、アボリジニは柵に昇って彼の隣に座り、せかせかとタバコを巻きだした。

「ボスは、僕がこいつらに催眠術をかけてから馴らしてるって言うんですよ」とキャプテンが言い立てた。「だから、もしメスマー（オーストリアの医師。初めて催眠術を医療に利用した）が生きてたら、彼は馬を馴らす名人だったでしょうねと言ってやったんです。どう思います、警部さん?」

「動物との相性がいいんだろうね。きみらはみんなそうだよ。わたしもだがね」

「明日、やっかいな雌馬の扱いを手伝ってもらえますか? その馬には骨が折れるんです。たぶん延々一週間くらい歩かされますよ」

静かな声が最後には自嘲的な笑いに取って代わったが、その笑いの裏にはかすかに馬を馴らすことにかけての優越感がうかがえた。

「さあ、どうかな」とボニーもまた自嘲気味に笑って言った。「寄る年波で、脚にがたがきてるんでね。今日、野蛮なアボリジニを追い駆けたんだよ。その男はわたしを残して走り去って行ったがね」

「えっ！　野蛮人をですか。そいつはどこにいたんです？」

「〈エディーの井戸〉のとこだよ。むろん、彼は見かけほど野蛮じゃなかったのかもしれんがね。何しろ槍も棍棒も持っちゃいなかったからね。きみの部族にそんなふうに歩き回る男はいるかね？」

「〈エディーの井戸〉くんだりまで！　〈エディーの井戸〉やら、クリークやらには行きませんよ、警部さん。野蛮な野郎です、絶対。あんたも見たのか、カル？」

「ああ、やっこさん頑張ってたよ」ヤング・カルは用心深くうなずいた。「草地に頭から突っ込んで行った。ものの見事に」

「あまり見事でもないな」とキャプテンが言った。「そいつのほかにもまだいたかもしれん。ボスには報告するのか？」

「今帰って来たばかりなんだ」カルが答えた。「いずれにしろあの男が野蛮な黒人だという確信はない。それにしちゃ髪が短すぎるようだったしな。どう思います、警部さん？」

「それは気がつかなかった」とボニーは正直に答えた。「それにしてもはるばる北にある〈エディーの井戸〉のところに野蛮な黒人がいるのは珍しいことなのかね？」

「時にはいますよ」キャプテンがうわべは無関心そうに答えた。「まあ、いずれにせよボスには報告したほうがいいでしょう」

やはり一見関心無さそうにボニーが言った。「ああ、そうしたほうがいいね、キャプテン。その間にわたしは急いでガプガプとポッパのところに行って話して来るよ。ところで呪医にはなぜああいう名前がついたんだね？」

キャプテンは柵から地面に降りてゲートを開けて、別のもっと小さい放牧場に馬を入れた。ボニーは、カルが彼をじっと見ているのに気がついた。カルは若者に宿舎に行くよう手振りで合図した。ボニーはアボリジニの野営地へと向かった。だが途中まで行ったところでキャプテンに追いつかれた。

「あの、警部さん。どうして年寄りのガプガプをあの野蛮な黒人のことで煩わせるんですか？　ガプガプはもう百歳くらいなんです。年をとり過ぎててどうせもうそんなことで頭を悩ませたりしませんよ」

「わたしだって百歳に刻々と近づいてきてるよ」とボニーは言い返した。「わたしだって頭を悩ませるのは嫌だよ。それできみはどうすればいいっていうんだい？」

「ああ、こういうことです」とキャプテンが足を止めて言った。「僕は広報部長みたいなもんです」ボニーの眉がさっと上がった。「何しろ僕は本が読めますからね。学校に何年も通ったんです。夜ごと焚火のところでうだうだしてるだけの連中とはちがう。これからあなたは〈エディーの井戸〉のここにいた野蛮な黒人のことでガプガプと渡り合うと言う。するとガプガプはきっと、ちょうどボスが屋根をわらでふく手伝いの黒人を六人ばかり探してるというのに、部族にウォークアバウトに出ることを命じるでしょう。聞けばあなたもヤング・カルもそいつが野蛮な黒人だったと確信はしていない。若いルーブラと一緒にそこにいた、うちの部族の黒人だった可能性もあるわけです。で、もしそのことがガプガプの耳に入れば、騒動になる。そして、騒動になるのを未然に防ぐのが僕の仕事なんです」

　ボニーは決めかねているふりをした。

「きみの言うとおりなのかもしれないね、キャプテン。あの男には若いルーブラの連れがいた可能性もあるね。そういうことは今までにもあったのかい？　確かに彼らは草地の中で野営していたのかもしれない。で、水を求めて〈エディーの井戸〉のところにいたのかもしれん。ふーむ。きみの部族のアボリジニと問題を起こすのはわたしの本意ではないよ。そんなことをしたらわたしが非難されるだろう。われわれはブレナー氏にそのことを伏せておくべきだと思うかね？」

「いえ、でもこのことは僕にまかせてください、警部さん。牧場の仕事のうちですから、こういった問題は。ボスはおそらく〝藪をつついて蛇を出す〟ようなことはするなと言うでしょうが」魅力的と言えなくもないその顔にゆっくりと微笑が広がった。「つい決まり文句が出て来るんです。ダービーの救世軍の神父が得意だったんで、僕ら学生もすぐに習得しましたよ」

　それまで彼らは立ったままで話していたが、ボニーはタバコと紙を取り出してしゃがみ込んだ。キャプテンも同様にしゃがみ込んだ。彼はどうやらしぶしぶでもない様子で、ボニーはもうやっかいな相手ではないとなんとなく思っているようだった。

　二人はタバコを巻いて、互いに相手から先に次の言葉を切り出すのを待っていた。片方はきみでは力不足だという印象を巧妙に相手に伝えようとしていたし、もう片方は、白人の警察の訓練を受けた混血の警官で、それゆえに白人と黒人の両方からさげすみの目で見られてきた男を相手にしさえすればいいのだと確信していた。

「取引ができるかもしれないな、きみとわたしとで」火の点いたタバコから視線を上げながら、ボニーが口火を切った。「ブレナー氏が、きみは部族との貴重な仲介役で、牧場で働いている黒人を管理するのにどれだけきみに助けられてるかわからないと言っていた。その見返りとして、またきみの言葉から判断しても、きみの部族のほうもブレナー氏や彼の会社のおかげを大いにこうむっているとわたしは見ている。まあそういう状況のように思えるんだ。合ってるかね？」

「ええ」キャプテンは火の点いたマッチを冷たい煉瓦の上に置くと、炎がマッチの柄の先まで焼き尽くすのをじっと見ていた。「あなたは、白人との同化が進んでいるアボリジニの間で、部族の習慣や戒律がすたれつつあるとガプガプに話そうとしていた。でもあなたが最初じゃないんです。僕も彼やポッパのところに行きました。僕はブルーム（オーストラリア北西部、西オーストラリア州北部の港町）にある学校に行ったんです。そのときに何が進行してるかを見ました。僕はまだほんのガキでしたけどね。神父は僕が布教を始めることを望んでいた。どういうことだかわかります？　僕は拒否しました。なぜならこの国ではアボリジニは、黒人として生きてくより白人のように生きてくほうが大変ですからね」

「確かに道のりは長い」とボニーがうなずいた。

「しかもその道は途中で下に下がってるんです。アボリジニが自分の土地を出て、丘を下って行くとします。そして男はおそらく、白人の住む土地へと坂をまた上がって行くんです。でも道の終点はいつだって、アボリジニにとってはむしろ出発点より低いんだ。あなただってそれは否定しないはずだ」

「確かにね。でもアボリジニにとってほかに道はない。文明がそれを受け入れろと有無を言わせず迫って来ているんだから」

「でもいずれにしろそういうわけで、できるだけ長く文明を寄せつけないようにしなければならないんです」そう言うとキャプテンの黒い瞳が、ボニーの心の内を読み取ろうと探るように見た。「テッサから聞きましたが、あなたは伝説に興味があるそうですね。一つ教えてあげましょう。アルチュリンガの時代に一人の偉大な科学者がいて、美しい庭園の土と自分の唾液から、一人の男を作ったんです。そのあと一人の女を作ったんですが、この女が決まって男の前を歩いたんです。

ある日のこと、その偉大な科学者が男と話をしようと庭園に入って行くと、まず出て来たのが女で、男は恥ずかしがって女の後ろに隠れていたんです。これに怒った創造主である科学者は、庭園の表の戸を開けて、二人にここから出て行けと命じたんです。一日ばかりたって、創造主が悲しげに庭園を歩いていると、一人のアボリジニの男が近づいて来るのが見えました。男の後ろにはアボリジニの女がいました。創造主がどうやって庭園に入ったのか問うと、二人が答えたんです。彼が表の戸から二人の白人を追い出したので、自分たちは裏の戸からこっそり入って来たのだと。創造主は彼らをそのままそこに置いてやりました。なぜなら、その女が必ず男の後ろを歩いたからでした。その習慣が今日に至るまで続いているわけです」

「その伝説はきみが創作したんだろう」とボニーが言うとキャプテンはうなずき、野営地のほうを指差しながら言った。「今でもちっぽけな庭園が残っていますよ。ルロイ夫人がよく言ってました。その庭園は男の心の中にあるんだってね。手入れしたり、そこに逃げ込んだりできるように。白人の男連中はそんなの知ったことかと言うでしょうけど。僕にもそういう土地があります。で、黒人たちはこういう文化とともに育ち、こういう文化と一体化しているにちがいないんです。白人は思い込んでるんですよ。自分の生活のほうが僕らのより上等だって。かつては彼も住んでいた庭園から、僕らが引きずり出されたくないと思っていることが彼には理解できないんだ。彼のレベルまで引きずり下ろされたくないと思っていることが」

「ルロイ夫人はきみにキング・カヌーテの物語を聞かせてくれたかね？」

「ええ、聞きました。あれもいい伝説ですね」

「キング・カヌーテの海は、現在ではオーストラリアの白人の文化圏にあるけどね。まあ、時代を後戻りすることはできないわけで。でもそれはそれとして、キャプテン。われわれは藪の中で道に迷っているようなものだ。われわれは非常に多くの点で合意したとは思うが、別の点でも果たして合意できるだろうか。わたしは、ガプガプはあの白人の男の死体をクレーターの中に運んだ人間を知ってるにちがいないと思っている。それに異論はないかね？」

「ええ、彼は知ってると思います、警部さん」

「では、部族の利益のためには、彼は知ってることを言うはずはないと思うかね？」

「もちろん言うはずはないです。僕はついさっき、白人は僕たちを彼らのレベルまで引きずり下ろしたいと思っていると言いました。だから、ガプガプは彼らに手を貸すつもりはないんです。もし知ってたって僕は何もしゃべりません。ガプガプの顔をつぶすようなことは僕には絶対できませんから。僕は知りたいとも思いません。だいたいあの事件は僕らとは何の関係もないことです。そもそも僕の仕事は、僕の部族を自然のままで存続させることです。彼らは僕にとって大切な人たちなんです。いつの日にか僕は彼らの酋長になるでしょうし」

「きみは現在の状態を維持するのに懸命なんだね」

キャプテンがうなずき、ボニーは彼にはその言葉の意味がよくわかっているのだと確信した。彼にとっては、これがいわば天から与えられた仕事だった。アボリジニはこれまでに宗教家や教師を生んできたが、この男は別の使命を選択していた。彼の部族を可能な限り長く、白人の文明に同化することからくる堕落から救うこと。ボニーがそれを確認するとキャプテンは率直に同意した。

「ではわたしがここでしている捜査はきみの使命を脅かすのではないかね？」

「いいえ、そうは思いません、警部さん」キャプテンは遠くの野営地のほうをじっと見つめ、まるで再確認するかのように自説を繰り返した。

「わたしの母はきみらと同じ民族だから、もしそういうことになればわたしも残念だよ」ボニーがそう言うと、また黒い瞳とぶつかった。再び自分との間に遮断幕が下ろされているのがわかった。

第十章　キャプテンが一芝居打つ

ボニーはディナーのための着替えをしながら、さっきのキャプテンとの会話と、彼が部族のしばりをほんのわずかでも断ち切ることができていたら、なれていたかもしれないものに思いをめぐらしていた。彼は盲目のルロイ夫人が、座ったまま膝の上で両手を握りしめ、まるで我が子のように期待をかけていたキャプテンには失望させられただけだったと話したことを思い出した。そのあとテッサの離反によって表面上は部族のしばりは断ち切られたかのように見えたが、やはりその絆はあまりにも強いということなのかもしれない。

ヤング・カルに消えた馬のことは何も言わぬよう、小屋の裏手にいたアボリジニについては何かそうでないことを裏付けるものが出てくるまでは未開人だということにしておくよう言い含めてあるので、ボニーは時間をかけて身支度をした。離れでカート・ブレナーと白人の牧夫たちが食事を知らせるベルが鳴るのを待っているのが見えた。彼らが〈エディーの井戸〉での出来事を話し合っていたのは明白だった。というのはブレナーが開口一番それについてのボニーの意見を求めたからだ。

「ああ、その男はまったくの素っ裸だったんです。下腹部の飾り房さえつけずに。槍もほかの武器も持たずに。それは典型的な未開のアボリジニのイメージとはあまり合致しないらしいですね。それはそうと、少し前にアボリジニの一団が代表団か何かのようにこちらに向かって来てるのを見ました。

ここに戻って来た直後にキャプテンとこの話をしましたので、おそらく彼はもう答えを見つけたのかもしれませんね」

「そうかもしれません。彼はまんざら馬鹿じゃないですからね、ボニーさん」

キャプテンが戸口のところに現れた。彼は履き古しのズボンをきちんとしたドリル織りのものに替え、清潔な白いシャツを着ていた。髪には櫛が入れられており、ズック靴を履いている。ブレナーが声をかけた。「どうかしたのか？　中に入って来なさい」

「ボナパルト警部から〈エディーの井戸〉のとこでアボリジニを見たという話を聞いたもので、野営地に行って調べてきたんです」とキャプテンが答えた。彼は何ら緊張したり躊躇したりする様子は見せず、足をぎこちなく動かしたりもしなかった。「ポッパの助けを借りて、ローレンスという若い男とマリーの娘のワンディンが四日前に野営地を出て行ったことがわかりました。二人は〝井戸〟から半マイルの場所にある草地で野営していたんですが、ローレンスが水を求めて〝井戸〟まで行ったそうなんです。小屋まで行ったときに、ヤング・カルとボナパルト警部が現れたんで、彼はそこに追い込まれたらしくて。二人で出て行ったこと自体はたいして問題になるようなことではありません。彼らは黒人の流儀で来月結婚することになってますから。まあ婚前交渉をやってしまったんですね。それだけのことですよ」と言ってキャプテンが微笑むと、牧場主がにやりとした。「ポッパが、彼らのことは自分が始末をつけると言ってます。もしお話しされたいなら彼らは外にいます」

ブレナーがうなずくと、呪医が若いアボリジニの男とさらに若いルーブラを連れて現れた。ルーブラは彼女にはやけに大きい寝巻のようなものを着ていた。ぶかぶかのくたびれたズボンを穿いてシャツも着てないポッパは、彼の地位にふさわしいそれ相応の特別な待遇を受けることもなかった。彼が罪人たちを手振りで示しながら言った。「ここにいるワンディンとローレンスが三日三晩、野営地を出ておったんです、旦那。ワンディンの母親がわあわあ泣きだしましてね。まあ、母親の責任ですからな。ローレンスがワンディンを連れて出て行くのを見て見ぬふりをしとったんです。それに若い衆たちも知らんふりをしておった。二人は日が落ちてから戻って来たんですが。禁を犯したんで、この者たちには刑罰が科せられることになりましょう。だが決して血生臭いものではないのでご心配には及びません」

ポッパは激怒してはいたが、礼節をわきまえて見事にふるまった。娘がすすり泣きを始め、彼女の恋人のほうはむっつりした顔で、足の指に力を入れて硬い地面に踏ん張っていた。ポッパが怒鳴った。

「泣くのはやめんか、ワンディン」

ブレナーが椅子から立ち上がり、おもむろに進み出て恋人たちの前に立った。そして口調はやさしげだが、いくぶん辛辣な声で言った。

「ローレンス、お前を部族の掟と刑罰にゆだねることにするよ。その刑罰がいかなるものかは、わたしは知ろうとも思わんがね。わたしが知っておく必要があるのは、お前はいい牛飼いだということだけだ。だがな、お前は愚か者だぞ、ローレンス。白人の法律なら、お前がたとえディンゴのように走り回っても何の問題もなかったろう。もっとも未開の黒人連中には〈エディーの井戸〉をうろつく権利がない。お前たちだって同様で、あそこをうろつく権利はなかったんだ。そのことはわかってるだろう。お前ら野営地の人間が裸で走り回るのをわれわれが容認しないことも。そんなことをして許されるのはガプガプだけだ。それでも彼はもう若いルーブラを連れてふらふら出かけたりはしないがね」そう言うと彼は向き直ってポッパを直視して、声を張り上げてつけ足した。「わたしはあんたを頼りにしてるんですぞ。あんたのとこの人間が何も身に着けずに走り回ったりすることのないよう、あんたがしっかり目を光らせといてくれないと」

ブレナーが自分の椅子まで戻ると、キャプテンが入り口のほうに手振りで合図をした。罪びとたちはこそこそとその場を立ち去り、ポッパが彼らのあとからついて行った。ボニーは、急速に日が暮れようとしている薄闇の中に彼らの姿が次第に見えなくなるのを見守った。やがて彼らは居住区の門のほうへと消えた。キャプテンがこう言うのが聞こえた。「膝頭の下を棒で打てば、もう二度と彼らはあんなふうに逃走することはないでしょう。そしたらもう騒ぎなど起きないでしょうよ、ボス」

「お前は自分の仕事がよくわかってるな、キャプテン。ご苦労だったね。今度の件では」ブレナーがそう言って席を立とうとしていると、ローズ・ブレナーが現れた。彼女の目にはボニーがはっとするほどのただならぬ光が宿っていた。

「今、あなた何て言ったの、キャプテン？」

「もう騒ぎは起きないでしょうと言いました、奥さん」

「いいえ、その前に棒がどうとか言ったでしょ。それをもう一度言ってくれない？」

彼女は筋肉質の体をぴんと直立させ、茶色の瞳を怒りに燃えたぎらせていた。アボリジニは両足を床につけてしっかりと立っており、声も冷静だった。「男女が一緒に逃亡した場合の刑罰は通常だと、女は膝頭の下を、男は背中を槍で突き刺されるんです。ローレンスとワンディンは近々結婚することになってましたから、棒で打たれて、二、三週間は二人とも野営地の中で過ごすことになるでしょう」

「そんなひどい話聞いたことないわ」ローズ・ブレナーが叫んだ。「そんなこと絶対あってはならない。あなた、わたしの言葉をガプガプとポッパに伝えてちょうだい。そんな話聞いただけでも虫酸《むしず》が走るわ」

キャプテンは突っ立ったまま、助けを求めるようにブレナーのほうをちらりと見やった。テッサが出て来てローズの後ろに立った。ローズが、結婚を間近に控えた不謹慎な非行少年たちを守る手立ては何かないのかと尋ねた。

「保護観察期間というのがありますよ、奥さん」とキャプテンが答え、テッサがこれに異を唱えた。

「違法な性交渉には、保護観察期間なんてないわ」

「最近はみんな合法的になりつつあるんだ」キャプテンがぶつぶつ言い、また訴えるようにブレナーのほうを見た。ボニーがよくわかるよとでも言いたげに微笑んで、タバコをいじくり回しながら言った。「ちなみに性交渉はまだ立証されてないけどね」

牧場主がくすくす笑い、妻がにらみつけて黙らせようとした。テッサはまた何か言おうとしたが、言葉をのみ込んだ。

「とにかく！」とローズが叫んだ。「そんな話は聞き捨てならないわ、キャプテン。あなたたちは人を不具にするような真似はやめなさい。即刻。わたしは明日ガプガプとポッパに話をしに行くわ。そう伝えといてちょうだい」

再びキャプテンが無言でブレナーに訴えかけたが、今度は彼がうなずいて黙認するのを見てとった。キャプテンが立ち去ったあとの沈黙に終止符を打ったのはローズだった。

「カート、あなたまさか本気で人を不具にするような真似を許すつもりだったんじゃないでしょうね？」

「政治がからんでるんだよ、お前」とブレナーがなだめるように言った。「はるか昔にアボリジニたちは、婚前交渉と姦通に関する法を通したんだ。違反者に対する刑罰はさっき聞いたとおりだよ。時代は変わってもそれはほとんど変わっていない。たとえ多少は変わったにせよな。それでも黒人たちだってわれわれとそう違いはないから、その法には大勢の有権者が抵抗していて、悪法だと言われてるわけだし、まあ実際に法的にもそうなんだ。公明正大であるはずが、実はちがうんだからね。ガプガプとポッパは、あの二人を不具などにすれば、わたしがそれを警察に通報することになって、ハワード巡査がその調査に乗り出してくることはじゅうじゅう承知だよ」

「それはまちがいないの？　ポッパの決心は固いように見えたけど」

「もちろんまちがいないよ。この件の裁きは公明正大であるべきなんだが、それはないだろう。彼らはあの二人を地面に寝かせて、棒の先を鋭くとがらせて、歌いながらダンスをし、罪人を不具にするふりだけしておいて、あとは固く口を閉ざすだろう。役所が彼らに介入するのをわれわれが望んでないのと同様に、彼らのほうも役所に介入されるのは望んでないしね。ああ、ベルが鳴った。サイドボードにシェリー酒が出て来たようだ。みなさん、どうぞこちらへ！」

ディナーのあと、二人の少女がボニーに勉強を見て欲しいと言いに来た。だが彼女たちはいったん勉強部屋に入ると、およそ勉強には何の関心も示さなかった。それでもアボリジニの伝説に関したものだけは唯一の例外らしく、その中で駆使される駆け引きがとてもおもしろいようだった。ボニーはテッサの手製の伝説の本やら調べものやらを彼女たちに頼んで見せてもらいながら、その完成度に目を見張った。そのときテッサが部屋に入って来た。ボニーがその出来栄えを褒めると、彼女は悪びれずに礼を言った。そして子どもたちが一時間だけボニーから伝説のお話を聞くことを許可した。

気がつくと約束の一時間はとうに過ぎていた。彼はとんでもない量のタバコを吸いながらテーブルの前に座っていた。子どもたちは向かいに座っており、アボリジニの娘は紙と鉛筆を手にメモをとっていた。彼はウラブンナ族の祖先の冒険譚を語り聞かせた。その男は石膏を大量にこしらえて、空に向かって放り投げた。するとそれが雨粒や男女の姿に形を変えて落ちて来た。そのためこのウラブンナ族の男は雨男《レインマン》と呼ばれるようになったのだと。そしてその夜彼がしたもう一つの話は、アルンタ国の先祖にちなんだものだった。アルチュリンガの時代のこと、ウングトニカという名のカンガルーが全身のおできに悩まされていた。彼は長いことじっと辛抱していたが、ついに怒りにまかせておできを片っ端からむしり取って投げ捨てると、すぐにそれがたくさんの大きな岩になった。それ以来、男が自分の敵をおできで悩ませてやりたいと思ったら、彼はおもちゃの槍をその岩の一つに放り投げるだけで邪悪な魔法がかかり、その槍を敵のほうに投げつければいいのだった。

ヒルダがおできとは何かと尋ねると、テッサが吹き出物のことよ、前にできたことがあるでしょと教えてやった。ロージーは咄嗟に、自分もおもちゃの槍を作って大きな石に投げてから、それをポッパに投げつけてやりたいと思った。どういうわけか彼女は彼が大嫌いなのだった。

ボニーが今度は自分にも伝説を聞かせて欲しいと彼女たちを説得した。そこへブレナー夫人が何事が起きてるのかと様子を見にやって来て、テッサはすっかり時間がたっていることに気づいたが、ボニーはなおも頼み込んだ。

「クレーターについての伝説を話してくれないかな、あの〈ルシファーのカウチ〉の」

リトル・ロージーが眉をひそめ、ヒルダが訴えるようにテッサを見た。

「〈ルシファーのカウチ〉についてのものはありません」とテッサは答えて鉛筆を置き、走り書きした紙を集めた。「とにかく、わたしは聞いたことありません」

「最近の出来事だからですよ、たぶん」とローズ・ブレナーが脇から言った。「そもそも伝説ってアルチュリンガの時代のものでしょ。それが代々伝わってきた……小さい女の子の子守歌がわりにね。さあさあ、もう今夜はこの辺でおしまいにしましょう。お休みなさいを言いなさい」

ヒルダがお休みのキスをすると言い張り、ロージーも自分の権利を主張した。ボニーは彼女たちのあとから勉強部屋を出たが、ラウンジでコーヒーでもいかがと夫人に誘われた。

牧場主が事務所のトランシーバーで話しているのが聞こえていた。話題は近日中にある政治家の一団の来訪の件だった。これにローズは関心がなかった。彼女はテッサのことを考えていた。

「彼女はずっとあなたのことばかり話してますのよ、ボニーさん。この間、あなたの学校や大学での成績のことをわたしに話してくれましたわ。自分は伝説を収集するのが趣味で、教員養成大学を出たらここに戻って来て先生になって勉強を教えたいとあなたに話したとも言ってましたわ。このことをどう思われます？　わたしが言ってるのは大学のことですけど」

「非常に進学したがっている印象を受けましたね。行かせてあげるべきじゃないでしょうか。まあ常に彼女の面倒を見てくれる親戚か友人があなたたちにいらっしゃればのことですが」

「テッサはわたしの妹のところに住むことになるでしょう。その点は心配ありません。わたしが気になってるのは、もし彼女が大学に行ったら、戻って来たときにここのアボリジニたちとの間に距離ができてしまうんじゃないかということです」

「彼女が戻って来て先生として教えるとしたら、そのことがむしろ有利に働くかもしれませんよ。あなたは彼女のことがとても好きなんですね？」

「ええ、とても。あの子は気立てがいいんですよ。それでも大学のことについては、ずっとわたしの心の中に引っかかってます。それが賢明なことなのかどうか一抹の不安があるんです。彼女が男の子ならもちろん考えるまでもないことですが。でも女の子ですから……」

ボニーはその問題については自分の意見を差し控えた。するとローズ・ブレナーは押し黙った。彼らの耳に、カートが無線を終了しようとしているのが聞こえ、数分後に彼がラウンジに姿を見せた。

「おやおや、何の議論ですか？」と彼が訊いた。「大臣の一行は三日前後でホールズに到着するらしいです。ルロイに、うちはその集会に参加するつもりだから、奥さんがもし家に残りたいということなら、あんたを車で拾って行くよと言っておいた」

「彼女はきっとそうしたいと言うわ。わたしと子どもたちが彼女と一緒にいるんだったら。あなたたち男連中が町に出かけてる間。あなたはそれでいい？」

「きみがそうしたいんだったら」

「じゃあ、明日の夜彼女に話してみるわ」

「わかった」

「わたしたちテッサの教員養成大学進学のことを話し合ってたの。ボニーさんは、テッサがここを出て、いくぶん部族と距離を置くことは、彼女がここに戻って先生になるときにはそれが有利に働くだろうとお考えなの」

「そうかもしれないね。彼女は今のままでは部族と関係が近すぎると僕も時々思うよ。彼女はもう成熟した若い女性だという事実を僕たちは受け入れないといけない。つまり生まれもった本能に呼ばれて、彼女はますます強く自分の部族のほうに引かれていくと言っていいだろう。だから彼女を三、四年遠くにやっておけば、難しい時期をやり過ごすことができるだろう。とまあ、あなたが考えておられるのはそういうことですよね、ボニーさん？」

「ええ、そのとおりです」ボニーは躊躇することなくそう言った。「今朝早くに離れであった出来事が、われわれがどうやら合意してるらしきことを裏付けています。つまり、何がテッサにとって最善かということです。もっとも、わたしたちは同じ理由でそう思ってるわけではありませんけどね」

ブレナー夫妻がボニーを凝視した。夫のほうは眉をひそめており、妻のほうにはわずかに狼狽の色が見られた。ボニーは慎重に言葉を続けた。「お二人ともわたしをほとんど家族同然に受け入れてくださってありがたいと思っていますよ。あなたがたがテッサに深い愛情を注いでおられるのはもちろんわかっています。お二人とも彼女に期待をかけておられ、それはしごく当然なことだというのもわかっています。ですから彼女を傷つける恐れがあるようなことは何だって、とりもなおさずあなたがたをも傷つけるでしょう。

さっきわたしたちは、彼女はもう成熟しており、今後さらに強く部族の血に引かれるようになるので、仮に数年間ここを離れて過ごせば、彼女が自ら決断を下す際にはそのことが有利に働くだろうという話をしましたよね。あなたがたは彼女に白人の男と結婚して欲しくはないんでしょう。彼女が誰と結婚するのか考えたことがありますか？」

「キャプテンと結婚するのもそう悪くはないと思いますが」

「あら、アボリジニの牧師か先生と結婚するほうがもっといいわ。何か思うところがおありなんですね、ボニーさんは？」

「わたしはただ、テッサは彼女の部族とどのくらい関係が近いんだろうかとずっと気になってるんです。それと何かキャプテンに恋をしているようなふしはありませんか？　彼に惹かれているような気配などは？」

「そのまったく逆だと思いますわ」

「では、今から言うことはくれぐれも内密にお願いします。解決策はあるとわたしは確信していますし、最終的にはそこに到達するでしょうから。さて、あのローレンスという男が、結婚することになっている娘と一緒に逃げたというキャプテンの話ですが、これをテッサが否定しなかったことは覚えてらっしゃるでしょう。ローレンスが水を求めて〈エディーの井戸〉にいて、そこへわたしとヤング・カルが現れたので彼は小屋の裏に追い込まれた、そうキャプテンが言ったのも彼女は否定しなかった。そうでしたよね？」

二人がうなずくと、ボニーはたたみかけるように言った。

「どうやらテッサはあなたがたが考えておられるよりもはるかに部族と近い関係にあるようです。まず第一にあのワンディンという娘ですが、彼女はすでに結婚しています。そして第二に、井戸のところで目撃されて走り去ったのはローレンスじゃなかったんです」

第十一章　協力者

「そんな突拍子もないことをおっしゃって、裏づける証拠はおありなんでしょうね」とローズ・ブレナーが言い、彼女の夫が辛辣な口調でこう言った。「もちろん彼ならできるだろうさ。話を続けてください、ボニーさん。さあ聞かせてもらいましょうか」

「あの娘には両方の乳房の間に既婚女性であることを示す山形の印《シェブロンマーク》があったんです」とボニーは言った。「彼女が着ていた寝巻のようなものが一瞬ずり落ちたんですよ。彼女はそのマークを隠すためにあれを着るように言われてたんだと思います。彼女と一緒にいたあの男もしかるべくふるまったんでしょう。それでも彼はひどく不安げで、しきりに地面に足の指を突き立てようとしていた。地面はとても固かったんですけどね。そのときに彼の左足の小指と薬指がないのに気がつきました。井戸のところにいたアボリジニにはそんな欠損はなかった」

「これは驚いた！」牧場主が荒っぽく叫ぶと、妻が素早くテッサの擁護に回った。

「でもテッサは知らなかったのかもしれないわね。あの娘が結婚してることを」

「もちろん彼女は知ってるさ、ローズ。あの子は野営地にいる母親に時々会いに行ってるんだから。あの娘が結婚してることも知らないほど部族と疎遠じゃないよ。つまりはキャプテンが一芝居打ったというわけだな。その点をあなたはどうお考えなんです、ボニーさん？」

「今からお二人にさらに内密の話をします。あなたがたがわたしの見解に必ずや同意してくれると信じてるからなんですが。まずは二つの事実をお伝えしましょう。クレーターまで行った翌日、また夜明け前にわたしはクレーターまで行ったんですが、一人のアボリジニもそこに馬で来ていたんです。どうやら朝の光がさすとすぐにわたしの馬の足跡を追い、そしてクレーターの壁から床までもわたしのあとを追った。それから彼はここの牧場まで馬で戻った。わたしはその場にいて彼を見たんですが、誰なのか特定できるほど近くではなかったんです。その朝わたしは川《クリーク》沿いに牧場まで戻ったんですが、今度はわたしのあとをつけるルーブラを見ました。今お話しした事実にこれ以上説明を加えるまでもありませんよね。

今朝の朝食の際にみんなが顔を合わせたときには、わたしがカルと一緒に〈エディーの井戸〉まで馬で行くということを誰も知りませんでした。何しろわたし自身も知らなかったんですから。そして馬の囲い地にいた馬は十三頭で、そのうちの二頭には井戸までの遠出のために鞍がつけられ、十一頭が残っていました。その十一頭を放牧場に戻すようにキャプテンに言ってくれというカルへの伝言を、あのときわたしはあなたに頼まれましたよね。牧場に戻ったときにあの放牧場を通り抜けたんですが、ヤング・カルが言ったんです。スターという名前の馬が見えなかったとね。わたしたちはスターが放牧場のどこにもいないと確信しました。

もっと言えば、おそらく今朝わたしとヤング・カルがここを出発したあとで、あるアボリジニがスターに乗って〝井戸〟まで行ったんじゃないかとわたしは考えています。わたしたちがそこで何をするのか先回りして見て来いと指令を受けて。わたしたちより先に着くにはかなり飛ばさないといけなかったでしょうが。男はおそらくスターを裏の草地の中の木につないだんでしょう。ですがここで何か不測の出来事があったんです。わたしたちに見つかって即座に彼が去ったなら、わたしたちより先に牧場に着いて、スターを放牧場に戻すだけの時間が彼には十分にありましたから。それなのになぜ彼はそうできなかったのか。まあその理由はいずれわかるでしょう。馬が、つながれていた綱を切ったのかもしれません。これはすべて仮定の話ですけどね。とはいえスターは現に、カルとわたしが戻ったときには放牧場にいなかったんです」

「わかりました！」ブレナーが言った。「わかりましたよ！　クレーターまであとをつけられたとおっしゃるんですね。ですが何の理由があって、あなたたちが何をするのか知るために〈エディーの井戸〉まで男をやりますか？　男は明日そこへ行って、あなたたちが何をしたか足跡を追うこともできたのにですよ」

「即答できない、なかなかいい質問ですね。それとももう一つ、さしあたって答えの見つからない疑点があります。なぜキャプテンとポッパは、ローレンスとワンディンのあの嘘っぱちな話を仕組んだのかです。あんな作り話をした理由として一つ考えられるのは、われわれが目撃した逃げて行ったアボリジニは、恋人同士のかたわれだったとわれわれに印象づけることだった。でもそれを裏付ける事実が欠けてますが、いくら弱い者いじめみたいな真似をしても、アボリジニから真実は引き出せないでしょう」

「テッサから聞き出せるでしょう。行ってあの子を連れて来い、ローズ」ブレナーは怒りで顔を紅潮させていた。

「待ってください！」ボニーが鋭い口調で言った。「それは断じてしてはならないことです。そんなことをしたらテッサを不当に扱うことになるかもしれないんですよ。ここは一つ慎重に行動しましょう。一両日中には、これらの疑問の答えが出るかもしれませんから。わたしがあなたがたにこういったことを極秘にお話ししているのは、わたしたち三人が深く関心を寄せているある問題を考慮しているからです。それはこのアボリジニの部族と、白人の代理人としてのあなたがたとの関係を維持するということです。それをお望みですよね？」

「もちろんです。話の先を続けてください」とブレナーが促した。

「あなたたちも何度も自問しましたよね？　なぜあの死体はクレーターの底に置かれていたのかと」

「ええ、何度も。でも一体なぜあの死体があそこに置かれていたのか、さっぱりわかりません。ここには百万エーカーもの広大な土地と、死体を燃やして灰にするための一億トンもの枯れ木があるんですよ。それなのになぜわざわざ？　あなたにはおわかりなんですか？」

「ええ、わかっていると思います。あの死体はアボリジニによってあそこに置かれたとわたしは確信しています。おたくの地元のアボリジニか、未開のアボリジニ、あるいはボーデザートの。彼らの行動から見て、おたくの地元の部族に分が悪いんですが。でも早合点しないでください。わたしはあの男がおたくの地元の部族に殺されたとは言ってません、というか今のところそうは思ってません。おたくの地元のアボリジニは、誰があの死体をあそこに置いたのかを知っていると言ってるんです。もし彼らがあの男を殺しはせずに、その死体をクレーターに運んだだけなら、何とか彼らを共犯者としては事件に関与してないことにできるかもしれません。お偉いさんだって彼らを事件に巻き込んでも別に嬉しくはないでしょうし。

　さて、テッサとキャプテンのことに話を戻しましょう。一人はあなたがたにとっては愛しい存在で、もう一人はあなたがたの生活に重要な存在です。わたしの任務は、あの白人の男を殺害したのは誰か、そしてそもそもあの男はどうやって無線で話題にのぼることもなくこの地域に到着したのかを立証することです。おたくの地元のアボリジニがあの男を殺したという証拠でも確定するまでは、彼らに有利に解釈したいと思います。そんな次第で、わたしにはあなたがたの協力が必要なんです」

一分近く彼らはこの要請をどうしたものかと考えていた。ローズは膝の上に置いた両手をじっと眺めており、ブレナーは自分の靴を見つめていた。やがて二人を代表してローズが同意した。

「われわれはどうやって協力すればいいんですか?」ブレナーが尋ねた。「僕は何だかエンジンのかかった自分の車に乗って沼に沈んでいくような気分なんですが」

「わたしは毎朝アボリジニの一人がそれほど小さくはない一マイル四方の放牧場の中に入って行くのを見てました。彼は老いた雌馬をつかまえてそれに乗ります。そしてだいたい七時くらいになると、ほかの馬の最後尾について、馬たちを馬の囲い地のほうに誘導します。あなたには、馬の囲い地のほうに馬が誘導されたときにそこにいていただきたい。で、激しく走った形跡がないか、スターをざっと調べてもらいたいんです。もしその馬がそこにいなかったら、ヤング・カルとテッドに馬を捜させて、フェンスを通り抜けてないか確認させてください。馬がフェンスを通り抜けてないことが確認できたら、派手に騒ぎ立ててください。そして男たちに外を捜させるんです。いいですか?」

「ええ、そうしましょう」

「その馬が放牧場から消えていると気づくまでは、ことさらその馬に関心があるとキャプテンに怪しまれないようにしてください」そう言うとボニーはローズに向き直った。「では奥さん、あなたにはきわめて興味深い任務をお願いしたいと思っています。ぜひとも引き受けてもらいたいんです。いいですか、あなたは恋人たちの身に迫っている刑罰のことを考えたらもんもんとして眠れなかったということにするんです。それで明日の朝一番に、キャプテンを自分のところに呼びつけます。彼らのことを非常に心配していると彼に信じ込ませて、自分を即刻ガプガプのところに連れて行くよう命じるんです。くれぐれも言いくるめられないようにしてください。必要とあらば、あなたの決意を強調してみせるために、足を踏み鳴らしたりなんかして。

野営地にはテッサを一緒に連れて行ってくださいね。で、あなたはガプガプに、恋人たちを自分の前ですぐに結婚させるよう指示するんです。そう主張するんです。もしも恋人たちを自分の前で結婚させないのなら、部族へのタバコの配給をすっかり打ち切ると脅すんです。そしてガプガプとポッパの反応を観察してください。それはさだめしおもしろいものになるはずです。何しろガプガプには、若い男に人妻をめとらせる勇気などはないでしょうからね。ですから彼がその難局をどうやって切り抜けるのか見物ですよ」

「なるほど。それは妙案ですね」と牧場主が感心したように言った。「僕はその計画に大賛成です」

「奥さんも異存ないですかな？」

「もちろんですわ、ボニーさん。わたし、やる気満々です。まんまとだまされていたなんて我慢なりませんもの。必ずテッサも連れて行きますわ。彼女もわたしをだましてたのなら、心底がっかりですけど」

「テッサの立場になってみてください、奥さん。きっとあなたにもわかるでしょう。テッサの中で相反する二つの忠誠心がせめぎ合っていることが。それは誰にとっても心地よい状況ではありませんよ。思い出してください。あの日どうして逃げ出したのか訊かれたときに彼女が言ったことを。あのとき彼女は本能的に正しいと思ったことに従ったんです。そして、その同じことが今夜彼女に影響を及ぼしたのでしょう。キャプテンがした恋人たちの逃避行の話にあからさまに異を唱えなかったことですが」

ローズは訴えるように彼女を見ているその青い瞳をまっすぐに見た。この瞬間、きっと自分はテッサのことをこの男ほどに理解することは決してないだろうとわかった。そして彼が、公言したアボリジニへの接し方とは裏腹の行動をとるかもしれないという疑念は消え去った。

「キャプテンに話を戻しますがね」と彼女の夫が言いかけた。「今回は参りましたよ。初めて彼にしてやられた気分です。彼はずっと白人に育てられたようなものなんです。ずっと白人から教育を受けてきたんですから。彼は自分の居所で好きな読み書きができて、小さい集団ながらボスになることを許されて信頼されてもいる。彼はほとんどテッサと同じくらい部族とは隔たりがあるんですよ。われわれの見解がもし正しいなら、彼はまさに裏切り者の嫌な黒人ということになる。白人が黒人を虐待していた時代は遠い昔のことですが、僕は今、彼を痛めつけて本当のことを吐かせたい気分ですよ」

「アボリジニを打ちすえたところで何も真実は出て来ないことは、カートさん、あなただってよくわかってるでしょう。それにそんなことをすれば、あなたがたを含めて大勢の人を不幸にすることもわかってるはずだ」ボニーがローズ・ブレナーがはっとするような冷静さで答えた。「そもそも行動は動機があって起こすものです。われわれは、クレーターの男に死をもたらした動機がわかっていない。それでもこの殺人が起きたのは何らかの欲によるものでないことはよくわかっています。というか、わたしはそう考えています。わたしはついさっき、おそらくテッサの中で相反する二つの忠誠心がせめぎ合っていると言いました。それはキャプテンにも言えることかもしれません。ですから明日のわれわれの行動は断罪ではなく慈悲の心を持ってしかるべきです。常套句ですが、急いては事を仕損じます。それからくれぐれも無神経に非難しないように。そうすれば万事首尾よく行くでしょう」「わたし、常套句って大好きですわ」ローズがにこりともせずに言い放った。「カート、行動あるのみよ。わたしたちが朝一番に何をするか話はついた。短気を起こしてアボリジニを痛い目に遭わせるよりはるかにおもしろそうだわ。あなたはあの馬を捜すの。キャプテンとガプガプのことはわたしにまかせといて」

その頑健で四角い顔をした牧場主は、干魃《かんばつ》や洪水や火災に敢然と立ち向かうことを生きがいにし、この土地の北部の山々を精力的に歩き、不毛な砂漠をものともせずにきたのだが、妻の言葉に怒りの感情がおさまり、林檎の木に上っているのを見つかった少年のようににやりとした。

「いつだって女房の言うことのほうが正しいんですよ」彼は白状するようにそう言った。「たとえば僕たち夫婦が馬で競争するとしましょう。僕はただがむしゃらに一直線に馬を走らせるんです。それにひきかえ家内はというと、回り道をして、途中で馬を止めて景色を眺め、再び馬を走らせたかと思うと、また止まって髪を直したりなんかする。それでいてゴールには先に着くんですよ。いつだってそうなんだ」

「でも、それも悪くはないんでしょ?」とボニーは含み笑いをしながら言った。

「まあ、そうですね」

「それにあなたはボニーさんが正しいということも認めないとだめよ、カート」彼の妻がさらに追い打ちをかけるようにつけ足した。そしてボニーに向き直って微笑んだ。「で、あなたは朝一番に何をなさるの?」

「日の出を見に行きます。頭をフルに稼働させながら。その前に奥さんが食料貯蔵庫からビスケットを二、三枚と、チーズを一切れと、紅茶と砂糖少々と、紅茶を沸かすための一クォートの鍋をこっそり手配してくれるでしょう。それからカートさん、ピストルを一挺貸してもらえますか？　わたしのはいつものことですが家に置いて来たようなんで」

　ボニーは部屋に戻り、日の出を見る遠出のために身支度を整え、夜中の一時になると寝室の窓から外に出て、犬を起こすことなく牧場から抜け出した。

　月の出てない夜だったとはいえ、どうやらこのキンバリー地域に不思議にも引きつけられるらしい流星の白い光で、人から見られる危険があることは承知しておかねばならなかった。

　サハラ砂漠ほど草木がないわけではない夜の砂漠を横切って歩いて行くのは、停電の夜に町の通りを歩くのとはまるで別物だった。ここではスピニフェックス草やら、ポーキュパイン草やら、低木の茂みやら、やや背の高い低木やらをよけなければならず、しかもそれらはすべてまるで落とし穴のようなもので、ひとたび遭遇すれば足を取られてもがく羽目になるのだ。そのうえことごとく彼の履いている靴からウールの塊をとらえて離さなかった。ボニーに必要なのは、そうした落とし穴を避け、何もない砂地を歩き続けるだけのいい視力だった。どの方向に進むかは本能が決め、思案する必要はなかった。

　もっとも、果てしない空間に一人ぽつんといるのだという感覚はすさまじかった。道しるべとなる目印もなかったし、もっと明るい色味の空の下で黒く縁どられている、丸みを帯びた地平線には隆起も陥没もなかった。それは腰までもある霧の中を歩いているのと似てなくもなかった。そしてその霧の中には、避けるべき障害物と、何の障害もなく横断すべき砂漠地帯が隠れていた。それでも種族の本能に加えて生まれもっての資質が、この男にまるで昼日中でもあるかのように夜の砂漠を渡らせた。

風のない静かな夜で、何の音も聞こえなかった。ボニー自身何の物音も立てず、ブーツを履いているときにする、砂を踏むかすかな足音すらしなかった。一度彼は干上がった溝に落ち込んだ。最近の洪水で溝の縁は鋭く削り取られており、その底は三フィートほど低くなっていた。

じきに彼は目の前で動く物体を見たような気がした。彼は動きを止めて空気をかいだが何のにおいもせず、砂のざくざくいう静かな音を聞いたきり、あとは何の音もしなかった。身をかがめて、空を背景にしてその正体を見きわめようとしたものの、それはやるだけ無駄だとわかった。彼は再び直立すると、右手を上着の脇のポケットに突っ込み、自動拳銃《オートマチックピストル》を取り出した。その物体はまちがいなくそこにいた。すぐそばにいることが感じとれた。今度もし動いたら……とそのとき流星が炎のように輝いた。彼から六フィートばかり離れた場所に一匹の大きなカンガルーが、しっぽで後ろにバランスをとって立っていた。力強い前足は何かを掴もうとするかのように伸ばされており、後ろ足はひと蹴りすれば人の腹を裂くこともできそうだった。

人も動物もぎょっとしていた。ボニーが咄嗟に脇へ寄ると、カンガルーは地面に前足をつけて、流星の光は消えていたというのに脱兎のごとく逃げ去った。

それから一時間後、ひんやりしたそよ風がボニーの頬を撫ぜ、夜明けまで休息をとっている牛たちのにおいを運んできた。牛の鳴き声でその位置がわかったときにはすでにボニーは群れを通り過ぎていた。かりそめの夜明けが彼をはっとさせた。そして本当の夜明けに東の上空が燃え上がったときには彼は〈エディーの井戸〉の風車小屋と貯水池のところまで来ていた。日が昇る頃には彼はとうに背の高いバッファローグラスの茂みに身を隠していた。そこはあの裸のアボリジニが姿を消した場所だった。

第十二章　死体処理業者

巣の中で卵を抱えているヤマウズラのように、ボニーは木に背中をつけて、バッファローグラスの中にしゃがみ込んでいた。彼の目の前にあるその草が、薄い衝立《ついたて》の役割を果たしており、その向こうにある〈エディーの井戸〉をはっきり見ることができた。早朝の風にゆっくりと回っている風車の羽根が、太陽の光にきらめいていた。彼はその風が強まり、草地があまりにも騒々しい音を立て、ほかのもっと不吉な音をのみ込んでしまうことがないよう願った。

悦に入っているというほどではなかったものの、この夜の全行程のどこにも足跡を残していないという自信があった。彼が落ち込んだ溝を除けば。もっともそれは牧場居住区からほぼ四マイル離れた場所だったので、アボリジニに見られていたということはありそうになかった。彼は牧場からこっそり姿をくらますという、自分が立てた作戦に満足していた。今頃きっとローズ・ブレナーは行動を開始しているだろう。キャプテンを呼びつけて、即刻ガプガプと部族のところへ自分を連れて行くように命じて。キャプテンは、自分がでっち上げた不道徳な恋愛話から生じた、その思いがけない成り行きにすっかり動転するだろうから、きっとボニーのことなど頭をよぎりもすまい。そしてボニーがいなくなっているのに彼が気づくのはひょっとすると正午も過ぎてからのことかもしれない。

そのうえブレナーが作業馬にことさらに関心を示すという厄介な風が吹けば、さらにキャプテンの心の平静は失われ、彼の朝の時間は混乱の時間と化して、警官の行動などもはやかまっている余裕がないだろう。今のボニーにとっての問題は、カート・ブレナーが彼に投げた質問の答えを見つけることだった。彼の行動を観察するために、なぜ慌てて〈エディーの井戸〉までスパイを送り込んだのか？　同じスパイか別の人間があとで彼の馬の足跡を追えば、こちらに見つかるかもしれない危険を冒さずにすんだものを。かろうじて筋の通った答えは、あのスパイは、彼らが火を囲んで昼飯を食べながら何を話しているのか盗み聞きするよう送り込まれたのだというものだった。小屋の裏にいた彼にはそうすることが可能だった。

ボニーが思うに、この〈エディーの井戸〉の一帯には、牧場居住区のアボリジニたちにとってきっと何か非常に重要なものがあるのだろう。彼が偶然見つけるようなことがあっては困るような何かが。とはいえそれが何かはさっぱりわからなかったので、今ボニーはこうして巣の中のヤマウズラのように草の中にしゃがみ込んでいるのだった。

彼のいる場所は、砂漠のゴムの木や草の中にある、扇状の河床の南端だった。ディープクリークが勢いよく一週間も流れ続けると、そこらじゅう氾濫してしまうのだと前にヤング・カルが話していたが、今はそのどこもかもがからからに干からびており、人の背丈ほどもある草におおわれ、牛の通り道が井戸まで続いていた。ウールの靴に適した場所などどこにもなかったので、そこで彼は乗馬用の長靴に履き替えた。

彼は木に登り、周囲の砂漠を眺めた。砂漠は北に向かって幅が狭まっていたが、草や木を取り巻くように広がっており、まるで緑と茶の斑点を散らした灰色の絨毯のようだった。この乾き切って荒涼とした気の滅入るような三角形の草地に、アボリジニたちにとって彼に見つけられては困るような一体何があるというのだ？　それはもしかして〈ルシファーのカウチ〉のあの殺人とは関係のないことかもしれない。それは地元の部族の歴史やしきたりや儀式に関係のあることかもしれない。というのもはるか昔この一帯は常に水におおわれていて、野禽《やきん》たちの住処となっていたので、非常に重要な多くの伝説の起源となっているらしいからだ。

彼が地面に降りようとしていると、一羽のカラスが彼を見つけて木のまわりを旋回しながらカアカアと鳴いた。その鳥がそれまで別のものに興味を引かれていたのはまずまちがいなかった。その鳥は木の上にいる正体不明のものに抗議の声を発しながら、草地の上を飛んで別の木に落ち着き、ほかのカラスたちと合流した。その鳴き方から察するに邪魔が入ったことに憤慨しているようだった。鳥の言葉を解することがきわめて役に立ち、三十秒ばかりじっと耳を傾けていたボニーは、その会議は生きているものについてではないと判じた。

ふと見ると牛の通り道に馬が横たわっていた。牛の道を通ってか、あるいは草地の中を足を引きずって進んだのだろう。馬に死が襲いかかったとき、井戸のほうに向かっていたことはその死体の位置が示していた。馬の額には白い星があった。ぽっかり開いた口と、突き出した舌の一部と、毛の上で白く固まっている汗の跡を考え合わせると、その哀れな動物は鞍なしで人を乗せて走らされ、疲労困憊して倒れたものと思われた。乗っていた人間は頭部の馬具を取り去っていた。

その馬が死後一日以上経過していることは一目瞭然で、スターという名の牧場の馬だろうとボニーは確信した。馬の死体の前方に、乗っていた人間が地面に投げ出されてついた跡が見てとれた。不慮の事故があったと考えてまちがいないだろう。となるとこれに続く出来事がいつ起きてもおかしくないのだ。

彼はするりと草地の中に戻ると、一本の木を選んで登り、死体が見える場所に落ち着いてそこで待機し、このあとの展開をじっくり考えた。あの馬はスパイの男によって連れ出され、倒れるまで走らされた。そのとき乗っていた男は激しく投げ出されたが、井戸まで走って任務を遂行した。ボニーたちに見つかったあと、彼は牧場まで十五マイルの道のりを徒歩で帰ることになり、かなり遅く着くことになる。五時をちょっと過ぎていたかもしれない。

五時までにはキャプテンはアボリジニが〝井戸〟で目撃されたことを知る。彼は何か大変なことがスパイの身に起きたことを直感する。そしておそらく彼とガプガプが相談しているところへ、男が姿を現して馬の死を報告する。もしその馬の死体が誰かに発見されると、部族にとっては深刻な問題となるだろう。とりわけ彼にとっては。たとえそれがいつであろうとも。なぜならこの間でっちあげた話は、何一つその死体の死亡推定時刻や発見場所や死体の向きと一致するようになってないからだ。ただちにその死体を始末しなければならないだろう。

ボニーは木の中にじっと身を潜めていた。明け方アボリジニの一団は野営地を出ただろう。それは夜明け前ではない。なぜなら彼らは暗い夜のうちに出発することを嫌がるからだ。速足で歩いても四時間ほどかかるだろうから、ここに着くのはちょうど今頃だ。一方キャプテンは今時分、決然としたローズ・ブレナーとともにガプガプを訪ね、彼を当惑させているだろう。そして彼女の夫のほうは、いなくなった馬のことでひと悶着起こしているだろう。そういう状況では牧場の誰一人としてなぜボニーが朝食にそんなに遅れているか訝しんだりしないだろう。

彼が馬の死体のそばを離れたあとはカラスたちはまた落ち着いていた。再びカラスたちがやかましく鳴きながら飛び立ったときには、さっきの喧騒からゆうに三十分はたっていた。時間が経過していたことにボニーは感謝した。なぜなら、彼が来たことでカラスたちが飛び立ったのを、予想どおりに現れて、今死んだ馬のまわりに群がっているその集団に見られていなかっただろうからだ。

そこにはポッパの指揮のもとに十八人の男たちがいた。彼らは一体どうやって死体の始末という問題を解決するのだろうかとボニーは考えをめぐらした。それを燃やせば広範囲に灰が残るだろうし。別の場所に運んでも解決にはなるまい。〈ルシファーのカウチ〉に捨てるなど論外だろうし。別の場所に運んで埋めたとしても悲惨なことになるかもしれない。なぜなら野生の犬が必ずやそれを掘り返し、カラスたちがその残り物を待ち構え、結局は人の注意を引いてしまう。一つ解決策があった。深い穴を掘るのだ。だが彼らは見る限りシャベルなど持っておらず、掘り棒を使って穴を掘るルーブラも連れていなかった。いずれにしろそれだと大変な作業になる。

ただ彼らがナイフを持って来ていることで、何か考えがあることはわかった。彼らはまず馬の肩から両方の前脚を切り取った。次に腰のところで両方の後ろ脚を切り取った。そうすることで出血も最小限ですみ、脚を切断された無傷の胴体が残った。彼らは棒も何本か持って来ており、それを担架として使って切り刻んだ死体を運んで行き、ポッパともう一人の男が、地面に残っている証拠を跡形もなく片付けた。

呪医とその助手は、担架をかついだ男たちのあとを追い、欲求不満で怒っているカラスたちがその死体処理業者たちが通っている道をあからさまに示していた。カラスたちは草地の奥へと彼らのあとを追って行った。

ボニーは二十分ほど待ってからその同じ道をたどって行った。道の両側には草が茂っており、しばしば彼の背丈よりも高く伸びていた。しかもその道は始終曲がりくねっていて、曲がり角が多かったので、注意して見てないといけなかった。それでも一団がつけた足跡は、小道のほこりっぽい表面にはっきりと見えており、カラスは担架をかついだ男たちがいかに前方にいるかを彼に教えてくれる助けになった。

男たちが叫び声を上げたので彼は立ち止まって耳を澄ましたが、声がやんだのでまた歩きだした。数分後、道の角を回ると一頭の雄牛と顔を突き合わせた。不意の遭遇から雄牛が我に返る前に彼は草地に入り込み、そこで長い牛の列が井戸へ向かって通り過ぎて行くのを待った。アボリジニたちがその道に群れを誘導したようだった。彼ら自身の足跡を消し、馬に起きた悲劇の形跡をも確実に消すために。

牛が通っているのでボニーは草地に留まったまま、道と平行に歩いた。ようやく動物たちは目的地に着いた。やがて彼が百回目くらいの角を曲がって目を凝らすと、ポッパと助手が葉の茂った木の枝で足跡を叩いて消しているのが目に入った。しばらくして前方の草地の上に奇妙なものが見えた。砂漠の色をした地面が鋭い角度で盛り上がっていた。

近づいて行くと、草地の真ん中に先のとがっていない砂の指のようなものが刺さっており、それを小さい石がおおっているのが見てとれた。そして葬儀屋たちが荷を運びながら苦労して頂上まで登っていくのが見えた。頂上に着くと彼らはかついでいた棒を下に降ろして、何やら作業を開始した。これが終わると彼らは棒のところに戻り、それらを持ち上げて直立させたようだった。その後彼らは岩や石を集め、中央にそれらを置いたように見えた。

ようやく作業が終わり、一団はその砂の指の上を数百ヤードほど引き返した。彼らはそこで十分ないし十五分ばかり姿が見えなくなった。数本あるバオバブの木々の一番上の枝くらいの高さからなら見えたのだろうが。そして再びボニーの視界に入って来ると、その指の端まで戻り、草地に降りて姿を消した。彼らは手に何も抱えていなかった。ボニーには何があったか察しがついた。さっきまでお預けをくらってじれていたカラスたちがバオバブの木に落ち着いた。

ボニーも草地の中に落ち着いた。北の方向から風がそっと吹いていた。彼はタバコを巻いて火を点けた。アボリジニたちはほぼまちがいなく野営地へと取って返したのだろう。居住区まで三マイルほどの地点でひとすじの煙が脈絡なく立ち上ったとき、彼はそれを確信した。風が吹いているのでおそらく最低限の事実を伝える以外の伝言の役割は果たしていなかったが、任務が完了したことを野営地で待ちわびている見張りに伝えるためのものと思われた。

ボニーは小一時間ほどたつのを待って、棒が立てられていた場所へ歩いて行った。棒はもうその場所にはなかった。棒と馬の残骸は、長いこと放置されたままの採鉱者の坑道に投げ込まれており、その上から、採掘の際に出たくず鉱石の石や岩の破片が投げ込まれてあった。

内心ポッパの手際のよさに舌を巻きながら、彼はバオバブの木々に歩み寄り、それらの木々が、砂地にある花崗岩の深い窪地に繁茂しているのがわかった。そこには五本のバオバブの木があった。樹齢が古く、巨大な樹幹は時を経て醜くなり、枝はねじ曲がり、葉はぱらぱらとついていて、五十万年もの年月を経てもまだしぶとく生きている奇怪な遺物のように見えた。そして山の峡谷にある若い優美なバオバブの木々と比べると、ほとんど醜悪と言ってもよかった。

砂地の一帯には足跡はなかった。幅の広い厚い板状の岩の上に大きな焚火の灰が残っていた。ほかの岩の上にも同様の灰があり、小さい焚火の跡だとわかった。窪地のほぼ中央にある小さい焚火の灰からは、一筋の煙がたなびいていていた。

ここは部族のイニシエーションのための野営地だとボニーは直感した。大きな焚火はおそらくカラバリ（祭りまたは戦闘前夜に行う歌と踊りのお祭り騒ぎ）のためで、小さいほうは男たちが火を囲んで秘密の儀式をとり行うためのものだろう。馬を始末したあとでポッパと男たちがここに来た理由はおそらく水を求めてのことだろう。ここのどこかに、部族の最強のチュリンガ（トーテム動物の彫られた石や木の魔除け）や、呪いの骨や、魔術に用いる赤や黄土色の顔料が納められている宝物庫もありそうだった。彼がもしそんなものを発見したら、それこそとてつもない力を手に入れることになるかもしれない。

砂地の上でまだ熱を持っている火が彼の興味をかき立てた。なぜアボリジニたちはそこで焚火をしたのだろう？　何かを料理するためだったとしても、彼らが視界から消えていたのはそう長い間ではなかった。以前にそういう目眩ましの話を聞いたことがあるのを彼は思い出した。彼は太い棒きれで灰を脇へやると、両手で深い穴を掘り始めた。その穴から砂をすくい上げては、穴の幅を広げながら十二インチから十五インチの深さまで掘り進めていくと、硬い獣皮のシートが見つかった。

これを注意深く持ち上げてみると、別のシートの上に、呪いの骨と、彫り物が施されてある一ダースの石のチュリンガと、火打石と、石膏の塊と、小さな象牙の仏陀が置いてあった。

第十三章　仏陀とミスター・ラム

掘った穴の縁に膝をついて、善きにせよ悪しきにせよ魔術に使われる道具を見つめていると、二つの人種の血が流れるこの男には、自分が神聖なものを汚したことでまわりの世界が沈黙したかのように思えた。その沈黙は彼の身に重くのしかかり、彼の中のアボリジニ的なものが、彼の人格のもう半分を消そうとして躍起になった。

そこで彼が思い出すべきは、時として脅かされる心の平安を取り戻すための助けとなってくれるのが、まさに象牙の仏陀だということだった。とはいえそもそも仏陀は外国の文化を象徴するものだ。そして仏陀がそこにあることで、そのほかの道具が彼に対する不吉な効力を失うという説明が必要だった。

その樹皮のシートには赤と白の鳥の羽根が樹脂でくっつけてあり、この上に大量の火打石と石膏の塊のほかに、ひとそろいの呪いの骨と、またこれも呪いをかける道具として使われるいくつかの槍の穂先が置いてあった。ひとそろいの呪いの骨は、針のように鋭く細い、五本のカンガルーの骨から成っていた。六、七インチの長さがあり、太いほうの端には人間の髪の毛で作ったひもを木のやにでくっつけてあった。その骨の一本を実際に犠牲者に突きつけて呪いをかけるのだ。そのひもには一対の鷲のかぎづめと、これも人間の髪でできた網に入った、強い魔力に満ちたチュリンガが付いていた。

槍の穂先と大きな火打石には、短い髪の毛のひもが付いており、そのひもの先にはやはり髪の毛の網に入ったチュリンガが付いていた。これらの道具は一人の男だけが極秘に使用できるものだが、ひとそろいの複雑な骨を操作するにはしばしば二人の人間が必要だった。ボニーは自分が呪いをかけられた際に、肝臓と腎臓を鷲のかぎづめで握ってねじられたように感じたことを思い出した。樹皮に載ったその収集物を引き上げてみて、アボリジニたちの訪問の理由を悟ったことでひどく不快な気分になった。

むきだしになっている岩の床に二インチほどの裂け目があった。その岩の落ち込んでいる箇所から水が跳ねる音が聞こえた。草の茎を使えば貯水池から来ている水をすすることができるだろう。つまるところポッパは部族の男たちに見られずに道具を片付け、男たちのほうは再び野営地へ戻って行くための英気を養うことができたのだ。

ボニーは慎重にシートを元の場所に置き、上から獣皮のシートをかぶせ、掘った穴に急いで土を戻し入れ、見つけたときとそっくり同じようにその場所に小さな火を点した。そして再び草地に戻ると、木にもたれて立て続けにタバコを吸い、呪いの骨と一緒に仏陀があったのはどうしてかと思案をめぐらした。

仏陀は縦二インチほど、横幅はそれよりわずかに狭かった。頭部には片方の耳からもう片方の耳まで、ひもか純金の鎖でも通すための穴が開いていた。おそらくはお守りか魔除けとして首からぶら下げていたのだろう。それがポッパの魔術道具が隠してあった場所にあったことに何らかの意味があるのは疑いようもないことだ。ブルームかどこかの港町のラガー（二、三本マスト の小型帆船）の乗組員が、それを沿岸のアボリジニと売買したのはまずまちがいないだろう。そのあとこの男が奥地のアボリジニにこれを売り、謎めいた交易ルートを通ってポッパの手に渡ったのだ。その間ずっと呪文を唱えられているうちに魔力を蓄えながら。

アボリジニの文化は、白人は誰一人降りて行ったことのない、完全な知識の泉へとつながっている井戸のようなものだが、よそ者である白人の影響力のほうが絶えず拡大しているのだから、わざわざそうしたいと思う白人など一人もいないのだ。必然的に挫折感を覚え、そのうえ彼の中にある白人の血が彼を困惑させ、その日の彼の捜査意欲をくじいた。今日ではもう何が本物の伝説で、何が想像力に富む白人の作り話かを判じるのは不可能だ。

アボリジニに関することで明らかだとされていることなど何一つ信用できない。そう考えるとボニーはそれより先に進めなくなり、夕刻まで眠ったのちに草地を出発して牧場に向かった。えび茶色のガウンをはおり、青いスリッパをつっかけ、洗面用具入れとタオルを持った彼がカップ一杯の紅茶を求めて厨房に現れたのは、夜が明けてまもなくのことだった。

「おはようございます、ボナパルト警部！　どうしたんですか？」と料理人が声をかけた。

「きみが朝一番に淹れた紅茶が一杯分残ってたらありがたいんだがね」ボニーが陽気な調子で答えた。

「残念ですが、全然残ってないんです。でももうすぐやかんが沸騰するところです。ポットの葉を空にして、新しい紅茶を淹れましょう。僕も腹がすいてるんで。警部さん、一体どこに行ってたんです？」

「ボーデザートの人々と話をしに行ってきたんだよ、ジム。わたしがいない間、ちゃんと行儀よくしていたかね？」

「僕がですか！　決まってるじゃないですか。でもボスはずっとご機嫌ななめでしたよ。それに奥さんのほうは黒人の野営地に乗り込んで行きました。それと、この騒ぎで動揺したのか、ミスター・ラムがとんでもないことをやらかして面目をつぶしましたよ」

「へえ」ボニーはじりじりしながらお茶が入るのを待っていた。「わたしは散歩にでも行ってきたほうがいいかねえ。ところでミスター・ラムは何をしたんだね？」

「彼は球を突きそこなったんですよ」

「何だって？」

スコロッティは、なめらかなパン生地の最後の残りを油を塗ったブリキ型に手際よく落とし込み、小麦粉のついた両手を手ぬぐいで拭いた。そしてもったいぶった仕種でテーブルの前に座って言った。

「僕の分も一緒に注いでもらっていいですか、警部さん。こんなふうにして紅茶を飲むのは初めてです。ところでさっきの話ですが、ミスター・ラムは球を突きそこなって、連勝続きだった記録に汚点をつけましたよ。昨日の朝のことですがね。あまりのひどさに僕は涙がちょちょぎれそうになりましたよ。彼は二ヤードの位置からポケットに入れそこなったんですから」

「まさかそんな」とボニーはつぶやき、甘いスコーンを勝手に取って食べた。「二ヤードだと！　それは確かにひどい。どうしてそんなことになったんだね？」

「それは僕にもわかりません。でも現にそうなったんです。まちがいなくミスター・ラムは動揺していたんでしょうね。ボスが馬の囲い地のとこで散々怒鳴ったり叫んだりしたんで。というのも馬のうちの一頭がいなくなったからなんですけど。ここの平和が乱されると、ミスター・ラムの心も乱されるんです。そのあと彼は奥さんとテッサについて黒人の野営地まで行ったんですが、僕は彼だけがとぼとぼと帰って来たのを見ました。もう二度と家を出ることはあるまいと固く心に決めたような顔をしてね。彼がドアのところへ来て、タバコがちょっと欲しいとせがむんで一つまみか二つまみやったんです。そしたらそこにある木のところへ行って、ごろんと横になって日光浴をしてましたよ。で、次に何があったかというと、外側の壁でどすんというものすごい音がしたんです。誰かが叫び声を上げて、ひどく悪態をついてるのが聞こえました。そのとき僕はこの場所に座ってましてね、一体あれは何なんだと思っているところへ、トビーが入って来たんです。彼はまるでルーブラの洗濯女たちに、しぼり機にかけられたみたいに見えましたよ。でもそんなはずはない。洗濯日じゃなかったですからね。トビーは鼻から大量に血を流していて、左腕と右脚をかばっていました。どうしたんだと僕が訊くと、彼はその場に座り込み、床に血が流れだしました。そのあとミスター・ラムがドアから中を覗き込んだんですが、それでもまだ僕はまさか彼が突きそこなったとは思わなかったですね」

「確かに受け入れがたいことだろうね」ボニーが重々しくうなずいた。「そのトビーとは誰だね?」

「出入りの黒人の一人です。時々、牛を駆り集める仕事をしてるんです。なのにそこで大量に血を流してるんですから、僕はふとミスター・ラムのことがひどく心配になってきたんです。トビーに分厚いぼろきれを渡してやって、誰にも見られてなかったか確かめに外に出たんです。さいわいあたりには誰もいませんでした。家に入るともうトビーの鼻の出血は止まっていましたが、これはちょっと深刻な事態でした。いいですか、ボスは日頃からミスター・ラムに、誰かに怪我をさせるような真似をしたら追い出すからなと脅していたんですから。で、トビーはどう見ても怪我をしたように見えました。

　ともかく僕はトビーを裏口から外に出して、バケツの水に彼の頭を突っ込みました。それで余計に傷がつくということもないでしょうから。彼は自分をこんな目に遭わせたのはミスター・ラムだと言ったんです。僕宛ての奥さんからのメモをことづかって来ていたので、ミスター・ラムのことをうっかりして忘れていたんだと、こう言うんです。彼は根っからの野生のアボリジニなんですけどね。それでもう一度彼を厨房に連れて入って、カップに入った紅茶とジャムつきのタルトをまるごと出してやったんです。僕は必死で彼を言いくるめようとしました。彼を壁に投げ飛ばしたのはミスター・ラムじゃなくて、彼はきっと自分でつまずいたかどうかしたにちがいないんだとね。するとそこへ二人の子どもたちが入って来て、ヒルダが言ったんですよ。やったのはミスター・ラムで、自分たちは彼が突きそこなうのを見ていたんだと」

「信頼のおける目撃者が二人もいたんだね、ジム。それでももちろんきみはミスター・ラムを擁護し続けたんだろうね？」

「ええ、そうですけど？　だって彼はここでは一番のひょうきん者なんですよ。まあとにかく子どもたちは、部屋で勉強をしていたときにそれが起きたんだと言うんです。僕は彼女たちを懐柔するためにテーブルに着かせて、オーブンから取り出したばかりのジャムつきの熱々のロールケーキをごちそうしましたよ。そして子どもたちとトビーに懇願したんです。ミスター・ラムがここからいなくなったら僕たちは困るんだと。だから今日あったことを忘れたほうがみんなにとっていいんだと。つまりこのことは誰にも話さないで欲しい。内緒にしておいて欲しい。キャプテンが彼に玉突きのチャンピオンだとお墨付きを与えて以来初めてのしくじりなんだから、とね。

するとこどもたちのほうは快く応じてくれたんです。で、彼女たちもちょっとトビーの機嫌をとってくれた。それから彼の腕はなんともなってなくて、脚も折れてないのを確認した。そこに僕が四分の一ポンドの嚙みタバコを彼の鼻先に突きつけたら、ミスター・ラムにはドアのほうでなく壁のほうに故意に突き当てるつもりなど毛頭なかったということにやっと同意したんですよ」

ボニーはミスター・ラムの失態にというより、スコロッティの話しっぷりに笑いそうになった。なぜなら彼が真剣そのものだったからだ。

「じゃあ、その事件をきみたちだけの秘密にすることに成功したんだな」彼は二杯目の紅茶をカップに注ぎながら言った。「で、トビーがブレナー夫人から預かったメモはどうなったんだい？　どさくさでなくなったのかね？」

「いいえ、大丈夫でした。娯楽室の棚にある聖書をトビーに渡すようにというだけのことでしたけど」

「そうかね」ボニーは内心くすりと笑った。「で、消えた馬はまだ見つかってないと言ったよね」

「どこかで何か手違いでもあったんですよ」ジムはそう言うと時計をちらりと見やった。「馬は自分で出て行ったりしませんから。ボスはすっかりおかんむりです。今日は全員駆り出して馬を捜させるらしい。まあ僕の仕事は朝食を作ることですけどね。彼らを仕事にかからせるために」

ブレナーと牧場の男連中が馬の捜索に出払ってしまうまで、ボニーは意図的に朝飯を食べに行くのを遅らせた。ローズと子どもたちとテッサが朝食の席に着くと、まもなくして彼も加わった。彼がどこに遠出していたのか、ロージーが知りたがった。

「ボーデザートのあたりまでね。クレーターのところで長いことぶらぶらしていたんで、まあ正確にはちがうけど。きみたち二人はどうしてたんだい？　わたしは伝説を二つばかり思い出したから、昼御飯のあとで話してあげよう」テッサが彼の朝食を運んで来て、また自分の席に戻った。彼女の席はたまたま彼の向かいの席だった。彼女は白いブラウスに黒のプリーツスカートという格好で、今朝は髪を後ろに引っ詰めているせいか、その丸顔に本来の彼女にはない厳格さが漂っていた。ヒルダがシリアルを食べるのに抵抗していた。

「伝説を一つ話してあげよう」とボニーが言った。「いいかい? えー、一人の年老いたルーブラがいたんだ。彼女にはお腹をすかせた小さな子どもが大勢いてね、彼女はどうしていいかわからず途方に暮れていた。お金はほとんど底をつき、人々には分けてやれる食料もなかった。それで彼女は子どもたちに何か食べるものを捜しに行かせた。それでも子どもたちがずいぶん遠くまで行っても何も見つからなかったんだ。しばらくして子どもたちは、一本だけぽつんと立っている大きなバオバブの木のところに来た。そしてみんなでそこに座って、親指を吸いだした。そうしているとどれだけ空腹かを忘れていられるからね。するとバオバブの木がこう言った。〝もしお前たちが……〟」

ボニーはそう言いさして食事を始めた。ヒルダはまだ手をつけてない皿の上で、握ったスプーンを宙に浮かせたまま、目を輝かせて彼の話の続きを待った。だが彼はまるで伝説のことなど忘れてしまったかのようだった。テッサが彼女に早く朝御飯を食べるよう促した。今朝の授業は時間どおりに始めることになっていたのだ。ロージーがバオバブは何と言ったか教えて欲しいとボニーにせがんだ。

「バオバブが何と言ったかだって? ああ、早く食べてしまいなさい、ヒルダ。いや、これはバオバブの木が言った言葉ではないよ。これはわたしの言葉だ。そう、ちがうんだ。これは……ああ、まったくきみたちはわたしを混乱させるよ。ヒルダ、急いで朝食をすませなさい。わたしが伝説の続きを話せるようにね。そうそう、いい子だ。バオバブはこう言ったんだ。〝もしお前たちがわしの食料貯蔵庫を覗いたら、デンジソウ（オーストラリア産のデンジソウ属の水生シダ類の総称）の種がたくさんあるのが見えるじゃろう。それを挽いて粉末にすればポリッジ（オートミールや穀類を水や牛乳で煮たかゆ）にできる。それとまだほかにもあるぞ。牛の両脚と両肩の肉をフックに掛けて吊るしてあるんじゃ。それを厚切りにして、火を起こして料理するといい。お前たちはもう二度と腹をすかすことはあるまいよ〟」

ヒルダはボニーに続いて二番目に自分のポリッジをたいらげた。彼女は目をきらきらさせていて、最初食べるのを抵抗していたことなどすっかり忘れていた。

「そこで子どもたちと年老いたルーブラは、そのバオバブの食料貯蔵庫を捜すことにした。彼らが古くて醜い木の幹を登っていくと、てっぺんに大きな入り口があった。中には階段も何もなかったので、そこでロープを作って、一人の男の子を食料貯蔵庫のあるところまで降ろした。で、少年は下に降ろされると、腹をすかしていたので牛肉を厚切りにして生のままで食べた。やがて彼は腹いっぱいになって、上から引き揚げてもらうには体が重くなり過ぎた。それにひどくくたびれてしまい、ロープで上から引き揚げるための牛肉を切ることさえできなかった。

そこで彼らは今度は小さな女の子を食料貯蔵庫に降ろした。すると彼女も、上でよだれを垂らして見ているほかのみんなのことなど少しも考えずに、肉を切っては腹に詰め込んだ。やがて彼女もひどく体が重くなり、上から引き揚げることはできなくなった。それでまた別の少年が降ろされた。そうやって同じことが続き、とうとう木の幹のてっぺんには貧しい年老いたルーブラだけが残された。彼女がどんな気持ちだったか想像がつくかね？」

「どんな気持ちだったの？」とロージーが答えをせがんだ。そして彼女の妹も同じ質問をこだまのように繰り返した。ローズ・ブレナーは優しげな笑みを浮かべており、テッサは黒い大きな瞳でまじめくさってボニーを見ていた。

「そうだね、彼女はまるでバンディクート（フクロアナグマ。虫や草を食う有袋目）みたいに空腹だったんだ。だからロープの端を一本の枝に結びつけて、自らも木の幹の内側に降りて行った。でもそのときロープが切れて彼女はまっさかさまに下に落ちた。あまりにもお腹がいっぱいで動けなくなっている少年少女の上にね。年老いたルーブラはナイフを取り上げると、肉を切って生のまま食べた。それがおかしなことに、牛の脚と肩の肉の塊は、いくら食べても一向に小さくならなかったんだよ。彼らは大変なごちそうを手に入れたわけだね、ほんとに。みんなでどれだけがつがつ食べても、その食料貯蔵庫は決して空にならないんだからね」

「結局みんなどうやって外に出たの、警部さん?」とロージーが尋ね、ヒルダもさらに重ねて言った。

「そうよ、どうやって?」

「彼らは決して外に出ることはなかったんだ」とボニーは答え、テッサにほんの一瞬視線を投げた。「ロープは上のほうで切れたので、彼らにはつなぎ合わせることができず、ロープを登って外に出ることができなかった。で、それ以来ずっとその木の下を通る者がいると、バオバブは低い声で言ったんだ。〝登って来て、わしの食料貯蔵庫に何があるか見てごらん〟とね。それでも誰もそうしなかった。なぜならバオバブの木に食料貯蔵庫があるなんて誰も知らないだろうからね」

ヒルダは妖精のような手をボニーの手首に置いて哀願するように言った。「どうもありがとう。次は、別の伝説のお話をしてちょうだい、お願い」

「勉強が終わるまではだめよ」と母親がきっぱり言った。「それに、そのときもしボナパルト警部がお忙しかったらだめ。でもいいことを思いついたわ。今朝の授業は、今の素敵な伝説についての作文を書いたらいいんじゃないかしら? どう思う、テッサ?」

「いいですね。ここ何日も作文を書いてませんし」

「でも、おばあさんのルーブラのことを何て呼べばいいの？」とロージーが尋ねると、ボニーが答えた。「ああ、実は彼女はそれほど年寄りじゃなかったんだよ。子どもたちから見れば年取ってたというだけで。じゃあこれから彼女をイリティティサタッサと呼ぼう。もう少し短くしてもいいよ、もちろん。テッサとか」

テッサが子どもたちと一緒に声を上げて笑った。彼女が朝の授業を始めるために子どもたちを連れて出て行くと、ローズ・ブレナーがボニーをじっと見て、もう一杯コーヒーはいかがと尋ねた。

第十四章　伝説に熱中する

ボニーは女主人の近くに席を移ると、こう尋ねた。「それで結婚式はうまく行きました？」

「うまく行きませんでしたわ。大失敗でした。ところで警部さん、あの大騒ぎのさなかどちらに行ってらしたんですか？」

「バオバブの木々から伝説を学びにね。中には伝説をたくさん持ってるのもありますからね。ご主人のほうは今日何をするつもりなんですか？」

「総出であの馬を捜しに行くつもりなんですよ。昨日の朝あの馬はやはり放牧場にいなかったんです。それでカートは心底怒ってるんです。主人が憤慨してるのはあの馬の値打ちうんぬんじゃなくて、アボリジニが取っていったと確信してるからですわ。彼はうちの青年二人と、キャプテンも含めて黒人の牧夫六人に集合をかけました。警部さんは何かご存じですか？」

「わたしは結婚式が行われなかったことのほうが興味深いですけどね」

「そうですか。わたしはキャプテンとテッサと一緒にガプガプに会いに行ったんですよ。野営地に着くと、ガプガプは自分の小屋で寝てました。わたしはキャプテンに彼を呼びに行かせ、箱を持って来させてそこに座りました。軍隊が放出した古ぼけた外套を着たガプガプが、わたしの前にしゃがみ込みました。彼には堂々とした未開人の雰囲気など何もありませんでしたわ。ただの小汚い老人でした。

彼が一人のルーブラに何やらぶつぶつ言うと、彼女が別の四人の小汚い老人を連れて来て、彼らがガプガプの後ろにしゃがみました。ああ、ありがとうございます」

ボニーは無言で彼女のために点けてやったマッチの火を消した。ローズが続けた。「わたしはまず最初に、ローレンスと娘がどうなったのか訊きました。するとガプガプが、実際のところ彼らはどうもなってないと答えました。わたしが彼らを傷つけるべきじゃないと言っているとキャプテンに聞いたからだと。そしてこう続けました。彼はちっとも尊大ではなかったです。〝奥さん、アボリジニの掟は時代錯誤だとうちのキャプテンに言ったそうですな。だからワンディンとローレンスには、掟を破ったことでわしらは何も手を下してないんじゃ〟

それでわたしは彼らをそこに連れて来るよう詰め寄ったんです。もうその頃には六人ばかりのルーブラと、見たところ彼女たちの子ども全員と、男たちも大勢集まっていましたわ。キャプテンが彼らの言葉で何か言うと、男たちが叫びだしました。するとローレンスが現れ、そのあと娘も出て来ました。彼らは正常に歩いてるのがわかりました。それでわたしはこう言ったんです。彼らは結婚することになってるんだから、今すぐ結婚させなきゃいけないと。わたしはそつなくやったと思いますわ。彼らは法を破ったんだから、できるだけ早く黒人の法にのっとって結婚させるべきで、それにできるだけ早くアボリジニの法を改正すべきだと言ってやったんです。警部さんがわたしにして欲しかったのは、そういうことですよね？」

「そうです。それでどうなりました？」

「警部さんの予想どおりでしたわ。老人たちが低い声でぶつぶつ話しだして、ガプガプは地面に木の枝で絵を描いて、女たちは押し黙ってました。前に会ったかどうかはさだかじゃないですが、一人の中年のアボリジニの男がガプガプに向かって不意にわめきだしました。ガプガプはとりあいませんでしたが、キャプテンが何か怒鳴ると、その奇妙なアボリジニは騒ぐのをやめました。わたしの勘ですが……彼はワンディンの夫だったんではないかしら?」

「おそらくそうでしょう」とボニーがうなずいた。「その娘の正当な夫として、当然彼は彼女とローレンスとの結婚に抗議するでしょうな。彼はどんな男でした?」

「そうですね、並みの男よりも背が高くて、力も強そうでしたわ。前歯が二本欠けてました。それと額の右のほうにぱっくり開いた切り傷がありましたね。テッサが彼の名前はミッティだと教えてくれました。うちに帰るみちみち彼女がそう言ったんです。老人たちはぶつぶつ言い続けてました。ガプガプは木の枝で絵を描き続けて。誰を見ても埒が明かないようでした。それでわたしは一日中そこで座り込みをして、彼らを疲れ果てさせてやろうと腹を決めたんです」

「たとえあなたが永遠に座り込みを続けても、彼らを疲れ果てさせることなんてできないかもしれませんけどね」

「わたしも次第にそう感じ始めてました。それでわたしは言ったんです。あなたたちが恋人たちを結婚させないと言うんだったら、わたしが代わりに結婚させると。で、若いアボリジニを一人わたしのところに呼んでもらったんです。ちょうどわたしのポケットには封筒が入ってて、テッサは鉛筆を持っていた。そこでわたしはジム・スコロッティ宛てに手紙を書いたんです。トビーに、あ、わたしが呼んだ若いアボリジニのことですけど、聖書を渡してすぐに持ち帰らせるようにって。それからわたしはその手紙を読み上げて、トビーに急いで行くように言い、ガプガプにはわたしが彼らを結婚させますからと啖呵を切ったんです。

するとき額に深い切り傷のある男がはっとした顔をして、わたしには何を言ってるんだか理解できないことを叫んだんです。テッサは、彼は部族の掟が次々に破られていくのに抗議したんだと言ってました。トビーは長いこと戻らず、やっと聖書を持って戻って来たときには、まるで喧嘩でもしたかのように見えました。わたしがそのことを問い質すと、木の根っこにつまずいて、顔に怪我をしたんだと言ってましたわ。とにかくわたしは聖書を受け取って、あの男女を結婚させるふりをするつもりだったんですけど、いつのまにか二人の姿は消えていたんです。彼らはどこにもいなかった。これが話の顚末ですわ」

「テッサにもわからなかったんですか？　彼らがどっちへ向かったか。どこへ行ったか」ボニーは咎めるように言ったが、目はおもしろがっているように輝いていた。

「わからないと言ってました。警部さんはわたしが結婚式で待ちぼうけをくわされたのを笑ってらっしゃるの？」

「まあ、それもあります。で、顔に傷のある背の高いアボリジニはどうなりました？」

「激しく抗議した男のことですね？　思い出せないんです。彼もいつのまにか姿を消したんだと思いますが」

「それでポッパは？　呪医の」

「それがまったく見かけませんでしたわ」

「それからどうしたんです？　恋人たちが姿を消したあと」

「わたしはキャプテンを介して彼らに伝えました。わたしのいる前で恋人たちを正当に結婚させるまでは、もうタバコは供給しませんと」ローズ・ブレナーがきっぱりとした口調で言った。「まあいずれにせよわたしに彼らを結婚させられたかどうかは怪しいものですけど。どこかに祈禱書があるとは思いますが、どこにあるかわかりませんでしたし。わたしはぬかりなくやれたんでしょうか？」

「上々の出来ですよ。で、あなたはその女がミッティの女房だと確信があるんですね？」ローズはたぶんまちがいないだろうと答え、ボニーは指でテーブルクロスをこつこつ叩きながら、彼女の話を吟味していた。

「一体全体どうなってるんでしょうね？」と彼女は言い、ガプガプやほかの人間が着けていた見えないベールのようなものを見透かそうとしていた。彼女は自分の失敗に苛立っていた。

「敵が太陽の下で終日横になっていたら、むしろ何も手を出せないという自明の理があるんです。わたしがこちらに来たときは、全員太陽の下で横になってるみたいでした。もちろん比喩ですが。それで全員を促して何か行動させることが必要でした。今はどうでしょう、全員行動を起こしていますよね。ガプガプは一人でもがいていますし。あなたはキャプテンの話はあまりしませんでしたが、彼だってずいぶん思い悩んでるでしょう。あの頭に傷のあるミッティなどは嫉妬の炎で地団駄を踏んでいます。そしてポッパは、あの消えた馬のことをうまく説明する話をでっち上げようとしていることに疑念の余地はありません。こういったすべてのことから、あの〈ルシファーのカウチ〉であった事件の解決の糸口が見えてくることを願うばかりです。あなたさっき、ミッティはアボリジニの掟に反すると言って抗議したのだとテッサが訳してくれたと言いましたね。それは帰る途中のことだったんですよね？」

「ええ、そうです」

「で、その抗議は、彼の妻である女性とローレンスとの結婚に対してのものだと、そのときあなたは直感したんですよね？」

「ええ、そのとおりです。彼の言葉は一言も理解できませんでしたけど、しきりに彼女を指差して、そのあと自分を指差してましたから。彼女は見るからに怯えていました。一度なんか彼は彼女の手首をつかんで、そのまま何分間も離さなかったんですよ」

「それでもテッサはあとになって彼の言葉を訳してくれたんですね。ミッティが掟に反すると言って抗議したと。果たしてどちらが正義なんでしょうか？　テッサでしょうか？　あなたでしょうか？」

　ローズはまるで痛みでも感じたかのように両目を閉じた。そして再び彼を見たときにはその目は怒りを放っていた。

「ボナパルト警部さんって、時々ひどく人を苛つかせますよね。わたしはテッサに対する疑いはもう心の奥底にしまい込んでたんです。それなのにあなたはそれをわざわざ引っ張り出そうとする。おっしゃるとおりです。わたしにもだいたいわかってました。テッサが訳してくれる前から。あの男はワンディンがローレンスと結婚することに抗議していた。当のローレンスですら、彼の言葉におじけづいてましたからね。そうはいっても、じゃあわたしたちはテッサにどうしてやればいいとおっしゃるんですか？」

「ああ、それは特に何もありません。彼女はただ二人の主人に仕えてるにすぎないんです。無自覚に。ですから彼女は咄嗟にどちらか一方を選んでるんです。ところで奥さんは、小さな象牙の仏陀をお守りや魔除けとして誰かが身に着けてるのを見たことがありますかな？」

「仏陀ですって！　また突拍子もないことをおっしゃるのね？　いいえ、ありませんわ」

「それを聞いてほっとしました」ボニーはそう言うと、タバコを巻いている自分の指先を思案ありげに凝視していた。ローズは次は一体何を言われるかと身構えて待ちながら、この男が手入れの行き届いた髪と雑誌のイラストのモデルでもできそうな横顔の持ち主であることに気がついた。

「で、ルロイ夫人との話はついたんですか？　カートさんがホールズクリークに行ってる間あなたが一緒に過ごすことで」

「エセル・ルロイはわたしの申し出に感謝はしてくれましたが、どうしても聞き入れようとはしないんですの。わたしが子どもたちを連れてホールズクリークに行くべきだって言い張るんです。わたしたちみんなにとって何よりの息抜きになるだろうからって。だからご主人の留守中は彼女のお姉さんが彼女と一緒に過ごすことになりそうです」

「ではあなたもいらっしゃるんですか？」

「そうしたいと思ってますわ。今朝はカートがかっかしてて、とてもそんな話はできなかったけど」

「それで、ご主人があなたが同行することに賛成したとしたら……ここを発つのはいつですか？」

「明日になると思います。警部さんも一緒に来られます？」

「ちょっと無理でしょうね。でもあなたのおかげでルロイ夫人に事情を聞きに行く手間が省けたかもしれません。またあなたがたがお発ちになる前に、事件のことを思い出していただくことになるでしょう。伝説に関することですけど」

「伝説ですって！　いやに伝説のことに熱心なようですのね。本でも書くおつもりなの？」

「今回の事件がすっかり解決したら書くかもしれませんよ」と言って彼は自嘲気味に笑った。「このテーマは、あちこち放浪してまわってる文化人類学者たちにとっては実に興味深いものですし、ガプガプがこの世を去る前に土地の伝説をすべて形に残しておくべきですよ。さてと旅行の話に戻りましょう。奥さんとしては乗り気なんですね？」

「ええそうです。だって気分転換になりますから。それに向こうには一緒に噂話や世間話ができる女の方がいっぱいいらっしゃるでしょ。それは子どもたちだって同じです。日頃わたしたちはひどく孤立してるとよく思いますもの」

「じゃあわたしからもご主人にご家族を同伴するよう口添えしましょう。その代わりと言っちゃなんですが、時期が来たらわたしの仕事を手伝っていただけますかな？」

ローズ・ブレナーはわざとらしく笑うと、いついかなるときでもあなたが手伝いを必要とするとは思えないけれど、そうしますわと答えた。そしてまだ片付けなければいけない用事があると言い足した。ボニーは夫人をその場に残し、厨房のほうへとぶらぶら歩いて行った。

「ずっと警部さんのことを考えてたんです」料理人の黒く鋭い目は明らかに不安げだった。「ミスター・ラムが突きそこなったことは誰にも話してないですよね？」

「もちろん誰にも話してない」とボニーは断言した。「これでもわたしはミスター・ラムが気に入ってるんだ。何の恨みも持ってない。実際、ここ一カ月で一番出来のいいタバコを彼に分けてやったくらいだよ。それで、どうして彼があんなへまをやらかしたか理由はわかったかね？」

スコロッティはぼうぼうと伸びたあごひげを引っ張ってため息をついた。「さっぱりわかりません。僕が心配してるのは、もし彼がまた突きそこなうのを誰かに見られたら、ボスは彼を、彼が普通の子羊だった頃の、元いた場所に追い出してしまうだろうということです。だいたい彼があんな突きそこないをするなんて尋常じゃないことですからね。トビーは怪我をした可能性だってあったんです、そうでしょ？」

「可能性があっただって？　きみは確か彼は怪我をしたと言ってたよね」

「結局何でもなかったんです。腕も脚も折れてないんですから。でももしボスの耳に入ったら、昨日はずいぶん虫の居所が悪かったですから、今朝はきっとミスター・ラムと子どもたちがお別れすることになったでしょう。ボスはスターのことで、キャプテンも含めてほんとに黒人連中に頭に来ていて。あいつらの一人があの馬を急き立てて、ルロイの家のほうまでルーブラを追い回しに行ったに決まってると悪態をついてました。キャプテンにも、だいたいお前だってルーブラの一人くらいいてもおかしくない年だろと言ってましたね。病気の宦官《かんがん》みたいにぼんやり過ごさずに、とね。ひどい言い草でしょ。まあ、ほんとにおかんむりでしたよ」

「じゃあ、キャプテンにはルーブラはいないんだね？」

「僕が知る限りは今までにもいたことはないですね。二、三度テッサに近づこうとはしてましたがね、彼女にはねつけられました。彼女は小賢しい小娘ですからね。警部さんは彼女の本性をご存じないでしょうが。教育は黒人をだめにすると彼らは言ってますが、そもそもあいつらは現状よりだめになることなんてないですよ。まあキャプテンについて言えば、確かに不自然ですよね。いい年をした黒人の男が一人で住んでいて、夜になれば詩の本を読む以外にやることがないんですから」

「そうなのかい？」

「それと歴史の本もかな。奥さんからもらってるんですよ。奥さんはパースからそれを取り寄せてる。何しろ字なんか僕よりずっとうまいですよ」

「彼はそういう本から子どもたちに話してやる伝説を仕入れてるんだろうかね？」ボニーはこの会話の流れに満足しながら探るように言った。

「きっとそうです。あいつは僕が聞いたこともないような伝説を子どもたちに話してやってる。僕はそれを何度も聞きました。警部さんも牛を駆り集める連中と野営でもすれば、聞くチャンスがあるでしょう」

「あのクレーターの成り立ちにちなんだ伝説を聞いたことがあるかね？」

「いや、ないですね。だがそうはいっても、そういう伝説がないわけではないでしょうね。あれは黒人たちが伝説を語り伝えだしたずっとあとの出来事だから」

「あの隕石は六百年ほど前に落ちたんだと言ってる人間もいるようだがね」

「さあ、僕に言えるのは、あれは一九〇五年に落ちたということですけどね。その年の一月に。それが落ちるのを見たもんがいるんです。それも大勢。それに落ちる音を聞いたもんも。もちろんこのあたりにはその頃誰も住んでなかった。野蛮な黒人を除いては。あの頃はほんとに野蛮だったらしいですが。当時ジョーという半端者が、仲間と一緒にホールズのちょっと東の山中で金を探してたんですよ。夜になって彼らはテントの中で野営していた。するとあたりがすべて光に包まれた。彼らが慌てて外へ出てみると、隕石が落ちるのが見えたんだそうです。轟くような音も聞いたと。もし落ちたのが今から六十年以内とかでなく六百年も昔のことなら、黒人たちの伝説で語り継がれているでしょう。絶対」

「野蛮な黒人たちがそんなものを思いつくだろうかね？」

「まちがいなく思いつくでしょうよ。もちろんキャプテンにだって作れます。でも彼は変なやつですけどね」

第十五章　ガプガプともう一勝負する

ガプガプは小さい焚火の脇に空の麻袋を敷いて座っていた。焚火からは細い煙が斜めに立ち昇り、ポッパの頭を見えなくしていた。この午後は、ルーブラも子どもたちもいつもほど騒がしくなかった。

時折りガプガプが低い唸り声を漏らし、ポッパの目が怒りを放った。彼らがそうやって一言も言葉を発さないまま小一時間も過ぎた頃、不意に人影が射したかと思うと白人の警察官が二人を見下ろしていた。

「イラワリの子孫は、まず相手の目を見えなくするんじゃの」と酋長がぶつぶつ言った。「昔はそんなことはなかったがの」

「昔はよそ者は野営地に入るには合図をしたものだった」ポッパが唸るように言った。

「昔はアボリジニはみんなそれほど愚かではなかったでしょう」とボニーは言い返して、タバコと紙に手を伸ばしながらしゃがみ込んだ。

二人はボニーの顔と指先を交互に凝視していた。ボニーはタバコの入ったブリキの缶と紙を元どおりしまうと、タバコに火を点けた。誰も何も言わずに二十分が経過して、ポッパがついに我慢比べに音を上げた。

「あんた、今日はどういう理由でここに来たんだね？」彼が探るように訊いた。

「昔、はるか遠方の国に二人の賢人がいたんですが、彼らは一晩中焚火の前に座って何もしゃべらなかった。で、別れ際に一人が言ったんです。〝今夜は実にいい夜だった〟とね。わたしたちはこの小さな焚火の前に座っていると、勢いよく燃えている炎や煙の中に実に多くのものを見ることができます。すべてが灰と化し、無に帰するのを見ているだけで。逆にお尋ねしていいですか？　あなたたちがなぜ日がな一日太陽の下に座っているのか。まあ、わたしにはガプガプさんの焚火の炎の中に様々なものが見えますが」

ガプガプが言った。「タバコをもらえるかね、旦那？」

「なんとね」とボニーは小さく叫ぶと、酋長のほうにものうげに煙を吐いた。「もうタバコを切らしたんですか？　信じられないな。おたくのルーブラたちがまだたくさん持ってるでしょうに。どうしてそういうことになったんですか？」

「タバコの配給を止められたんだ」とポッパが唸った。「ひどい仕打ちだ」

「ほう！　それは気の毒に。まあ、あんたたちはきっと二人とも刑務所に行けるだろう。あそこならタバコはたっぷり手に入りますよ。あながち居心地の悪い場所じゃない。とはいえ夜はいささかさみしいでしょうな。老いさらばえた体を温めてくれるルーブラはいませんからね、ガプガプさん。あんたにとっちゃちょっと辛いことですかね、ポッパさん。ですが、今も言ったようにタバコには不自由しませんよ」

「貴様は悪賢いやつだな」ポッパがほとんど叫ぶように言った。

「あんたらほどではないがね」ボニーは愉快そうに言った。

「悪賢いやつめ」とポッパが繰り返し、ボニーはさらに続けて言った。

「ローレンスとワンディンが〈エディーの井戸〉まで逃げたなんていうのは作り話もいいとこだ。キャプテンの話では、二人は結婚することになっていて婚前交渉を持ったということでしたけどね。そんなことを言ってもワンディンにはもうずっと前に結婚したミッティという夫がいて、彼が牧場主の夫人の前で激怒した。彼女が自分の妻のワンディンとローレンスを強引に結婚させようとしてると思ってね」そこでボニーの声は二オクターブ跳ね上がった。「何があったんですか？　はっきり言ってくださいよ。いつもぺちゃくちゃしゃべっているおたくのループラたちに何があったんです？　若者みたいに今からイニシエーションを受けるとでもいうんですか？」

「悪賢いやつめ」とポッパがまた毒づいた。ボニーは意味ありげに額をこつこつ叩いた。

「おかしいですよ！　どう考えてもおかしい。あんたたち二人とも。上等じゃないですか。いい野営地だ。水はたっぷりあるし。食べものだって、タバコだってある。おまけに何も働かなくてもいい。で、秘密の場所を訪れては、おたくの若者やループラにイニシエーションを受けさせて、焚火にくべる木切れをいつでも高く積み上げさせている。なのにワンディンとローレンスが一緒に逃げたなんていう作り話でわれわれをだまそうとするなんておかしいじゃないですか」

ポッパの顔は自分を侵食する怒りにあらがっていた。酋長のもじゃもじゃした白いあごひげとわずかな髪が太陽の光の中でかすかに震えており、骨と皮しかないかぎづめのようなやせこけた両手が、燃えている木々の端をそっと押していた。彼の顔は無表情なままで、象牙の仏像のそれのように穏やかだった。だしぬけにポッパが勢いよく立ち上がり、ボニーに向かって先住民の言葉で叫びだした。目はまるでブラックオパールの中の炎のように赤く光り、唇は垂れ下がってすでに朽ちかけている歯がむきだしになっていた。

ボニーは何も言わずタバコを吸い続けた。ガプガプが目も上げずに鋭い口調で言葉を発した。それでも激しい抗議は波が通り過ぎるようにおさまっていき、引いていく波に砂が洗われるようにスーッという息の音が残った。

ポッパがしゃがみ込んだ。ガプガプは首からぶら下げているカンガルーの革の小さな袋の口に手を差し入れて、棒状のタバコと、柄の部分が骨でできている古ぼけた折りたたみナイフを取り出した。一口分だけ切り取ると、タバコとナイフを元に戻し、厳粛な顔で焚火を見つめながら突き出たあごを動かした。陰鬱な沈黙が十分ばかり続いたあとで、ボニーが話を続けた。

「それからおたくらは〈エディーの井戸〉のところにいたのはローレンスだとボスに言うようようキャプテンに言い含めた。わたしとヤング・カルに会って身動きがとれなくなったんだと。まったくあんたたちには参りますよ。理解できませんね。たとえ母親に引っ張られてきた年端もいかない少年だって、あんなすぐに嘘だとばれるような作り話をボスにしたりはしなかったでしょうよ。で、ローレンスとワンディンを寄越して、キャプテンと一緒にボスに引き合わせた。彼らはいずれ黒人の流儀で結婚することになっていると言って。そして彼らはボスの前から歩み去り、自分たちの足跡を敷地内に残したんですよ。翌朝わたしはそれを見て、〈エディーの井戸〉にいたのはローレンスじゃない、ミッティという男だとわかったんだが。おたくらはそんなに刑務所に行きたいんですかね？　さあ、何とか言ってくださいよ」

二人はゆっくりと口をもぐもぐ動かしながら、この言葉にたっぷり五分間考え込んでいた。その姿はボニーにミスター・ラムを想起させたが、今はまだしも彼のほうがずっと知的に見えた。ボニーが彼らを侮っているということではない。というのも、愚か者の仮面をつけること以上に、アボリジニが無意識にやる習慣はないからだ。やがてそれが途切れ、ボニーの推察が正しかったことが証明された。ガプガプは顔を上げ、ボニーと目を合わせた。

「あんたの言うとおり、〈エディーの井戸〉のところにいたのはミッティじゃ」と彼が認め、ポッパが落ち着かない様子になった。「あの男はおかしな男なんじゃ。あんたはわしらがおかしいと言っとるが。あれはいい人間だったためしがない。ボスの仕事はまるでやらんし。あの男は時々自分を野生だと思うらしいんじゃ。時々奥地へ長いこと行ってしまう。パンツも穿かず、何も着ず。前を隠す房さえつけず。投げ槍やウメラ（槍を投げる力を増すための道具）も持たずにの。

この間ヤング・カルとあんたは〈エディーの井戸〉のところで裸の黒人を見た。その黒人は慌てて草の中に逃げた。前を隠す房もつけず、槍もウメラも何も持っとらんかったそうな。ミッティは日頃から自分は野生の黒人だと言っておる。だがあんたも知ってると思うが、野生の黒人は何も持たずにうろついたりなどせん。ミッティが自分を野生の黒人だと思っとることをヤング・カルがボスの耳に入れたら、お怒りじゃった。居住区の黒人が裸で走り回るのをボスはひどく嫌う。パンツも穿かん男など置いておきたくないんじゃ。ただわしだけは例外じゃ。野営地にとどまっとる限りは。夜になってもミッティがまだ外を走り回っておるんでキャプテンが手を打った。ボスの目をそらすために、ローレンスとワンディンがつき合っとることにした。別にいいじゃないか！　とボスは言ったんじゃ。黒人の男が若いルーブラと遊び回っても自分のほうは問題ない、とな……はるばる〈エディーの井戸〉のほうであってもな」

「このキャプテンという男は牧場の小ボスですな。牧場で一人で野営している、もう一人のおかしな黒人のようだ。彼はあんたらのボスでもあるんですか？」

「キャプテンはわしの孫じゃ」とガプガプが言い、その老いた目がぱっと輝いた。「わしの息子は野蛮な黒人に殺された。だからキャプテンがいずれ酋長になるんじゃ」

そこでポッパが口を挟んだ。

「キャプテンは黒人と白人を仲介する存在だ。われわれに問題が生じると、キャプテンが解決する。今われわれは問題を抱えておるから、キャプテンが解決するんだ。ミッティが裸で走り回るという問題だ。ボスが何も言わんから、キャプテンがその分まで解決するんだ」

「だがキャプテンは解決しなかった。おたくらが台無しにしたんだ」とボニーは反論し、この二人を頑強な沈黙からおびき出せたことに満足感を覚えたが、価値のあることを引き出せる望みがあるわけでもなかった。「あんたらはミッティの女房とローレンスを結婚させることにして禁を犯し、若い男女の失笑を買うことになった」

「キャプテンも解決したんじゃ」ガプガプが誇らしげに言い張った。「ミッティはループラと一緒に奥地へ行った。長いウォークアバウトに出た。もう問題は起きんじゃろう」

ボニーは二人の男がまっすぐに自分のほうを見るのを待って尋ねた。「ミッティとワンディンは牧場の馬のスターに乗ってウォークアバウトに出たんですか?」

いきなり遮断幕が下りた。ガプガプは棒で火をつつきだした。

「ボスと男連中がスターを捜しに行きましたよ。スターは放牧場からいなくなった。もし彼らがスターを見つけてくれたら、あんたたちは嬉しいだろう。もし彼らがスターを追跡できなかったら、ボスはミッティが連れて行ったと言うでしょうからね。そしてハワード巡査にミッティを捜させて、馬を無理矢理連れ出して走らせた罪で彼を刑務所にぶち込むだろう。一大事じゃないですか! キャプテンはあの馬のことで大変な問題を抱えることになる。ボスがもしあの馬の跡を追えなかったら。キャプテンはその問題を解決できると思います?」

「キャプテンは解決する、大丈夫」とポッパがぶっきらぼうに言った。

「そう願いましょう。クレーターで死んでるのが見つかった白人の男のことやら、ローレンスとワンディンのことであんたがたが作り話をでっち上げたことやら、いなくなった馬のことでボスが怒っていることやら、キャプテンも仕事が増えて忙しいことだな。ボスの奥さんがわたしに言っていたんだが、ボスはスターが見つからなかったら、あんたら全員をここからアボリジニの流刑地のようなところへ追いやるつもりらしい。で、あんたたち二人はもちろんそこの刑務所に入ることになるだろう。それは免れないな」

ボニーは一本の燃えている木をさっと取り上げた。「これがクレーターで死んでいた男の件だとして」と言うと彼は別の木を手に取った。「これがミッティとワンディンとローレンスの件だとして」次いで彼は三本目の木をガプガプの鼻先にかざした。「さらにこれが消えた馬の件。もし馬の跡が追えなかったとしてですが。一件、二件、三件、この全部が重なるとさすがにハワード巡査も堪忍袋の緒が切れるでしょうな。あんたらはみな流刑地へまっしぐらだ」ボニーは一本ずつ数えながら酋長が置いていたとおりに木を元の場所に戻すと、こうしめくくった。「一件目だけなら問題ない、二件目だけでも問題ない、三件目だけでも問題ない、ですがこの三件が合わさると、あんたら全員にとってかなり厄介なことになりますよ」

この言葉でボニーはいくぶん報われた。というのもガプガプがひどく不安げになり、クレーターの事件を言下に否定せずにこう言ったからだ。「何でクレーターの事件を黒人のせいだと言うんじゃね？　わしら黒人はもうここに長いこと住んでおる。白人の問題などわしらに関係ないんじゃ。あんたはさっき、わしらはディープクリークの居住区でいい暮らしをしておるのがわかってないと言っただろう。だが一体何のためにわしらが白人と問題を起こすというんじゃな？　わしらがおかしな人間じゃとあんたは言う。じゃがあんただっておかしいぞ。クレーターの男の事件は黒人の問題じゃないんじゃ」ガプガプの声は穏やかだったが、ボニーを鋭い目で凝視していた。「お偉い警部さんよ、え？」

言われてみれば確かにこの人々に白人の男を殺す何の動機があったろう？　信じたくはないが、現に彼らがあの男を殺害したとして、その唯一の動機は道徳的な理由だろう。まちがいなく損得勘定ではなく。彼らは異なった人種がこの土地にやって来る前にすでに、生来の孤立性ゆえにあまりにも超然としていたので、ただ単にスリルを味わうために人殺しをしたりはしなかったし、白人の基準にもすんなりと順応したので、宝物庫を襲われるとか、ルーブラをさらわれるといった彼らに敵対する犯罪にのみ暴力をもって反応するのだ。そして後のほうの犯罪などはガプガプのような人間をひどく考え込ませるだけだ。彼はただそこに座って始終火のついた木をつついている、ガーゴイルのような顔をした洗練されていないアボリジニではあったが、おそらくはそこらを渡り歩いている大勢の白人を上回る知性を持ち合わせていた。その答えは、誰かか何かに対する忠誠心を示しているにちがいなかった。

ボニーはさらに頑張って手の内を見せた。

「おたくらはクレーターの男のことは黒人の問題じゃないと言う」ボニーはゆっくりと言った。「では話してもらえますかね？　何のためにわたしがクレーターでやったことをトラッカーに見に行かせたのか？　何でトラッカーが日の出時にあそこにいたのか？　わたしがあの場所に行ったあとに。そして同じ日の朝、何のために川までルーブラにわたしのあとをつけさせたのか？　何のために牧場のわたしの部屋の外に黒人を来させて立たせていたのか？　あんたたちはわたしがクレーターを調べるのが気に入らないんだ。誰がクレーターの男を殺したのか、誰があの男をクレーターに置いたのか、わたしに突き止められては都合が悪いんだ。そうでしょう。何もかも洗いざらい話してもらえませんかね、え？」

「悪賢いやつだ」ポッパがぼそっと言った。

それ以上はもう彼らから何の言葉も出て来なかった。事後共犯とか、事前共犯といった白人の法律の細かい点については彼らは聞く耳を持たなかった。埋めることのできない溝から来る沈黙が、霧のように彼らの上に降りて来て、二人はその溝の向こうに果てしなく広がる彼らの内なる牢獄の中に閉じこもり、ボニーを締め出した。彼はもう一本タバコを吸うと、唐突に二人を残してその場を立ち去った。

彼は牧場に戻る代わりに砂漠のほうへと向かい、低く連なった砂丘まで行くと、隆起しているところに座って東南の方向に顔を向けた。ひどく憂鬱な気分だった。話し合いに失敗したことやそのことによる欲求不満からではなく、自分とあの人々を隔てている溝を越えられないことで、自分の限界を思い知らされ、無力感に襲われたからだった。もっともこの溝に直面したのは何も今回が初めてのことではなかった。彼は憤りを感じた。母親が自分に半分しか彼女の人種の血を与えず、あとの半分は父親のほうの人種の血を引いており、そのことで自分の中に葛藤が生まれ、まるで足にかせを嵌められているような感覚に陥っていた。

太陽は山脈の少し上にあり、砂丘が東の方角にぎざぎざの影を投げ、その向こうにまるで〈ルシフアーのカウチ〉を指す指示棒のような彼自身の影が見えた。さっきガプガプたちはクレーターの男の殺害を否定したが、それがもし真実だとしたら、彼らは実際に手を下した人間に忠誠心を示しているのにちがいない。そしておそらくあれは白人による殺害だったにちがいないし、彼らが忠誠心を示している人間は、牧場にいる人間の中にいるにちがいない。一体誰に対して？　牧場のすべての人間にか？　それともたった一人の人間にか？　もし一人の人間にだとすれば、彼らのうちの誰に対して忠誠心を示しているのだろうか？

　ボニーの背後で全速力で駆けてくる馬の蹄《ひづめ》の音が聞こえた。彼が振り向くと、馬に乗って家路に向かうヤング・カルと一人のアボリジニが目に入った。ヤング・カルが手を振って叫んだ。「ボナパルト警部さんですよね？」

第十六章　ボニーがアボリジニを擁護する

その日の夕食の席で、ボニーは男たちから行方不明の馬を見つけるのに失敗したことを聞かされた。ブレナーと白人の牧夫たちはめいめい黒人の牧夫と二人一組になって、終日馬に乗ってその動物の足跡を捜そうとした。みな例外なく収穫がなかったことを報告しなければならず、運のいい二人組があとから戻って来ることを願いながら牧場に戻った。夕食のテーブルに着いた彼らは困惑してむっとしていた。ブレナーは賢明に夕食時の話題を二人の助手にまかせた。

「ボナパルト警部があの老いぼれ馬を無理矢理走らせたんじゃないんですか」とヤング・カルが探りを入れるようにボニーを見ながら言った。「警部さんは遠出していたし、スターはいなくなっている。考えたらすぐ想像がつくじゃないですか。ボニーさん、いつ彼を連れて帰るつもりですか？」

「実はあの馬は走れなくなったんで、ボーデザートに置いて来たんだ。だからわたしは今朝遅くまで戻れなかったんだよ」

「それなのに俺たちは一日中あの馬を捜して、ズボンの尻をすり減らして働いてたんですか」オールド・テッドがテッサに目配せをして言った。「うちの会社に人件費の無駄遣いをさせたってわけですね。警部さんはあの馬に羽でも生やしてボーデザートまで飛んで行かせたにちがいない。で、あいつの片方の羽がとれたんだろうさ」

「いや、それよりガス欠だろう」ヤング・カルが言った。「まあ、スターの件はとりあえず置いといて、おやじさん、明日のホールズの会議に誰を行かせるつもりですか？　俺、行きたいんですけど」

「まだ決めとらんよ。わたしが行くかどうかさえ決めとらん」ブレナーはややぶっきらぼうに答えた。「わたしは今回のスターの件はどうも気に入らん。馬がわたしの前から突然消えて、そのまんま逃げおおせるなんてことはない。うちの居住区の黒人たちがだんだん野蛮になったり、野生の黒人は相も変わらず野蛮だったりで、そのうちこの国は崩壊してしまうだろうよ。わたしは今日キャプテンと一緒に行動していたんだが、彼はまるで一日中腹痛でも起こしているようにふるまっていた。で、きみらは一体何をしていたんだ？　家に帰る時間が来るまで、木陰に行って昼寝でもしていたのか？　そもそも馬は足跡も残さずに歩き回ったりできないんだぞ。それをわれわれのうちの誰かが目をつぶったまま踏みつけていったにちがいない」

三人の男たちは陰気に押し黙った。ローズ・ブレナーは全員に順繰りに目をやっていた。子どもたちは一心に食事をしていた。アボリジニの若い娘はブレナーを畏敬のまなざしで見つめているようにボニーには思えた。ほどなくしてボニーが切り出した。「キャプテンは腹痛でも起こしてたにちがいないとおっしゃいましたが、その消えた馬がどんな馬だか話してもらえますか。放牧場にはかなりたくさん低木がありますよね。スターが仮に腹痛を起こして、ほかの馬と離れた場所に横になっていたとしたらどうでしょう。彼は今もまだ横になっているかもしれませんし、もう今頃はほかの馬と一緒に餌を食ってるかもしれませんよ。よかったらわたしが明日その放牧場へ行ってみましょう。わたしが以前知ってた馬で、誰かが自分を捜しに来たのがわかっててもわざと横になっているのがいましたよ。いつも木の後ろに隠れてしまうのもいましたしね」

「きっとそれですよ」とオールド・テッドが言った。「これで一件落着だ。あの馬が放牧場の外にいないなら、まだその中にいるのにちがいない。実に単純明快なことだ。ワトソン君。実にね。さあ、次の事件に移ろう」

「あんたはまだそんな真似がさまになるほど大人のイギリス人じゃないよ」ヤング・カルがたしなめるように言った。「もちろんテッドはほんとのイギリス人でもありませんよ。彼はただイギリスで生まれただけのことだ。でも彼はバッキンガム宮殿の階段に置き去りにされて、王族に育てられたと俺たちに思って欲しいんですよ。時々見栄を張って」

ブレナーは苦笑いをしてボニーに言った。「わたしは警部さんが知りたい情報を持ってますよ。もしわたしのオフィスまでいらっしゃりたいということでしたら、そこでコーヒーが飲めますよ」

「ほう！　実はコーヒーが出て来ないものかとずっと思ってたんです」ボニーはなにげない調子で言い、牧場主について部屋を出て行った。オフィスに入るとブレナーは安楽椅子に座るようボニーを促し、自分は部屋を横切って窓のところへ行って、それを閉めた。

どちらも先に話を切り出したくないようだった。ボニーはひっきりなしにタバコを吸い続け、大柄な男のほうは机の前に立って、嚙みタバコを薄く削りとっていた。先に口を開いたのはブレナーで、パイプに火を点けて、ボニーの向かいの椅子に座ると、まるで牧夫にでも話しかけるようなぞんざいな調子でこう言った。

「ところであんた、あの馬のことで一体何を知ってるというんですかい？」

「ほとんど知らないとも言えるし、多くのことを知っているとも言えます。クレーターの男の殺人に関してと同様、あの馬に関しても箝口令《かんこうれい》でも敷かれているようですね。おたくは気に入らないんでしょうが、わたしはあんたたちが丸一日費やしてあの馬を捜したのはまっとうな作戦だと思いましたよ」

ブレナーの眉が吊り上がったが、すぐに下がり、気難しげなしかめ面になった。

「話の続きを聞こうじゃないですか」と彼は言った。

「まず最初にこの間の晩のわれわれの会話を思い出してください。あのときわたしは自分の見解を述べました。おたくの居住区のアボリジニたちはおそらく誰があの男を殺して、誰がその死体をクレーターに置いたかを知っているだろうとね。彼らが必ずしも直接的に関わってはいないにしてもです。わたしはこの見解が事実に裏打ちされることを今も願ってます。最終的にはあの殺人の真相がつまびらかになるような事実にです。わたしの捜査の結果そういうことになれば、彼らを事後共犯つまり犯人隠匿の罪で訴追することのないよう全力を尽くしましょう。わたしがそう考える理由をあなたはすでにご存じのはずだし、おそらく全面的に同意してもらえることでしょう。ですから引き続きご協力を願えますかな?」

「そんなの知ったことですか。わたしは完全に頭が混乱してますよ。ただ、あんたがこの事件の捜査の主導権を握ってるとわたしに認めて欲しいということなら、それは了解しましたよ」

「わたしは現にこの捜査の主導権を握ってましてね」とボニーが続けた。「死体に関する状況と発見された場所については繰り返して言うまでもないですよね。あの男は鈍器で殺害され、警察医の所見では重い物による頭部の打撲ということでした。警察の仕事は世界中どこでもそうなのかもしれませんが、わたしの上官たちが大いに関心を持っているのは、その行為そのものではなく動機です。そしてその動機は、おたくの居住区のアボリジニたちか、あるいは隣の部族の心の中に隠されているとわたしは確信しています。そしてアボリジニの心を隔てている障害については強調するまでもないでしょう。だからわたしは……」

そのときドアが開き、すぐにローズ・ブレナーがコーヒーの載ったトレーを持って入って来た。

「内緒話の席にわたしも混ぜてもらいたくて」と彼女が言い、ボニーはトレーを受け取ってサイドテーブルの上に置いた。

「奥さんもいらっしゃるだろうと予想してましたよ」彼は微笑んで言うと、ドアのところまで行き、振り返ってつけ足した。「大臣の訪問の件と政治の話をしていたんですよ」彼はドアを閉めながらもドアノブに手を置いて立っていた。二人はあっけにとられて彼を見ていた。彼は声を張り上げたままで言った。「明日の会合は必ずや楽しいものになるはずです。この広大な北オーストラリアの、漠然とではあっても輝かしい約束された未来についての話を聞けるんですから」

そこで彼はだしぬけにドアを大きく開けて廊下に歩み出て、左右を見やり、再度部屋の中に入って来て、穏やかな口調で言った。「今、ご主人に話していたのは、わたしは彼らに終日馬を捜してもらわないといけなかったということです。そして、それはわたしの捜査に反対している人たちに応戦する行動としてではありません」

二人とも無言だった。男のほうは依然として気難しげな顔をしており、女のほうはまだあっけにとられていた。挑発的な意図はなかったが、ボニーは再び自分の椅子に戻ると、頬杖をついてぼんやりと彼らを眺めてから言った。「ヤング・カルとわたしが〈エディーの井戸〉のところで見たアボリジニは、ミッティという男です。ワンディンの夫の。ブレナーさん、おたくは馬を見つけられなかった。なぜならあの馬はもう死んでるからです」

ブレナーの顔がさっと紅潮したが、声は平静だった。

「あんたはそれをどこで見たんですか？」

「ミッティはわたしたちに出くわす前、あの馬を井戸まで無理に走らせたんです。馬は彼を乗せたまま くずおれた。あ、ちょっと待ってください。わたしたちがこのことを知っているということは、アボリジニたちには絶対知られてはならないんです。なぜなら彼らの自然な行動を通してこそ、クレーターの殺人の動機がわかるんですから。あの殺人を犯した男あるいは男たちのこともです。お二人とも引き続いての協力を約束していただけますかな？」

「当然ですわ」とローズ・ブレナーが即座に答えた。彼女は返事をするのを躊躇している夫を苛立った様子でじっと見た。「どうしたの、カート？　もちろんわたしたちはボナパルト警部に協力しないといけないでしょ。ミッティやガブガブやポッパや部族のほかの人たちがあの事件に関わってるとすれば、テッサとキャプテンもそれに巻き込まれてるかもしれないということがわからない？」

「仮に部族がそうだとしても、おそらくそれはないよ、ローズ。僕はテッサのことは思いもしなかった。ただキャプテンはわからない。彼は今日一日反抗的な態度をとっていた。それにこの前の晩、あの恋人たちの逃避行話を持ち出したのがキャプテンだったことがどうにも引っかかる。よく言われることで、僕も思うことだが、アボリジニも白人もちょっと物を知ると思い上がることがあるんでね。いいでしょう、ボニーさん、二人とも協力しますよ」

「そう言ってもらえると思ってました」ボニーは上機嫌で言った。「ではまずこうしてもらえますかな。予定どおりホールズクリークへの旅の準備にとりかかってください。お子さんを一緒に連れて行くんです。もうすでにそういうお話になっているとは思いますが。それからオールド・テッドも一緒に連れて行ってください。ヤング・カルは置いて行っていいかもしれません。無線の操作ができると彼に聞きましたのでね。いいですか？」

「わかりました。ただオールド・テッドは行きたくないと言ってるんです」

「彼にはぜひ行ってもらいたい。何か彼が行くべき理由を作ってください。もし彼が残ればキャプテンとの間にまた揉め事が起きるかもしれない」

「ということは、あの話を聞いたんですね？　わたしは本当だろうかと疑ってるんですが。なんせ詳しいことがわからないんです」

「何で揉めたの？」とローズが口を挟んだ。

「まあ女がらみだろう。少し前にテッドから、馬から振り落とされて鐙に足を取られて引きずられ、顔に怪我をしたという話を聞いた。僕はそんな話信じなかったが、もしテッドがルーブラに言い寄ったことで、アボリジニの一人と喧嘩をしたんだったら、騒ぎにしたくなかった。アボリジニには、自分たちで自分たちの面倒を見るようにさせとくのがベストだとわかってるからだ。そうしておけば彼らはうまくやれるんだ」

「それでも彼には出て行ってもらったほうがいいでしょう。うちの中でその手のことが起こって欲しくないわ」

「うちは彼と仕事の契約をしてるんだよ、ローズ」ブレナーが厳しい目をして言った。「きみは家のことを管理する。僕は男たちと牛を管理する。白人の男がルーブラに言い寄ってくることなんかはキャプテンにまかしておけばいい。キャプテンはまるで脱穀機みたいに戦えるんだから。とにかく僕はテッド・アーリーを首にするつもりはないよ。彼はいい牧夫だし、これからさらに成長するだろう。

だいたい白人はここで大成するのは難しいんだ。つまり、僕らが一緒にやっていきたいと思うような人間にね」

「わかったわ」ローズは振り向いて、ボニーに夫婦の内輪喧嘩をわびた。「テッドを一緒に連れて行く理由を見つけましょう。何とかなるでしょう。警部さんは残られるんですの？」

「ええ。必要があればヤング・カルに無線機を動かしてもらいます。何とかしますよ。でもここにはいないかもしれません。ホールズクリークにお偉いさんが来てる間に、ガプガプと部族の人々が怪しげな行動をとることを願ってるんです。ブレナーさん、必要な場合はわたしが馬を使えるよう、キャプテンに言っておいてもらえますかな。それとカルには家の周辺に待機しておくよう指示してください。いいですか？」

「いいでしょう」とブレナーは請け合った。「ところで、あの馬をどこで見つけたか教えてください。何があったのかもっと話してください。わたしたちは〈エディーの井戸〉まで行ったんですよ。草地の中にも入って行った。あなた、あの馬は過労で倒れたと言いましたね。でもわれわれは死体にたかっているカラスなんか見なかった」

「そのことをお話ししましょう。なぜなら、おたくの居住区のアボリジニたちが今回の殺人に何らかの意味で関わっていることをあなたがたにちゃんとわかってもらいたいからです。彼らは強要されてやってるんだと思います。彼らよりも強大な何か、または何者かを恐れて。あるいは、実際にこの殺人に責任を負う何者かへの忠誠心からかもしれません。というのもわたしには、彼らがあの白人の男の殺害に関与するもっともらしい動機が思いつかないのです。実際にガプガプは二度もわたしに言ったんです。あんな殺人事件は部族にとってはいい迷惑だというようなことを。ですから、彼か、呪医があの殺人を画策したというのはきわめて想像しにくいことです。あなたがたもご存じでしょう。この特殊な人々がどんなに強く結束しているかを。要するに彼らのうちの誰であれ、単独で行動することなどありそうにもないことです。

つまり彼らは強要されているか、忠誠心から動いているのだと思うんです。なぜならわたしはここに来たときから彼らに巧妙に尾行されてはいますが、敵対行為などは受けてませんから。〈エディーの井戸〉のそばでわたしが何をするのか監視するために、ミッティは馬を飛ばしました。彼がどうやって馬をこっそり連れ出したかはこの際問題ではありません。彼はわたしより先にそこに着くために、馬を酷使して走らせなければならなかった。井戸まであと一マイルの草地で、馬は力尽きて死んだ。ミッティは前方に投げ出され、木の根で額に深傷を負った。その後わたしはその馬が切り刻まれて、運び去られるのを見たんです。付近にいた牛が、その馬の通り道のほうに誘導されました。彼らの足跡をあとかたもなく消し去るためです。まちがいなく居住区の近辺の足跡も消されていると思います」

「一体誰が切り刻んだりしたんです？　うちの黒人たちですか？」ブレナーが詰め寄った。

「今は言えません！　これ以上はまだ、すみませんが。わたしはあなたたちを信用しています。これはわたしにしては珍しいことなんです。あなたたちもわたしを信用して大丈夫です。わたしはいつだっておたくの居住区のアボリジニが幸福でいられるようにと考えてますから。もっと言えばわたしはオーストラリア全土にいる彼らに深い共感を覚えているんです。ですから彼らがこの殺人に直接的に関わっているのでないのなら、彼らのことは必ずわたしが守ります。ですからここのことは心配しないで明日の会合に出発してください」

ブレナーは立ち上がって言った。「わかりましたよ、ボニーさん。おたくの言うとおりにしましょう。それにしても、あなたは変わってますな。あなたのような人間にわたしは会ったことがない。いやあ、酒でも飲みたい気分だな」

彼は戸棚の錠を開けてウイスキーの瓶を取り出し、彼の妻がグラスを取りに部屋を出て行った。ボニーはくすくす笑って言った。「おたくの留守中にこの事務所を使わせてもらう許可をぜひともいただきたいもんですな。戸棚の鍵を持って行かれても、わたしは一向にかまいませんよ」

第十七章　悩める恋人

ボニーはブレナー夫妻と別れ、筆記用具を手に、離れへ引っ込んだ。無線を使ってほかの誰にもわからないようにルロイ夫人からある情報を引き出すために、彼女の姉にどういう手紙をしたためたらよいものか、彼はタバコを吸いながら思案をめぐらした。あたりはひんやりとしていてとても静かだった。男たちの宿所にあるラジオから流れている音楽が遠くのほうに聞こえているのを除けば。

手紙を書き終え封をすると、彼の心はブレナー夫妻のことと、先ほど彼らとかわした会話の内容に戻って行った。夫のほうに、かすかにではあるがなかなか消えない疑惑がくすぶっていたのだ。もっとも妻のほうにはなかった。彼女は夫より強い性格だった。夫のほうは時折り爆発的に横柄な態度になるものの、おおむねおとなしかった。彼はアボリジニのことを妻よりずっと深く理解しており、彼とキャプテンの間にははたで見るよりはるかに密接な同盟のようなものがあるのかもしれなかった。生まれてからずっとオーストラリアのこの地域で生きて来た彼は、もしかしてアボリジニのように考えることができるのかもしれない。その意味では妻にしてみれば彼らは遠い存在だろう。ボニーにはどうにも〈ルシファーのカウチ〉で発見された見知らぬ白人のことをブレナーは何か知っているという疑念を消し去ることができなかった。

殺人犯を見つけるという彼の任務は、ある情報が欠けているために命じられたときよりもさらに困難なものになっていた。この情報の乏しい任務が理解できたか彼に尋ねた上役は、殺された男が誰であるか、以前に何をしていたかを伝えなかった。上役はただ、その男が無線で報告されることもなくどうやってこの地域に入り込んだか、そして何をしていたかを知りたがった。彼に食い下がっても、殺人犯を突き止めるのは地元の警察の仕事で、彼の部署の関心はそこにはないという答えが返ってきた。

ボニーの前には壁があった。遮断幕の下りた心という壁が。真実を隠して封じ込めるために作られた壁が。ディープクリークの牧場やアボリジニの野営地はこの壁に囲まれていた。もっともボーダザートの牧場や野営地も、さらにはもっと遠くの牧場や野営地もやはりこの壁に囲まれている可能性があった。ブレナーはこの壁を倒すことに協力すると約束したが、それに向けて何ら貢献はしていなかった。あの牧場主はあの壁を知り抜いており、むしろ維持されることを願っているような気がした。ひょっとしたら大勢の人間があの犯罪を目撃しており、関わり合いになるのを避けて急いで逃げたのかもしれない。

最近のこの一連の出来事に、ブレナーは視察に来た大臣らとのホールズクリークでの会合への出席を渋るようになっていた。だが彼の妻のほうは約束どおりボニーをサポートしてくれていた。もしブレナーが居住区を離れるのに気乗りしていないことが、あの馬を失ったことやその周辺のこと以外に起因しているのだとしても、彼はきっとボニーが件《くだん》の壁を倒すことはないだろうと確信しているにちがいない。

今ボニーは離れのテーブルの前に座っていて、満足感に浸っていた。ブレナー家の家族と、白人の牧夫の一人であるオールド・テッドが一両日現場を離れてくれることに。その間に彼はガプガプとキャプテンを何かと攪乱し、テッサに引き続き探りを入れ、ジム・スコロッティからひんぱんに詳しい話を聞くことができる。ブレナー家が不在だと、あの壁もやや強固でなくなるかもしれない。言い換えれば、少しずつ攻略していくのだ。

そのときオールド・テッドが彼に近づいて来た。「警部さんが座ってるのが見えたので。ちょっとお話ししていいですか？」

「ああ、もちろん」

赤いあごひげの男は困惑していた。彼はテーブルの前のボニーの隣に座ると、紙巻タバコを巻いた。そしてボニーの手紙が入った封筒の宛名に何気なく目をやり、タバコに火を点けながら言った。「さっきボスに言われたんです。明日の朝ホールズに一緒に行ってもらうからなって。俺は気が乗らないし、カルが行きたがってるって言ったんですけど。ボスが言うには、カルにはここでやってもらう仕事があるし、お前にはいろいろといい経験になるからって。警部さんは行かないんですか？」

「わたしは警察官だからね、牧夫じゃなくて」

「そうですか」オールド・テッドはため息をつきながら煙を吐き出した。「声を落として話したほうがいいですよ。外で誰か聞き耳を立ててるかもしれませんから。警部さんの考えてることは見当がつきます。俺の考えを言いましょう。警部さんはまちがいなくここの人間をひっかきまわして走り回らせてる。でも自分が尾行されてるってこと、わかってます？」

「説明してくれないかね」

「この間の朝、警部さんは川沿いに散歩に行きましたよね。あのとき俺はキャプテンがルーブラの一人と話してるのを見たんです。彼女は警部さんのあとを追って川のほうへ行った。それからあのローレンスとワンディンが〈エディーの井戸〉のほうへ逃げたという話だが、あんなのはでたらめもいいとこです。俺はその当日の午後にローレンスを見たんだ。貯水槽の上に昇って、水位計のテストをしてたんですが、そのときに野営地にいる彼が見えたんです」

「そうだったのか！　じゃあキャプテンがここに彼とあのループラを連れて来たときに、なぜそう言わなかったんだね？」

「あいつにはやりたいようにやらせておくつもりなんです。そうすればいつかはぼろを出すだろうから」

ボニーは何も言わなかった。オールド・テッドはゆうに一分間、間を置いてから話を続けた。

「翌朝警部さんは、敷地内に残っていた二人の足跡を見て気がついたんだ。ローレンスの足跡と、〈エディーの井戸〉にいたやつが残した足跡を思い出して比べてみて。俺は警部さんに一つ手がかりをあげることができるかもしれない。まあわからないけど、俺はそういう立場にいるのかもしれません。というのは俺も今までずいぶん尾行されてますから。彼らは理由もなく尾行はしない。だから警部さんのことも理由もなく尾行はしません。それと尾行はすべてキャプテンが裏で糸を引いてます」

「きみは彼が好きじゃないんだね？」

「はい、確かに好きじゃないです」オールド・テッドは躊躇することもなく答えた。「ただボスは彼を買いかぶってる。実際、もし俺とカルが承諾すれば、彼を俺たちの上の副支配人に据えるだろう。まあいろいろと俺は彼が気にくわないんですよ」

テッドはむっつりと押し黙り、ボニーが促すように言った。「でもそれは何もきみに限ったことじゃないだろ。ヤング・カルもキャプテンのことを嫌ってるじゃないか」

「あのね、いいですか！　俺はほとほと困ってるんですよ。ボスと一緒にホールズに行かなきゃいけないなんて。あまり自慢できたことじゃないんですが、あることを警部さんにお話ししないといけないでしょうね。キャプテンと俺は二、三週間前に喧嘩をしたんです。で、あいつは俺を打ち負かした。俺だってこう見えて結構強いんですよ。でもあいつは俺をこてんぱんに負かしやがった。許せないですよ。白人の男に負けるのだって十分嫌なことですがね。あの喧嘩は敵意むきだしで最悪だった。テッサのことが原因です。俺はもう何年も彼女のことを思っていて、明日にだって結婚したいくらいなんです。警部さんもご存じだと思いますが、彼女は最高の女の子ですから」

再び陰鬱な沈黙が続き、ボニーは励ますように言った。

「もっと話を聞かせてくれないか。そもそもの始まりから」

「ああ、始まりはあの殺人事件の前です。深刻な状況になったのは、四月に俺らが駆り集め《マスター》から帰ってきたときでした。俺はあの部族がウォークアバウトに出たと聞いたんです。キャプテンとテッサも彼らに同行したとね。それからしばらくしてテッサはキャプテンと一緒に帰ってきたんですが、彼女の服はほとんど引きちぎられてた。俺は何があったのか彼女を問い質したんです」

「何があったんだね？」

「テッサが言うには、部族の集団と逃げ出したあとで、ブレナー家への恩を思い出したそうなんです。彼女が集団から離れて家に帰る途中、キャプテンが待ち伏せをしていて、また彼女を連れ戻そうとしたらしいんです。それで彼女は彼ともみ合いになった。俺はそのときからキャプテンのことがまるで骨が喉につかえたような感じになったんです。それから二、三日たって俺ら全員でクレーターに行きました。つじつまの合わない足跡がないか最終的に確認するために。そのとき俺はつけられてることに気がつきました。ヤング・カルに話すと、俺ら二人ともつけられてることがわかりました。俺がこの居住区でつけられるなら理由はわかります。テッサのことがありますから。でもヤング・カルはちがう。とすれば唯一の理由は、俺らがあの殺人のことで何か発見してないか確認するためだ」

「つけられているのに気づいたとき、どこにいたのか思い出せるかね？」ボニーが尋ねると、オールド・テッドは訝しげに彼をじっと見た。「クレーターの内側の、外壁が落ちくぼんでいるところの下かね？」

「ああ、そうでした。どうしてそれがわかったんです？　カルと俺がそこに立ってたのを覚えてます。俺がカルに、ここは死んだ男を一番楽に運び込める場所だなと話していると、すぐ後ろにキャプテンが立ってたんです。その場所が重要なんですか？」

「いや、なんでもない。で、そのあとどうなったのかね？　キャプテンは何て言った？　つまりきみの説に対して」

「何も。彼は俺らに敵意はないとみたのか、後からついて来た。その後まもなくして別の男が俺らの後ろにいたようだったけど。俺らは場所がどうこうという話はしなかった。というか警部さん流に言えば俺の説についいては。まあ、もうあんまり覚えてないですけど」

「そのときキャプテンはたまたまきみらの後ろにいたという可能性はないのかね？」

「なぜないのか話してあげましょう。カルと俺が、別のやつがキャプテンに取って代わっているのに気がついたとき、ボスにもルロイさんにも尾行がついてるのがわかった。ハワード巡査は始終トラッカーの一人を連れてますがね」

「どうして白人の男にそれぞれ尾行がつくんだね？　ハワード巡査とトラッカーたちが初めてあの任

務についてから何日もあとのことだろう」

「でもキャプテンは毎日彼らと一緒にいたんですよ」テッドが反論するように言った。「まあ、理由は俺にもわかりません。でもこれは何かを証明している。あの殺人に関して何か発見があるか、キャプテンが異常に関心を持っているということですよ」

「まあそうかもしれないな。で、ほかには?」

「キャプテンと喧嘩をして以来、俺は毎朝居住区の界隈で尾行されるんです。たぶん、夜の間に俺がテッサのところに行ったりしてないか確かめるために。確証はありませんがね。毎朝つけられてるのはわかります。再三俺は真夜中に宿所を出て、牧場のフェンスの外をぐるりと散歩したりしていたんですが。翌朝ルーブラの一人が俺が通った跡をきっちりたどっているのを見たんです。まあその理由はわかりますよ。でもクレーターにいる俺ら白人を尾行する理由なんかはわかりませんよ」

「ふうむ。実に興味深い話だね、テッド」

「そうでしょう」オールド・テッドは訴えるように言った。「さっきの話のこともあるし、警部さんここに残るんだったら、ちょっとお願いしていいですか?」ボニーがうなずいた。「俺に代わってテッサから目を離さないでいてもらえますか?」

「いつでも目を光らせておくよ。で、テッサの反応はどうだったのか訊いてもいいかね? その、きみの求愛に対して」

「いいですよ。俺は愛していると告白しました。結婚して欲しいとも言いました。すると彼女は、白人の男とは決して結婚しないと答えたんです。それはブレナー夫人が許さないだろうからと。それから彼女は俺のひげをつかんで、頭を引き寄せて、キスをして逃げて行ったんです」

ボニーは感傷的な気分になり、ため息を押し殺した。テーブルの上にのせた、風雨にさらされたベニヤ板のような大きな手を、握りしめたり開いたりした。彼が思いつくアドバイスの言葉など、きっと彼の癇に障るだけだろう。そもそも何といってアドバイスできるというのだ？　唯一、時間だけが心を癒してくれるだろう。だがその効き目が表れる前に、ディープクリークにさらなる殺人が起きないともいえない。ボニーはこう言った。「キャプテンのことはわたしにまかせてくれ。それからテッサのことは心配しないでいい。わたしの判断では、彼女は自分のことは自分で何とかできるよ。わたしたちが思っているより、彼女はずっと大人だ。さあ、気を取り直してホールズクリークに出発したまえ」

彼らは席を立とうと立ち上がった。オールド・テッドが無理に笑顔を作ろうとした。

「実はほかにもちょっと引っかかってることがありまして。警部さんにならわかるかもしれません」と彼が言い、ボニーはまた腰を下ろした。「パラダイス・ロックスから牧場まで、車の通り道を馬で走ってたときのことなんですが、まっすぐな棒が二本あるのが目に入ったんです。そんなものを置いておくにしては奇妙な場所ですよね。それからまたその道を通ったときには、その棒はもうなかったんです。それにしても、誰にせよ砂漠でその棒を使って一体何をするというんでしょう？　テントを張るためでもないでしょうし。いずれにしろ、もしそうなら半ダースは棒が必要だ」

「その棒の長さはどのくらいだったかね？　大きさは？　というか太さは？」

「ああ、七、八フィートの長さだったでしょうか。切ったばかりの若木みたいでした。俺の手首よりちょっと太いくらいの。かなりまっすぐな棒でした」

ボニーはノートを開くと、クレーターと牧場と川の位置を素早くスケッチした。

「牧場からパラダイス・ロックスまで行くのに通った道を書き込んで、棒を見た場所に印をつけてくれないか。それと日付も」ボニーは、牧場から南東方向に、そしてクレーターの南側を通って点線が引かれていくのをじっと見ていた。それからオールド・テッドはしばらく考えてから小さな×印をつけた。「よし！　じゃ日付も頼むよ」

「ちょっと考えさせてください。あれは確か、ボーデザートに牛を届けて帰って来た日だった。そうだ。四月二十四日だった。翌日の四月二十五日は休日だったんだ。アンザックデー（第一次世界大戦におけるアンザック軍団のガリポリ半島上陸記念日）で。それは重要なことなんですか？」

「もしかしたら。で、その棒がなくなってるのに気がついたのはいつだね？」

「二週間くらい後です。その道をまた馬で通ったんです。クレーターの南側の牛を見回りに」オールド・テッドは緊張していた。いくぶん熱を帯びた様子でボニーの次の質問を待っていた。彼はさっきのざっとしたスケッチを渡され、必要ならば場所を変えて、×印をできる限り正確につけるよう言われた。「俺が印をつけた場所で合ってると思います」彼がそう答えるとボニーが満足そうな表情になった。

「きみはボーデザートから帰って来た日に棒を見たと言ったね、テッド。きみはクレーターの北を通ったんだろう。南じゃなくて」

「確かにそうですね。川を通って黒人たちを家に帰らせました。でもその後で俺はクレーターの南を五マイルほど馬で走ったんですよ。うまい餌場に執着してる牛がいないか確かめるために。ボスに頼まれてたんです」

「妙な話だな。気に入ったよ、テッド。重要なことかもしれない。きみは役に立つね。で、その棒はのこぎりか斧で切られたものだったか思い出せるかい？」

「ええ、両端をのこぎり挽きされてました。それがひどく奇妙なことに、それらの棒は切られたばかりのようだったのに、付近のどこにも何も通った跡がなかったんです。車も馬も人もです」

「それできみはこのことをほかの誰にも言ってないんだね？」

「はい」とあごひげを生やした男が答えた。「一人でずっとこの謎を解こうとしていたんですが、できませんでした」

「ふうむ。ところできみ、誰か小さい象牙の仏陀をお守りとして身に着けているのを見たことはないかね？」

オールド・テッドはゆっくりとうなずいた。「ある男の胸に仏陀の入れ墨がしてあるのを見たことがあります。少し前のことですが」

「そのときのことを話してくれないか。どこだったのか、いつのことだったのかを」

「どこだったかは覚えてます。ホールズでした。ダーウィンに旅行に行く途中のインドネシア人の学生の一団がいたんです。彼らは夜通しパブにたむろしていました。ご存じでしょうが、ああいう店では洗面所はだいたい庭の一角にあるんです。俺の隣でひげを剃っていた男がいて、その男の胸にライトブルーの仏陀の入れ墨が施されていました。それをはっきり覚えてます。縦が三インチ、横が二インチくらいの大きさだったと思います」

努めてさりげなくボニーはだいたいの日付を尋ねた。

「いつだったかですか。ちょっと待ってくださいよ。一九五九年の六月か七月か。うん、確かその年の六月でした。何かお役に立てましたか？」

ボニーはおもむろに、そういうわけでもないんだけどと答えた。そしてここで話したことは一切他言無用だとテッドに釘を刺し、二人はそれぞれの部屋に引き取った。

第十八章　テッサを叱る

知らない人間が見れば、ブレナー家は世界旅行にでも出かけるのかと思ったことだろう。敷地の門の外では、ヤング・カルが大型の車を点検しており、オールド・テッドがトランクにスーツケースを積み込んでいた。門の内側では、ジム・スコロッティがミスター・ラムの首に縄をかけて抑えており、二人の子どもたちが男と動物にお別れの挨拶をしていた。納屋や小屋のまわりにはアボリジニが全員顔をそろえて、出発を見送るために集まっていた。なかにはガプガプの姿さえあった。ブレナーがヤング・カルにタバコを支給するよう指示してあったので、彼らは陽気なムードに包まれていた。

車が動き出して、川を渡りかけると、子どもたちや女たちが手を振り、馬の囲い地からキャプテンが喚声を上げた。料理人がタバコを一かけらやってミスター・ラムを連れて行き、彼がゆっくりと厨房に引っ込むと、ボニーはテッサとヤング・カルと一緒にその場に残された。

「一緒に行けなくて残念だったわね、カル？」テッサの目にいたずらっぽい光が宿っているのがボニーにはわかった。「心配しなくて大丈夫。わたしがちゃんとあなたとボニーさんのお世話をしますから」

ヤング・カルは目にかかる金髪をさっと後ろに払い、油で汚れた両手で彼女をつかむふりをしたが、その顔にはがっかりしている様子は微塵もなかった。

「もちろんきみは俺らの世話をしてくれるだろう、俺のテッサ。もう俺様がディープクリークの偉大なるボスだからな。目をむいてよく見とけ。で、くれぐれも俺たちに尻を振ってみせたりするなよな。ボニーさんは女房持ちの年寄りだし、俺は筋金入りの女嫌いだからな。だからきみは何もしなくていい。俺はこれから牧場の管理に取りかかるよ。十時の仕事休憩のときに会おう。じゃあな」

ボニーと娘は彼が物置のほうに歩いて行くのをあっけにとられてしばらく見守っていたが、やがてボニーがテッサの伝説の本を見たいと切り出した。一時間ばかり彼らはベランダに座って、娘が縫い物をしているそばで、ボニーは市販の覚書帳に見事な筆跡で書かれた物を読んだ。彼はその本を置くと、テッサの文章力に感心して言った。

「テッサ、きみはこれからもめきめき腕を上げるだろうね。ほんとにきみにはいつも驚かされる」

「ありがとうございます。それほどでもないですわ。でも、いんちきな伝説も混ざってると思いますか?」

「うん。このうちの二つは怪しいと思う。というのも本物のアボリジニの伝説には、未来についての予言は決して出て来ないものなんだ。すべて過去についてのものだ。だから白人の到来とか、その後の混血の出現とかにちなんだものは、明らかに本当の伝説じゃない。きみはどこでこんな話を聞いたんだい?」

テッサは困惑したような目でボニーをじっと眺めていた。思い出そうとしているのだとボニーにはわかった。

「確か野営地だったと思います。少し前に。わたしが伝説を集めて本にし始めてからまもなくのことです。始めたのは二年前なんですけど。警部さんが本物じゃないと思うもう一つの話はどれですか？」

「最後の話かな」と言ってボニーはにやりとした。彼の青い瞳がおもしろそうにきらめいた。「年老いたルーブラと子どもたちがバオバブの木で牛の脚を見つけるというあの話だ。いいかい、あれはわたしがこしらえた話なんだ」

「ボニーさんがですか！　わたしはあれはよくできた話だと思ってました」テッサはそう言って一緒に笑った。「お見それしました。あなたは油断ならない方ですね、ボナパルト警部」

「それほどでもないよ」と彼が頭を掻いて言った。「いや、まじめな話、昨晩わたしは絶対本物だと思っている話をいくつか書き留めた。わたしの捜査が完了してここを発つ前にはきみに聞いてもらわないとね。ついでと言っちゃなんだが、伝説のこと以外にも率直に言わせてもらっていいかね？　わたしたちがささやかな秘密を共有してることで合意したのをきみも覚えてるだろう。その強力な影響力のためにわたしたちが部族に戻らずにとどまっているということ。覚えてるよね？　それは達成感から来るプライドだ。きみがプライドを持つのは至極もっともな話だから、何がきみにとって災いになりかねないか指摘しておきたいんだ。いいかね？」

彼女が黒い目を見開いた。その目は知的な光を放ってはいたが、それでもなお彼にはよくわかっていた。彼が言葉を選ばなければならないことを。そうでなければ遮断幕が下りてくるだろうことを。彼女はボニーの言葉にいつわりがないか探ってから答えたようだった。「わかりました」

「まず、わたしが真実だと思うことを話すことから始めよう。九年間――だと思うが――きみはきみの部族から離れ、ローズ・ブレナーの太陽の光のような強い愛情を受け、カート・ブレナーの強い保護のもとで育った。きみは十八歳で女性だし、わたしには断言はできないが、野営地の若い男は今まで誰もきみの興味を引かなかった。そもそもきみは同年代の若い男たちのことより、勉強のほうにずっと関心があったんだと思う。きみは結婚することより先生になることのほうを優先して考えてきた。なぜならきみは先生になりたいからだ。それがローズ夫人の願いだとわかっているからというだけじゃなく。

わたしもローズさんがきみを見てるのと同じようにきみを見てるよ。でも、わたしたちと同じようにはきみを見てない人間もいる。わたしはここで、きみも巻き込まれそうな爆発を起こしかねないある状況を目にした。オールド・テッドとキャプテンのあの喧嘩だよ。ヤング・カルがオールド・テッドを心配してるんだ。キャプテンとオールド・テッドは、二つの樽に入った火薬みたいなものだ。で、きみは彼らに火を点けて、自分自身をも粉々にしてしまうマッチのようなものだ。ブレナー夫妻にオールド・テッドも一緒に連れて行くよう強く薦めたのはわたしなんだ」

ボニーは彼女の目に、驚きや警戒や憤慨が浮かんでは消えるのを見た。彼女は訴えるように彼を凝視しており、遮断幕がまだ下りてはいないことに彼はほっとして、先を続けた。「きみを非難する気はないよ。ただ、きみは差し迫った危険を十分に認識していないんだと思う。なぜならきみは今までしっかりと庇護されてきたからね。野営地にいる大勢の娘たちのほうがきみよりよっぽど男女の愛についてはわかってるよ。この点においてきみは大いに不利な環境に置かれてきた。きみのまわりに張り巡らされている防壁についてはわたしもよく承知しているよ。それにだいたいこの手のことはわたしの知ったことではない。われわれが到達している現状には常に危険がつきまとっているという共通認識を除けばね。先を続けていいかね？」

彼女はボニーの向こうにある川沿いの木々をじっと見つめながらうなずいた。彼は少し彼女に灸をすえるべきときが来たと思った。「あの喧嘩のあとで、オールド・テッドがライフルに油を差して弾丸を込めたことをきみは知らないだろう。キャプテンのあとを追って行く彼を押しとどめたのはヤング・カルだ。もしキャプテンが命を落とすようなことになったらどういう結果を招いたか、きみだってどれだけ傷つくことになったか、考えてみて欲しい。いいかね、世界中の、そしてあらゆる人種の女たちが男の前で媚を売る。そして自分はめったに傷つくこともない。でもきみにはそんな芸当はできないよ。自分自身も傷つかずには。わたしは肉体的に二つの人種の間に立っているが、きみは精神的に二つの人種の間に立っているんだよ。ところで、きみはオールド・テッドを愛しているのかね?」

「彼のことは好きです。でも愛しているかどうかはわかりません」彼女はなおも遠くの木々をじっと見つめたままでそう言った。「彼は二度も結婚してくれと言ってきました。でもわたしにはそんなことできるとは思えません。そんなことしたらローズさんがわたしを決して許さないでしょう。だからってキャプテンとだって結婚したくはありません」そう言うと彼女はボニーに向き直ったが、その目は涙でいっぱいだった。「わたしは誰とも結婚なんかしたくないんです。わたしはただこのままでいたいんです。木の下の小屋にいるほかのルーブラみたいにはならずに。わたしは、わたしは確かに媚を売りました。カルの言うとおり。ほんのおふざけで。それ以上の意味はありませんでした。時々わたしがどんなに混乱した気持ちでいるかを理解してやらないといけないと、警部さんはわかってくださいます。その点、ローズ・ブレナーさんにはどうしても好きになれないところがあるんです」

「彼女は理解しようとしないからね。わかるよ、テッサ。白人女性には無理だろう。そこできみはおじいさんのアドバイスを欲しいとは思わないかね?」

彼女は曖昧に笑みを返した。

「苦しいときにはプライドがきみを自制させるにまかせなさい。自分はテッサだと常にしっかりと心に留めておくんだ。きみは誰のものでもない。きみはアボリジニの女性だけれども、いかなるアボリジニの男のものでもない。きみは誰のものでもないんだよ。きみがうんと恩のあるローズ・ブレナーのものですらない。きみの唯一の所有者はきみなんだよ。そのことをはっきりと心に刻めば、あらゆる葛藤は消え去るだろう。おじいさんからのアドバイスをもっと聞きたいかね？」

彼女は黙って熱っぽくうなずいた。

「よろしい。では思い出して欲しい。きみはときにはお互いに対立状態にある忠誠心を持たざるをえないことを。きみがブレナー家だけでなく、きみの部族にも忠実であるのは仕方がないことだよ。ただ残念なのは、同時に両方に忠実であることができないときがあるということだ。たとえば、この前の晩、きみはきみの部族に対して忠実でなければならないと直感したんだ。ローレンスとワンディンのあの話を聞いて。そしてそれはとりもなおさずブレナー家に対しては不誠実なことであるのもわかっていた。二つの忠誠心というのは厄介な問題だよ。それはわたしも承知している。その唯一の解決法は、ただテッサという人間であろうとすることだ。自分の判断でものごとを決められる人間になることだ。そして男のことだって、恋に落ちるときは自分で悟るだろう。ひいては結婚のことだって、他人の意見に惑わされずに自分で決めなければならないよ」

ボニーは立ち上がりながら伝説の本を差し出して言った。「話は変わるが、わたしは給料取りだから事務所で仕事もしないといけないんだ。その前に一つきみに立ち入ったことを訊きたい。きみはこの前のウォークアバウトから戻って来たときに、キャプテンにつかまって誘惑されるところだったたとでもオールド・テッドに言ったのかね？」

「ええ、そうです。本当はキャプテンはそんなこと何もしなかったのに。わたしはオールド・テッドに言ったんです……彼にお尻を触られたからこらしめてと。あれからずっとわたし、いけないことをしたと思ってました。でもありがとうございます。こんなふうに率直に意見してくださって。わたし、少し大人になった気がします。ならなきゃいけませんよね？」

ボニーは彼女の背負った宿命を気の毒に思いながら事務所へと歩み去った。三十分ばかりあとでテッサが、そこで牧場の業務日誌に目を通しているボニーを見て、お茶の時間だと声をかけた。すでにヤング・カルは離れにいて、ボニーはいつもどおりの軽口で迎えられた。

「さぞお疲れでしょう、ボニーさん。そのご老体では。テッサからおたくは仕事をしに事務所に行ったと聞きましてね。刑事なんてまともに働かないもんだと思ってましたが。ただ歩き回っては犯人をとっつかまえてるだけで」

「犯人をとっつかまえる合間に暇つぶしもしないとね。ルロイ家がつけてた、この牧場の最初の頃の業務日誌に目を通してたんだ。初期の頃はひどくざっとしたものだったようでね。ウィルチャという名前の男に関する記載が二度ほどあるんだが。彼のことを何か聞いたことはあるかね？」

カルが首を横に振ると、テッサが代わりに答えた。

「野蛮な黒人の酋長です。でも今の酋長じゃないですけど。彼は亡くなりました。現在の酋長の名前はモーンディンです」

「ありがとな、テッサ」カルはそう言うと、スコロッティのジャムタルトをもう一切れ手に取った。

「モーンディンに会ったことはあるかい？」ボニーがテッサに尋ねると、彼女があると答えた。

「五カ月ほど前にガプガプを訪ねて来たんです。そんなに野蛮には見えなかったですけど」と娘は思い出し笑いをした。「丈の長い青いシャツを着て、ズボンを穿いていませんでした。きっと友好的な訪問だったんでしょう。ルーブラを二人連れて来てましたし、彼女たちはシャツも着てなかったんですよ。ひどい格好だったわ」

「その訪問は本当に平和的なものだったの？」

「ええ、そうだと思います。いたのはせいぜい二日くらいでしたけど。彼らがいなくなると、ガプガプとポッパとキャプテンが連れ立ってどこかへ行ってしまいました」

「それはどのくらいの間だった？」ボニーが執拗に尋ねた。

「ガプガプとポッパのことはわかりませんが、キャプテンが翌日の午後に帰って来たのは見かけました」

「つまり、きみの部族と野蛮な黒人の間には時々交流があるということだね」ボニーはたいして気のない口ぶりで言った。「誰かからパラダイス・ロックスという場所の話を聞いたんだが。きみだった気がするんだがね、カル。そこは野蛮な黒人の野営地かね？」

ヤング・カルがちがうと思うと答え、テッサが彼を援護するようにつけ足した。「一度カートさんと一緒にそこに行ったことがあります。長い上り坂を越えると、不意に岩とワットル（オーストラリアで、アカシア属の木の総称）の木々が目の前に現れるんです。地面からは水が噴き出ていて、ほんの短い距離を流れて、また地面に消えていくんですけど、黒人たちがその水を牛や水牛《バッファロー》から守ってきたんです。そこらじゅうに岩を転がして。ワットルの木々には花が咲いていましたわ」

娘の目はきらきらと輝いていた。両手をひらひらさせて、砂漠の中心にあるパラダイス・ロックスと湧き出る水の話をしていた。彼女は白いブラウスにスカート、白の靴という格好で、大きく刳《く》れている襟元には、ダイヤモンドがちりばめられた棒状のブローチが留めてあり、左手の中指には金の台座にはめこまれたムーンストーンが光を放っていた。

　事務所に戻ったボニーの脳裏に彼女のこの姿がよみがえった。彼は静かにローズ・ブレナーがなしとげたことに思いを馳せた。あの娘の服の着こなしはローズが彼女の服を着こなすのと大差なかった。そして娘の声はローズ・ブレナーと似てなくもなく、はきはきとした話し方でなまりもなかった。

　ボニーはテッサが自分の生い立ちから脱して、ゆっくりとではあるが目覚ましい進歩をとげたらしいことを思った。そしてローズ不在の今、テッサは生き生きと、ディープクリーク牧場の一員となっていた。ローズ・ブレナーからはどうしてもそういう印象を受けなかったのに。おそらくローズはこのアボリジニの娘に自分がしたことをわかっていまいと思った。彼女は居住区の閉ざされた環境と、男たちの誘惑からテッサを防御することで、テッサに性の知識を与えるのをないがしろにしていた。そのためテッサの教育はつり合いのとれていない、いびつなものとなっていた。だからテッサがここを離れて教員養成大学に行くのは早ければ早いほどいいだろう。

　ともあれ今は目の前の仕事に思いを戻さなければならない。テッサは野蛮なアボリジニの酋長の名前を挙げ、彼とルーブラたちがガプガプを訪ねて来て二日間滞在し、ガプガプとポッパとキャプテンとともに出て行ったと話した。三月のどこかの時点のことだ。よそ者の白人が殺された事件の前月の。その二つの部族はそもそもは同じ国の住人で、お互いに長く交流を持ってきた。野蛮な黒人とルロイ、そしてルロイのあとはブレナーとの間で取り交わされている協定によっても証明されているように。すなわち彼らの訪問自体は異例のことでもあるまい。

ただ重要な意味があるかもしれないのは、モーンディンとルーブラたちが発つ際に、酋長も呪医もキャプテンもともに出て行ったことだ。一体どこへ？　それに、なぜ？　とりわけキャプテンも一緒に出て行ったことが不可解だった。ボニーはテッサをことさら問い詰めるのは故意に控えた。部族に対する彼女の忠誠心を試すようなことはできる限り避けたかった。フェアじゃない気がしたのだ。それにそういう情報はほかの筋から得られるかもしれない。たとえばカート・ブレナーの業務日誌とか。

直近の日誌は机の一番上にあった。

ボニーは三月一日から目を通し始めた。三月三十一日まで見たが、キャプテンの不在についての記述はなかった。テッサが月をまちがえたのかもしれず、彼は二月の記録に目を走らせた。そのあと四月一日からの分も続けて見た。ああ！　あの娘はやはりまちがえていた。四月十九日の日付の下にカート・ブレナーの字でこう書いてあった。「野営地にモーンディン酋長が来たとキャプテンから報告あり。タバコを要求したとのこと。あの野蛮人をおとなしくさせるために、嚙みタバコ二ポンドを彼に持たせる」

ボニーは以前ブレナーに、この期間に何かいつもと変わったことはなかったかと尋ねたことを思い出した。そして彼にはモーンディンの訪問がいつもと変わったこととは考えられてなかったようだ……業務日誌に記録するということを除けば。

第十九章　捜査の進展と愉快な出来事

　ボニーはブレナーの業務日誌をさっきとは順序を逆にして読んだ。書いてある内容はおおむね簡潔で、前の記録から状況が変わっていないことを示すための一言しか書いてない場合もよくあり、総じて業務の説明というよりは、むしろ牧場の活動全般についての単なる指針のようなものだった。やがて去年の八月に記入された箇所まで来た。「キャプテンより、昨日沿岸地方から、面識のない二人のアボリジニが野営地を訪ねて来て、日没までに帰って行ったとの報告があった。キャプテンの顔には喧嘩をしたような痕跡があったが、彼はそのことについて話すのを拒み、ただこう言った。〝外国のげす野郎なんぞにうちの部族がかきまわされることは断じてないです〟と。

　わたしは野営地を訪問したが、まったく静かだった。意固地になっているときのキャプテンを問い詰めても意味はない。所詮、彼らの部族の問題なのだ」

　ボニーは別の年の日誌にも目を通したが、牧場や牛や水まきや、それに関連しての記録しか見当たらなかった。二人の面識のないアボリジニの訪問に関する記述について彼が思案をめぐらしていると、スコロッティがトライアングルを鳴らして昼食の準備ができたことを知らせてきた。昼食のあと、テッサが野営地のほうへ出かけて行くのが見えた。ボニーはヤング・カルを捜した。二時をまわっていた。

「協力して欲しいんだ、カル。無線機を使いたいんだが、わたしがやるとちょっとてこずりそうでね。なんせ最新式なんでね。ハワードに連絡をとりたいんだよ」

「お安いご用ですよ。見てみましょう」

カルがスイッチを入れて無線機を作動させると、男の声が聞こえ、ひどいやけどをした子どもをどうしたらいいか誰かに教えてやっていた。

「医者か」カルがつぶやいた。「このましゃべらせといたほうがいいですね」

「テッサが野営地から帰って来る前にハワードと連絡をとりたいんだ。もう少し音量を下げてくれないか。スコロッティとキャプテンに聞かれないように」それを聞いてヤング・カルが困惑したように眉根を寄せた。

「警察本部です。彼がやってる通信が終わったら、続いて誰かが話しだす前に割り込みますよ」医者がようやく、ではこちらからは以上ですと言うなり、ヤング・カルがすっと入って行った。「ディープクリークからハワード巡査へ。ハワード巡査、どうぞ。ディープクリークからホールズ警察へ。どうぞ」

女の声が聞こえた。「ハワード巡査は勤務で外出中です。伝言をお聞きしましょうか？　あなた、ヤング・カルじゃない？」

「大当たりだ。俺だよ。嬉しいね。ちょっと待ってて」そう言うとカルは、ボニーが事務用箋に書いた伝言を彼流に読み上げた。「きみんとこのおやじさんに訊いてもらいたいんだ。一年前のだいたい今頃、沿岸の港町で何か変わった出来事がなかったか。で、今晩五時にディープクリークに報告してもらいたい。以上だ。じゃあ、ありがとな。俺の可愛い子《マイ・チャイルド》ちゃん。どうぞ」

「明日の夜は一緒にラストダンスでも踊るかね。だが悪いがわたしはきみの可愛い子ちゃんじゃない。だいたいきみはほんの子どもじゃないか。まあ伝言は受け取っておくよ」医者が言った。「きみの可愛い子ちゃんはもう無線を切ったから。もしもし聞こえますか、ケムズリー・ダウンズ？　どうぞ」

　ヤング・カルは無線を切るとボニーに向き直り、促されてベランダに座った。

「折り入ってきみに頼みたいことがあるんだ。できる限り五時ぎりぎりにとりかかってもらいたい」ボニーが切り出した。「ハワードの返事を聞いてもらいたいんだ。極力小さな声で。嗅ぎまわってるやつがいるかもしれんから警戒する必要がある。ハワードの返事を聞いたあとで、ルロイ夫人に連絡をとってくれ。彼女が待機してるだろうから。わたしが前もって彼女にいくつかの質問に、はい、またはいいえで答えてくれるよう頼んである。彼女はまずきみのワードパズルのヒントを自分が持ってると言うだろう。そしたらきみはそれぞれの質問の答えを教えてくださいと言うんだ。いいかい？」

カルがうなずいた。「それぞれの質問に対して、ルロイ夫人の返事を正確に記録する準備をしておいてくれ。わかったかい《クリア》？」

「明白にね《アズ・ア・ベル》（クリア・アズ・ア・ベルで、明白にの意味）」ヤング・カルがにやりとした。「俺は警部さんのドクター・ワトソン役というわけですか？」

「そうかもな、マイ・チャイルド。その間余計なことは言わないようにな。壁に耳あり、障子に目ありだからな。午後のお茶の時間に会おう。わたしはそれまで自分の捜査に戻るよ」

　厨房で午後の休憩をとっている料理人がボニーの目に留まった。来る途中でミスター・ラムに通行料としてタバコをやっておいた。十日前のスポーツ新聞を読んでいたスコロッティは、黒い目を輝かせてボニーを歓迎し、戸口の踏み段から頭を突き出しているペットの羊を見てにやりとした。

「ジム、ミスター・ラムがここのとこ玉突きの結果がかんばしくない原因をわたしが診断してあげよう」と言ってボニーは調理台の横に座った。「彼の右目に草の実が入ってると思う」

「何てことだ！　でもきっと警部さんの言うとおりだな。たぶん当たりだ。それだと彼のキューミスの説明がつくから。いわばボールの進路が玉突き台のポケットの左や右にそれますからね。休憩時間が終わるまでに彼を治療しましょうや。警部さん、羊を扱うのは得意ですか？　俺はだめです。なんせ料理人ですから」

「まあ、その仕事をする程度にはね」

「なるほどね、だから調子が悪かったんだな。目の病気とは思ってもみなかった。床屋のはさみを調達してこよう」

しばらくして料理人は嬉しそうにはさみをまるで剣のように振り回しながら戸口まで大股に歩いて行くと、キャプテンを大声で呼んだ。いくぶん不安げな表情でアボリジニが来たが、自分が呼ばれた訳を聞かされて、黒い目にたちまち笑いが浮かんだ。スコロッティが少量のタバコをキャプテンに渡すと、彼はそれでミスター・ラムをおびき寄せて捕まえ、横にならせて自分は膝をついた。スコロッティが羊の頭を抱え、炎症を起こしている目のまわりの毛をボニーがはさみで切りだした。

「思ったとおりだ！　きみたちは彼をしっかり押さえといてくれ。下まぶたのかなり奥のほうに、実というか、莢《さや》が入ってる。ピンセットがいるな。それとぼろ布と洗浄用の水も」

「ピンセットなら馬具の修理部屋にあるよ、ジム」キャプテンが言った。「頭を抱えといてください、警部さん。この患者は馬鹿に力が強いし、根性も悪いですよ」

ボニーが横になっている被害者の頭を引き受けると、料理人は道具を取りに行った。アボリジニがくすくす笑い、偶然ボニーと目が合った。

「ロージーから聞いたんだが、こいつに玉突きされたそうですね、警部さん。それなら俺が説明しなくても、こいつにどれだけ馬鹿力があるかわかってますよね。ただ問題は、こいつが近くにいるということをつい忘れてしまうことなんですよね。で、気配がしたときには、こいつをよけるチャンスなんかないんだ」

「わたしは彼が近くにいることは忘れないよ。玉突きは一回やられたらたくさんだ」

料理人がピンセットと水の入ったバケツを持って戻って来た。彼がまたミスター・ラムの頭をしっかりと地面に押さえつけると、ボニーが莢を取り除いてやって目を水で洗った。彼は厨房にそのバケツを持って行くように言われ、スコロッティもあとから急ぎ足で来た。残されたキャプテンはたちまち馬の囲い地のほうへ姿を消した。もっとも当のミスター・ラムはふらふらしながら立ち上がり、うなだれていた。まるで手荒く扱われたことをひどく恥じ入っているかのように、やけに意気消沈しているように見えたので、ボニーはタバコを手に彼に近づき、鼻の下に持っていった。ミスター・ラムはたちどころに屈辱的な出来事を忘れ、ことさらボニーを非難しようとはしなかったので、彼はまた厨房に戻った。

「なあ、ジム。キャプテンは純血のアボリジニの男にしては変わってるな」ボニーがタバコを巻きながら言った。「ときに大学教授みたいな話し方をするし、大変な読書家だし。なんでも部族の歴史を書きしたためてるとかいう話だし」

「そういう使命をさずかったって言ってますよ、警部さん。キャプテンは、彼いわく、黒人と白人の間の緩衝剤のようになりたいらしい。何でそんな考えが浮かんだんだと訊くと、ルロイ夫人に言われたんだと言ってました」

「素晴らしいね！」ボニーは心からそう言った。「そんなことを思ってるなんて。ほかにもそういう使命をになおうとする声が上がらないのはいかにも残念だけど。彼ならどんなよそ者が黒人に介入しようとしても我慢ならないだろうね」

スコロッティはぼうぼうと伸びたあごひげを引っ張り、黒い目に陰鬱さを漂わせて答えた。

「あの黒人青年は頭がいい。ちょっとよすぎるくらいだ、わたしから見れば。ときには彼に痛い目に遭わされる羽目にもなる。警部さんは例の一件をご存じでしょ。彼はオールド・テッドをまるでボクシングの叩かれ役みたいにこてんぱんに叩きのめした。あれはそれほど前のことでもない。まあ俺も直接知ってるわけではないんですが」

「彼が喧嘩を売ってるとでも？」

「そう断言はできないんですが。少し前にも二人のアボリジニと喧嘩になった。一度に二人を相手にしたらしく、そのときは彼が叩きのめされた。ルーブラの洗濯女たちが休憩時間に話してるのを聞いたんですよ」

「それはどのくらい前のことかね？」

「どのくらい前かって！」スコロッティはパイプにタバコを詰めながら考えていた。「ちょっと頭を整理させてくださいよ。こんなに空気が乾燥してなかったな。だからあれはたぶん去年のことだったにちがいないな。そのことに興味があるんですか？」

「いや、それほどでも」とボニーは答えをはぐらかし、この土地には二つの季節しかないことに気づいた。乾燥した冬と、じめじめした夏と。「キャプテンは、喧嘩っ早いというよりは平和を好むという印象がわたしにはあったんだが」

「彼らはみんなそうです。でも警部さんならきっと彼らの裏をかいて真実を発見しますよ」

スコロッティはちらりと時計に目をやると、午後のお茶を淹れますよと言った。ボニーは手を洗い、離れでテッサとヤング・カルと一緒にお茶を飲み、バタースコーンにかじりついた。彼がミスター・ラムの処置の詳細について話していると、キャプテンが入り口のところに現れた。

「やあ、キャプテン！　何か問題発生か？」ヤング・カルが尋ねた。

「ああ、ミスター・ラムの病気の目を治療したあとで考えたんだが、警部さんがあいつの毛の刈り込みを引き受けてくれないかなと思ってな」使命を持った男が答えた。「ずっと僕がやってたんだが、そんなに得意なわけではない。あいつの毛が刈り込まれる頃にはもう冬はほぼ終わってるんだ。運ぶのにまる一日かかるほど羊毛がたくさんとれる」

「その羊毛は彼のスピードの妨げにならないんだな」とボニーが指摘するとキャプテンが笑った。

「毛を刈られたら彼は一分もかからずに牧場を一周するだろうな。わかった。わたしが彼の毛を刈ろう。用意をしてくれ。はさみの状態がいいといいんだが」

「ありがとう、警部さん。僕がすぐにはさみを研ぎますよ」

キャプテンが草の壁を通り抜けて、馬具修理の仕事場へ急ぎ足で向かうのが見えた。すぐに彼はまた姿を現し、太陽の下であぐらをかいて、砥石にぺっとつばを吐いた。テッサが言った。「よかったです。あなたが引き受けてくれて、ボニーさん。キャプテンはずいぶん荒っぽいんですもの。ミスター・ラムに切り傷は負わせるわ、全身に畑のうねみたいに刈り残しはあるわ、で」

「わたしも似たようなもんじゃないかな」ボニーが首をかしげて言った。

「いや、あいつは最悪ですよ」ヤング・カルが断言した。若いアボリジニがやって来てキャプテンと話をすると、すぐに囲いの向こうへ走り去るのが見えた。「彼は部族に知らせに行った。見物人が警部さんを見に来ますよ」

その後まもなく見物人が到着した。横たわって噛みタバコを噛んでいるミスター・ラムと彼らの間には敷地の柵があったとはいえ、彼らは小屋の裏をうろうろしたり、ナツメヤシや自生する豆の木々の後ろに隠れたりしていた。キャプテンが袋とはさみを腕に抱えて厨房に来ると、ボニーはテッサとヤング・カルとともに彼を出迎えた。ミスター・ラムはよろよろしながら立ち上がり、疑わしげにメーと鳴いた。

「彼を制御できる場所で毛を刈らざるをえないだろうな」キャプテンが興奮した口調で言った。「彼は目を処置されたことを覚えてるし、袋が何のためかもわかってる。僕にはチャンスはないな。あんた彼を捕まえてくれ、カル」

「俺が！　大丈夫だよ。一人で立ち向かってくださいよ、ボニーさん」

「これはそもそも若いもんの仕事じゃないのかね」ボニーが笑いながら異を唱えた。するとテッサが言った。「わたしが彼を捕まえるわ。わたしにタバコをちょうだい」

巨大なペットの羊に近づいて行く彼女の華奢な姿は、まるで小さい子どもがシェットランドポニーをかまっているかのようだった。ミスター・ラムはほんの六ヤードの距離まで彼女が近づいて来るのを許すと、不意にこわばった脚で地面をけり、短い脚でどすどすと音を立てながら彼女に向かって来た。テッサは彼に呼びかけながら、彼の健康なほうの目に見えるようにタバコを掲げて勇敢にも歩き続けた。彼を征服したのはタバコを餌にというよりはその娘自身だったにちがいない。彼女はタバコを半分だけ彼にやると、彼がもっとおとなしく言うことを聞くまでその残りのタバコで彼をじらし、彼の首の下から腕を回して前脚をつかんで投げ飛ばした。

観客はやんやの喝采を送り、キャプテンはスコロッティとともに、毛を刈るはさみと、その上で毛を刈るための袋を持ってさっと前に出た。ボニーにはさみが差し出され、ミスター・ラムはぶざまにも袋の上に載せられた。後はボニーが引き継いだ。彼は羊の尻を床につけ、自分の脚に羊の背中を押しつけた。

今や観客は敷地の柵のところまで出て来ていた。スコロッティは厨房のドアにもたれてパイプに火を点けた。キャプテンはボニーのまわりをうろうろしていたものの、もしも毛の刈り取り人が羊を支配できなくなった場合には安全な場所に飛びのける準備はできていた。牧場全体がまるで葬儀のような静寂に包まれていた。

ミスター・ラムは実際に子羊のようになっていて、何の抵抗も示さず、この日二度目の屈辱的な待遇を甘んじて受け入れていた。ボニーは彼の腹の毛を刈り、両脚をこざっぱりと刈り込み、右側のほうへ毛を刈り上げて行った。それから後ろ脚のところに膝をついて、左手でミスター・ラムのあごをつかみながら一気に毛を刈り取りにかかった。とうとうボニーの右手はそれに要する作業によって痙攣しだしたが、彼は羊毛の中からミスター・ラムを持ち上げて、再び彼の尻を床につけさせた。ミスター・ラムは雪のように真っ白になり、もともとの大きさの三分の一くらいになった。また観客から叫び声が上がった。

テッサとキャプテンがさらに袋を持って来て、テッサは楽しげに羊毛を丸め、それをキャプテンが広げている袋の中に注意深く押し込んだ。

「まあ、一度も彼を切らなかったですね」と彼女が言い、ボニーは心外だとでもいうように答えた。「切らなかっただって！　当然だろ」彼は柵の向こうの観客のほうをさっと見回した。料理人がまだ厨房のドアにもたれているのが目に入った。観客たちは今は水を打ったようにしんとしていた。ミスター・ラムが解放されたらどういう行動に出るかと緊張しながらそのときを待っているようだった。「オッケー、テッサ。毛の入った袋をとって全部柵のほうに投げてくれ。それから片付けもしておいてくれ」キャプテンが命令した。彼は娘が言われたとおりにするまで待つと、ボニーに言った。「そいつのことは僕にまかせたほうがいいですよ、警部さん。いったん力を緩めたら、そいつはチャンピオンみたいな行動に出る」

ボニーは喜んでこの申し出を受け入れて、スコロッティのところに行った。一方キャプテンはミスター・ラムの体を自分の足にしっかりと押しつけていた。彼は文字どおり息を詰めている観客のほうをじっと見た。そして離れから厨房、そしてベランダの階段へと目をやった。その様子はまるでクリケットの競技場に目を配っている打者のようだった。それから彼はミスター・ラムを荒々しく前に押し出して、自分は一番近い避難場所である離れに向かって全力で走った。

ボニーには、ミスター・ラムを制御したまま移動させて、彼の血圧が正常に落ち着くまで首に縄をかけて木につないでおくほうが賢明だったろうと思われた。明らかにこれは定石からはずれていたからだ。ミスター・ラムは逃げて行くキャプテンを一瞥すると、体の向きを変えて電光石火のように走った。空でも飛ぶような勢いで、楽しそうにキャプテンを追い駆けた。まるで燃えるような黄色い目が先端についた真っ白な矢のようだった。病気の目でさえ今はまた使い物になっていたのだ。

キャプテンの計画は、離れをまわって、そのまま聖域である厨房まで行くことだった。だがミスター・ラムが硬直した脚で飛ぶように走ったので、アボリジニは彼の考える安全な屋内へと駆け込んだ。ミスター・ラムは今まで繰り返し追い出されてきたのであえて入って来ないだろうと思っていたのだ。もっともミスター・ラムはすでに勝利の雰囲気を漂わせており、いかなる命令もおかまいなしだった。彼はキャプテンのあとを追って家の中に入って来た。

狂喜している観客たちは離れから漏れてくる喚声や笑い声に耳を澄ませていた。叫び声がやみ、キャプテンが厨房のドアのほうに全速力で向かって行った。だが素早く後ろに目をやったアボリジニは、その計画もうまく行かないことを確信したようだった。というのも彼はさっと右のほうに走り、ミスター・ラムが三秒ほどかかって向きを変えている間にやっとのことで豆の木によじ登ったのだった。

第二十章　震える指

羽を怪我したカラスのように木の枝の中に姿が見える、ズボン一枚の地元の闘羊場の英雄は、男たちの叫び声や女たちの興奮した金切り声を聞きながら、とりあえずの勝利を誇らしく思っていた。それでも引き続きミスター・ラムが問題であることに変わりはなかった。彼はあとずさってシャドースパーリングをし、鉄のように硬直した脚でほんの少し走り、割れた蹄で闘技場をどしんと打つと、抗議するようにメーと鳴いた。今や彼がボスであり、それをよく知り抜いていた。

オーストラリアのアボリジニに欠けているものがあるとすればそれは決して勇気ではない。ただ彼もほかの男たちと同じで、自分が滑稽に見えることは嫌だった。キャプテンは地面に降りることもできたが、彼が柵に向かって全力で走りだす前に必ずミスター・ラムが彼に突進して来るだろう。なぜなら彼が木の幹を数フィート滑り降りると、ミスター・ラムの金色の目がサディスティックな色を帯びたのだ。彼はまた慌てて木をよじ登り、今度はもっと高いところにある快適な場所で、見物人からもらっていた噛みタバコを一口噛んでいくぶん落ち着いた。

三十分たっても状況は変わらなかった。キャプテンはまちがいなく地面に物を落とすことのできる枝を選んで移動した。噛みタバコを投げてミスター・ラムの足元に着地させた。それでも彼は頑として脇道にそれなかった。

キャプテンには自分が空中に放り出され、見物人の叫び声が聞こえている光景が目に見えるようだった。彼らの笑い声をまさに自分が聞いている場面も目に浮かんだ。テッサやほかの若いループラたち全員の嘲るような甲高い声も聞こえてくる気がした。彼はミスター・ラムの怒りがおさまるまで、このまま屈辱的に耐え続けることに決めた。

三十分後、彼はこのけだものを投げ縄でつかまえてくれと誰ともなしに叫んでいた。だが自発的に応じる者は誰もいなかった。そこで彼は一人ずつ頼み込んだ。まずヤング・カルに頼んだが、彼はカメラを持って来るからそれまで木の上で待っているようにと説得した。ボニーは、自分は年をとり過ぎてるからと主張した。テッサはくすくす笑って、おちょくるように言った。ロージーの小さい羊が、巨大なライオンだって調教するキャプテンを傷つけるわけがないでしょうと。見物人たちは地面にあぐらをかいて座っており、まるでキャプテンのこの状況が永遠に続くかのようだった。ミスター・ラムもまた寝そべっており、むっつりした表情で精力的に嚙みタバコを嚙んでいた。

一時間後、ボニーはヤング・カルに、連絡があるから無線機の準備をしておいてくれと伝えた。用意ができたときにちょうどハワードからの連絡が入った。

「問い合わせの件ですが、去年の六月にウィンダムでちょっとした事件がありました。小型帆船の乗組員のアジア人三人が脱走して行方をくらましたんです。そのうち一人の身柄は数カ月後にダーウィンで確保され、あとの二人はダービーで発見されました。どうぞ」

「ありがとう、ハワード君。ダービーもダーウィンもウィンダムからはかなり離れてるな。彼らのことはこの無線網で報告されたかね?」

「ダービーの男たちのことは報告されませんでした。ダーウィンで捕まった男のことは、アデレード川から報告がありました」

「助かるよ。それで、ブレナー家のみんなはもう到着したかね？」

「はい。みなさん今、ホテルにいます。政治家の一行も着きました。彼らは病院のそばで野営しています。明日、大がかりな懇親会がありまして、キンバリー中の人々が姿を見せると聞いてます。ところでカル・メーソンに、うちの妻は〝いい女〟と呼ばれるほうが好きなんだと言っといてください。もっとも、わたしはあまり気に入りませんが。どうぞ」

ハワードの耳にボニーの低い笑い声が聞こえた。「彼はてっきりきみの娘さんと話してるつもりだったと思うよ、ハワード君。まあ、きみの言伝《ことづて》は伝えておく。今からわたしはルロイ夫人と話をするんだよ。コリン・メーソン君へのメッセージを預かるんだ」

はっきりとしたルロイ夫人の声が聞こえて来た。

「あら、ボナパルト警部！　そうなんですよ。わたし、カルと約束しましてね。二、三、彼のワードパズルのヒントをあげるって。ところでディープクリークはお気に召して？」

「素晴らしいところですね。静かで癒されますよ、ルロイ夫人。ヤング・カルは手が離せないんで、代わりにわたしがあなたに連絡をとることを喜んで承諾したんです。ワードパズルのヒントをわたしに伝えてもらえたら、それを書きとります。その後で、あることをわたしに教えていただきたい」

ルロイ夫人はそのヒントを教え、お役に立てばいいのだけれどと言った。

「せっかくなのでこの機会にお尋ねしたいと思うんですが、去年の冬、近隣のアボリジニたちの間で、何か騒動があったかどうか」とボニーが切り出すと、ルロイ夫人は以下のような趣旨のことを答えた。

八月の下旬に、唯一トラブルと言えるものがあり、地元の部族がウォークアバウトに出てしまった。

ちょうどそれは牧場の仕事に若い者の手が要る時期だった。それ以外にはこれといったトラブルは何一つなかったと。ボニーは礼を言って電源を切った。

闘技場に戻ると、キャプテンはまだ木の上に追い詰められたままで、ミスター・ラムは相変わらず降りてくるよう彼を誘っており、テッサも依然として腰かけ代わりの箱に座っており、料理人が機械的に戸口に姿を見せては、またディナーの支度をしに厨房に消えていくのが見えた。ボニーは離れに座って、ハワードやルロイ夫人と交わした会話を反芻していた。

前年の六月に、小型帆船の乗組員のアジア人三人がウィンダムから逃亡していた。このうちの二人は西海岸のダービーに到着し、あとの一人はアデレード川のところで目撃され無線で報告されたのちにダーウィンに到着した。この同じ年の八月の下旬に、二人のよそ者がディープクリークのアボリジニを訪ねて来て、キャプテンと喧嘩になっていた。ブレナーはこのよそ者たちのことをアボリジニだと記録して、簡単に片付けていた。だが彼らは結局ダービーで拘束されたあの二人のアジア人だったのではないのか？　ブレナーはキャプテンが、外国のげす野郎なんぞに彼の部族がかきまわされることはないと言ったと書いていた。彼はまた業務日誌にこうも書いていた。キャプテンがそのことについて話すのを拒んだと。所詮、彼らの部族の問題なのだと。

〝外国のげす野郎〟というのが、どうも手がかりのように思えた。それがボニーにこの仕事を依頼してきた人間の興味を引いた可能性がある。依頼人は故意にこの情報を留保したのだろうか？　それともこのことに意味があるとは気づかなかったのだろうか？

依頼人は、どうやって〈ルシファーのカウチ〉の男が無線で報告されずにキンバリー地域を通過したのか知りたがった。やはり無線で報告されずにウィンダムからダービーまで旅をした二人のアジア人がいたことに関心を持つべきだったのだが。もっとも、逃亡したアジア人たちは、ウィンダムから小型帆船でダービーに移動したのかもしれない。それにキャプテンは、よそ者たちが自分と同じアボリジニでも遠方の部族の人間だったとしたら、彼らのことを外国人と言ったのかもしれない。

ボニーはルロイ夫人に前もって手紙で訊いてあった質問の返答を記したメモに目をやった。

質問その一　クレーターに関する伝説を聞いたことがありますか？
　いいえ
質問その二　白人のあとに茶色い男が来る。そしてそのあと国はまたアボリジニの手に戻るという伝説を聞いたことがありますか？
　いいえ
質問その三　誰かが小さな象牙の仏陀を持っているのを見たことがありますか？
　いいえ
質問その四　質問その三に関連して。それはお守りとして身に着けていたのですか？
　いいえ
質問その五　キャプテンはダービー以外の町を訪問したことがありますか？　もしあればその頭文字を言ってください。
　B、O、P（ブルーム、オンスロウ、ポートヘッドランドの頭文字）

これらの三つの町はダービーの南にあり、キャプテンはおそらく救世軍の牧師の南部への旅に同行していた。その頃彼はダービーにある学校に通っていたのだ。最後の質問の答えはまずまちがいないようだった。

日が傾きかけていた。ジム・スコロッティは料理以外のことには何事にも頓着しなかったが、それでもふと時間が気になった。彼がテッサに何か小声で言うと、彼女はミスター・ラムにそっと近づいて行った。彼は木の上に追い詰められているキャプテンをじっと凝視していたので、背後から近づいて来た娘が目に入らず、その気配も耳に入らなかった。彼女に気がついたときはもう時すでに遅しで、上唇の下に不意に押しつけられたタバコのかけらをありがたく受け入れるよりほかになすすべがなかった。彼は女に裏切られたもう一人のサムソン（愛人に裏切られ、ペリシテ人に盲目にされた怪力の士師）よろしく、まるでペリシテ人のようなキャプテンにおとなしく柵のところまで連れて行かれ、柵の上から放り出され、逃げて行くアボリジニたちに向かって行った。

夕食をとりながらボニーは、馬具の修理場のほかに大工仕事の作業場はないかとカルに尋ねた。

「馬具の修理場の隣にありますよ」ヤング・カルが答えた。「何か作りたいものでもあるんですか?」

「大工道具が置いてあるんだろうね、もちろん?　そこに普通に出入りできるのは誰だね?」

「そこで仕事をするようにボスに言いつかったら誰でも。いつもは鍵がかかっていて、鍵は事務所のフックに掛かってます。置いてある道具類が高価ですからね」

「誰かがそこで作業をしていたのはどのくらい前だったかね?」

「どのくらい前だったかですか?」ヤング・カルが一生懸命思い出そうとし、テッサが助け船を出したがっているようだった。「今年の最初の駆り集め《マスター》の前だったと思います。夏の終わりです。冬の間は牛の世話で忙しくて手が空きませんからね。それにこれといった大工仕事もなかったんです」

「まあ、たいしたことではないんだがね」ボニーはビスケットとチーズをいじくりながら言った。「実のところわたしはきみのパズルの手がかりをずっと考えてるんだから」彼はテッサに向き直って説明した。「ヤング・カルは言葉のパズルで頭の体操をしてるんだよ。あとでそのやり方を教えてあげよう」そう言うなりまたカルのほうを向いて言った。「もう一度考えてみてくれないか、カル。そこで仕事をするように誰が送り込まれたのかね？」

「ああ、まあボスはオールド・テッドか俺に言うと思います。それかキャプテンか。何かその必要があれば。で、手順としてはまず事務所で鍵をもらって、仕事が終わればまたすぐに事務所に鍵を戻します。もちろん仕事場に鍵をかけてから」

「そこにはあらゆるタイプの道具がそろってるんだろうね」

「何でもあります」

「正解に近づいて来たと思うよ、カル。で、使い古しの道具はどうするんだね？　アボリジニたちに回すのかね？　それともそこに放置したままかい？」

「いえいえ、新しい道具類を注文する際には、古いものはホールズの代理店に送られることになってるんです」

「斧や斧の柄なんかは？　ああいうものも代理店に送られるの？」

「斧や石斧はちがいます。大工仕事や馬具修理の道具だけです」

「ほぼ正解だな」ボニーは熱を込めて宣言するように言った。「だが、最後に大工仕事の作業場で誰かが仕事をしたのがいつだったかが依然としてわからない」

「業務日誌を見ればわかるでしょう。行って見て来ますよ。なんだったら」

「たぶんわたしが答えられますわ、ボニーさん」テッサが口を挟んだ。「ロージーのお道具箱が閉まらなくなったときのことです。ふたがきちんとできなくなったんです。キャプテンがたまたま大工仕事の作業場の鍵を取りに来たので、ついでにロージーが彼にお道具箱を修理してくれるよう頼んだんです。そのあと彼はお道具箱を持って来てくれて、そのときに鍵も戻しました」

「すごいよ、テッサ。だけどそれは何月何日のことだった？」ヤング・カルが詰め寄ると、テッサが勝ち誇ったようにくすくす笑った。彼女は二人をじらしてからこう言った。「あれは、ローズさんがわたしに宝石を散りばめた美しい櫛を下さった日のことだったわ。わたしの誕生日の四月二十日に。

それでパズルに言葉が入ります、ボニーさん？」

「ああ、入るよ、テッサ。その言葉はのこぎりだ。これで完全に合致するだろう」

それからボニーは今夜ホールズクリークで開催されるダンスパーティーと、翌日のブレナー家の帰還へと巧みに話題を転じた。テッサがコーヒーを淹れに席を立つと、彼はヤング・カルにパズルのことで話を合わせてもらったことに礼を言い、翌日ちゃんと説明すると約束した。結局彼はテッサの記憶を裏付けるために事務所に向かった。業務日誌の四月二十日の日付の下にはこう書いてあった。

「テッドが牛とともにボーデザートに出発した。カルは〈エディーの井戸〉の周辺まで牛を確認しに出て行った。わたしはラファーズポイントに水車小屋のポンプの修理に行った。夜遅くに帰宅し、キャプテンからモーンディンに付き添って〈エディーの井戸〉まで行ったとの報告を受けた」

以前テッサが日付をまちがえていたことを思い出し、彼は日誌のその前後の日付の分も確認したが、キャプテンが大工仕事の作業場に送られたという記録は見当たらなかった。

ヤング・カルがあらかじめブレナーと約束してあった連絡をとるために無線機のスイッチを入れに

来たときには、ボニーはすっかり考え込んでいた。じきにボニーの耳に、ダンスパーティーに出席するためにあと一日町に残ることにしたと牧場主が言うのが聞こえた。

これはボニーにとっても都合がよかった。キャプテンと対決する前に、のこぎりで挽いた棒の件を調べておきたかったからだ。翌日の朝食のあとで、目的もなく川べりを散策しているように見せかけて彼はこれにとりかかった。ガプガプのもとを訪ね、彼やポッパと話をした。ミッティとワンディンのことにさりげなく探りを入れると、彼らはまだウォークアバウトに出ているという答えが返ってきた。彼は野営地の中をぶらぶら歩き回り、なにげなくその原始的な小屋をためつすがめつしていると、樹皮や捨てられた鉄板を支えている、小屋の骨格となる木々が、どれも斧で切られてあるのに気がついた。

午後の早い時間に彼は川の上流に向かってぶらぶら歩いて行き、何度も立ち止まってはあたりを所在なげに眺めた。その間も終始監視されているのを確信していた。彼は貯水池に石を投げ入れ、木に止まっているバタンインコ（オーストラリア地域に分布する大型で騒がしい色彩豊かなオウム科の鳥の総称）の群れに木切れを放って追い立て、やがて水が浅くなっているところで川を渡った。川の湾曲部でゴムの木の若木が藪になっていたのだ。

彼はここで人間の男の腰くらいの高さで切られた二本の木を見た。足を止めずに、大元の木の幹から滲《し》み出しているゴムの塊と、地面に広がっている鬱蒼《うっそう》とした梢をじっと観察した。まだ葉はつけていたものの、もう乾燥しており灰色から黄色へと色を変えつつあった。

ここの若木から、〈ルシファーのカウチ〉のそばでオールド・テッドが目撃した例の棒が切り取られたのだ。切り出すのに使われた道具はのこぎりだった。おそらくは斧だと牧場まで音が聞こえるだろうから、のこぎりが使われたのだ。

第二十一章　キャプテンが逆上する

　ボニーはヤング・カルとテッサと一緒に午後のお茶を飲んでいた。離れの薄い草の壁越しに、キャプテンが休憩用のお茶をとりに厨房を横切るのが目に入った。しばらくすると彼は、青いガウンをはおりキャンバス地のスリッパをつっかけて、小屋を出てシャワーハウスへと向かった。それから三十分後、ボニーが彼の小屋を訪ねると、彼はズボン一枚きりという格好で、ひげを剃ったばかりの顔は櫛を入れた髪と同じくらいつやつやと輝いていた。

　小屋の中はきちんと整頓され、きれいにしてあった。架台式のベッドの上にあるブランケットは軍隊方式にたたまれていた。窓は開いており、その窓を背にして奥のテーブルに座ってキャプテンが本を読んでいた。彼が目を上げてボニーをじっと見た。ボニーは荷箱を一つ引き寄せて、ドアに背を向け、彼の向かいに座った。

「〝時は来た、とセイウチが言った〟（ルイス・キャロルの『不思議の国のアリス』に出て来る「セイウチと大工」の詩の一節）……あとは言わなくてもきみなら知ってるだろう」ボニーは陽気に切り出して、不意にタバコを巻きだした。「きみの邪魔をするつもりはないんだが、いくつか訊きたいことがあってね。わたしを助けてもらいたいんだ」

　キャプテンは目を見開いていてにっこり笑った。

「僕にできることでしたら、警部さん」彼はそう答えると、ボニーがマッチでタバコに火を点けるのを待った。

「あのよそ者の男の死体がクレーターに置かれたのは、クレーターが最近できたもので、歴史的にも慣習の面でも伝説の上でも、このあたりできみの部族とつながりのない唯一の場所だからだというのがわたしの見解だと言ったら、きみは同意してくれるかね？」

「クレーターは最近できたものだから、うちの部族とは何もつながりがないとおっしゃるならそれは正しいです」キャプテンは一本調子にそう言い、タバコの缶を開けてタバコを巻きにかかった。「でもあれはきっと白人による殺人にちがいないんで、クレーターがうちの部族に関係があろうがなかろうが、彼らがわざわざそんなことしないだろうとも確信しています」

「一応、筋は通ってるな、キャプテン。もしもあれが百パーセント白人による殺人だったら。だがわたしはその説には反対だ。あれが百パーセント黒人による殺人じゃないにしても、半々だ。つまり黒人も一役買ってるとわたしは確信してる。だいたいあの殺人が白人だけによるものだったら、彼らはわざわざ死体をクレーターまで運んだりすまい。なぜなら彼らにはそんなことをする理由があるとは思えないからだ。彼らなら死体を埋めるか、あるいは燃やすかしただろう。彼らなら、死体をあんな野ざらしにして干からびさせるような演出はわざわざしなかっただろう。たとえ何か思いついたにしても。だから白人だけにあの殺人の責任があるというのはありえないんだ」

キャプテンがタバコを巻き終えて目を上げ、ボニーがマッチを差し出すのをじっと見た。彼の瞳はうつろで、その顔には何の表情も窺えなかった。ボニーは言葉を続けた。

「そうそう、この際だからはっきりしておきたいことはほかにもあるんだ。きみ自身の異常な行動についてだが。何度かわたしのあとをつけさせたことを言ってるんだ。それと、きみがお膳立てしてし口ーレンスとワンディンに打たせた、あのかなりお粗末な小芝居のこと。ずいぶんわたしの能力も見くびられたものだと憤慨する権利がわたしにはあると思うがね」

キャプテンは本を閉じて脇へ押しやり、開いている窓に顔を向けた。そして牧場主の家や川沿いの木々や砂漠をじっと見つめた。砂漠は世界の果てへと傾斜して、そこに〈ルシファーのカウチ〉が鎮座していた。

「隕石が落ちたときのことは、ガプガプやホールズクリークの人々のほうが、ほんの数年前にクレーターを訪れたアマチュア地質学者たちなんかより、はるかに権威者だということにはきみも異論はないと思う。ガプガプも部族の人々も、あの場所にちなんだアボリジニの伝説はないことを認めているよね？」

キャプテンはうなずくと、もう一度窓の向こうへ目を向けた。

「では、純粋な伝説はゆうに六十年はさかのぼった時代のことをもとにしているのだということにも同意してもらえるよね。わたしはテッサの本で、政治的な傾向の伝説を読んだのを覚えている。白人のあとに茶色い男たちがやって来る伝説とかね。彼女はそれを純粋な伝説だと思っていた。それでもルロイ夫人はそんな話は聞いたこともないと言った。あの伝説はきみが想像で作ったのかね？」

「もしそうだったらどうなんです？　伝説をこしらえるのは犯罪じゃないでしょう」

「楽しみ以外の目的で伝説を作るのは犯罪だよ。というか、伝説を調査している人類学者の努力をふいにするのは。なあ、きみが作ったのかね？　ちがうのかね？　あの変わった伝説を」

キャプテンはまた窓の外をじっと見つめた。ボニーは鋭い声で返事を迫った。

「どうなんだね、キャプテン？」

「ええ、僕が作りましたよ。別にいいじゃないですか」

ボニーは不意に燃えるような黒い目ににらみつけられた。

「じゃあまあ、さしあたってはきみの答えを受け入れよう。ところできみには前々から見上げた大望があって、ある使命も授かっていると聞いている。きみ自身もそれをまっとうしてきた。そのことにはまったく同情を禁じえないよ。クレーターの殺人は、きみも僕も合意しているあることへの、ゆゆしい脅威の結果だとわたしは思っている。もしきみが僕たちの意見は一致していると思うなら、もしきみがわたしを信用して、きみの部族がある極端な結果を免れるような方法を探らせてくれるなら、そしてきみが使命から解放されるためにも、心を開いて本当のことを話してわたしを助けてくれないか。部族の宝物庫にあったあの小さな仏陀は何を意味しているのかね？」

その質問にキャプテンは思わず立ち上がってわめきだした。

「あの宝物庫はポッパのだ。中に何が入ってるかなんて僕は知らない。僕は呪医じゃない。酋長でもないんだ」

「わたしは象牙の仏陀のことを言っている。何か重要な意味があるんじゃないかと、あの場所で見て以来ずっと心に引っかかってるんだ」ボニーは硬い声で言った。「あれはオーストラリアのアボリジニとはまるで異質の文化を象徴するものだからね。まあ座って。冷静になりたまえ」キャプテンは言われるままに腰を下ろし、じきにいつものストイックな落ち着きを取り戻した。

「ガプガプが言ってたが、あんたは一度呪いの骨を向けられて、呪いをかけられたことがあるらしいですね。部族の宝物庫のことに首を突っ込むような真似をしたら、また呪いをかけられるかもしれませんよ」

「確かにそんなことになったら非常にまずいね、キャプテン。だがそれはきみも同じだよ、当然。まずきみは逃亡した恋人たちの物語をでっち上げたその裏に、どういう事情があったのかをきちんと申し開きしないといけないだろう。ボスには、なぜミッティがスターを死ぬまで走らせたか、なぜポッパと男たちがその死骸を切り刻み、残骸を探鉱者の坑道に投げ込んだか、それについてもっともな理由を説明しないといけないだろうし。まだまだほかにも釈明しないといけないことはたくさんあるだろう」

アボリジニの皺一つない丸い顔がまた窓のほうに向けられた。彼がほんの一瞬眉をひそめ、すぐにあごをこわばらせたのがボニーには見てとれた。やがて表情のない目が自分を見つめているのが感じられた。そのうつろな目の虹彩にはまるで深みがなかった。

「きみの問題は」ボニーが言葉を続けた。「テッサと同じ難しい立場に置かれているということだ。彼女は、逃亡した恋人たちの話を聞いていた。彼女はワンディンがミッティのルーブラだというのを知りながら、きみの話を援護した。彼女の心はあのとき二つの相対立する忠誠心に引き裂かれていたんだ。つまり彼女の部族とブレナー家の人々に対する忠誠心にだ。たぶんきみも聞いたことがあるだろうが、誰も二人の主人に仕えることはできず、そうしようとする者は必ず悲惨な結末を迎えるという真理がある。きみもテッサと同じように分裂した忠誠心に心を引き裂かれている。なあ、キャプテン、きみはどちらの主人に仕えるつもりなのか決めないといけないんだ。

まあ実際は、きみはすでに自分の部族に仕える決心を固めたとわたしは考えている。もし現にそうであればわたしはきみを賞賛するよ。なぜならきみは白人よりも茶色い肌の人間よりも黄色人種よりも、ずっと立派に仕えることができると思うからだ。わたしの中のアボリジニの血がきみに向かって叫んでいる。きみの部族に賢明に仕えろと。そしてクレーターの男の死によって陥った窮地から彼らを救い出すためにあらゆる手を尽くせ、すべて話せと」

「さっきも言いましたが、彼らはあの件には何の関係もない」とキャプテンは明言し、いきなり怒った目になった。自分を守ろうとするやむにやまれぬ感情に、一気に遮断幕が上がっていた。「彼らのことはそっとしておいてください、警部さん。ほうっておいてください。僕のことも。あの殺人は部族とは何の関係もない」

「じゃあなぜきみがわたしのあとをつけさせたか話してくれないか？」不意に彼の目に遮断幕が下り、彼の心はその後ろに閉じこもった。ボニーは罠にかかってもがいている男を気の毒に思った。とりわけ部分的に白人と同化しているこの男は、なにがしかの影響に抗うことができずにいたが、それが何かはまだ明らかにはなっていなかった。

「四月二十日にブレナー氏が留守だったのを利用して、のこぎりを借りるためにテッサから大工仕事の作業場の鍵をもらった理由を話してくれるかね？　棒を二本切るためののこぎりのことだが。斧だと大きな音がするからね」

「テッサはあんたにそんなことまで話したのか、はん！」キャプテンは拳を握りしめた。

「まあそう向きになるな。棒を切った理由を教えてくれ」

「作るものがあったんだ」

「担架の土台を作って、死体をクレーターまで運んだんだろ。それには男手が二人必要だった。二人の男は足跡がつかないように、粗い麻布で足をくるんでいた。彼らはクレーターの壁の一番低いところを越えて、死体をクレーターの内側に運び入れた。部族の土地のいかなる場所にもあの死体を置いておくことは許せなかったんだ。何世紀にもわたって神聖なものとしてあがめられてきたあの土地のどこにもな」ボニーの声はいくぶん高くなっており、その言葉はまるで追い詰められた男の心に振り下ろされる鞭《むち》のようだった。「何だってきみは死体をクレーターに埋めなかったんだ？　何だってそこに放置して来たんだ？　飛行機に乗っている人々から見えるように。わけを話してくれ！　なぜなんだ！　なぜなんだね！」

その声は窓や戸口から外に流れていったようだった。キャプテンは立ち上がり、再び感情がおおい隠された目でボニーを見下ろした。その顔にはボニーを一瞬失望させるようなあきらめが浮かんでいた。

「わかりましたよ、警部さん。話しますよ」彼はそう言い、ボニーの視線の上にある棚を振り返った。腕を伸ばして棚からノートをとり、もう一方の手で棚にあったライフル銃を持ち上げた。ノートは床に落ちた。キャプテンはライフルを片手で抱え、引き金に指をかけていた。そのまま棚の向こう側まで後ずさると、自由になるほうの手を布きれと小さな油の缶に伸ばした。

ボニーはじっと座ったまま、自分の眉間にしっかりと向けられている銃口を見つめて言った。「わたしを撃つなんて、このうえなく愚かなことだと思うがね」

「事故が起きたかもしれない」キャプテンはそう答えて、油の缶ときれをテーブルの上に置いた。「いいですか、僕たちは伝説の話をしていた。僕はたまたま銃を掃除していて、その銃が暴発するんですよ。僕は恐ろしさのあまり反射的に立ち上がり、その拍子に油の缶が倒れる。そして僕は布を床に放り出し、助けを呼びに飛び出して行くというわけです」

あわただしくスカートが翻る気配がし、テッサがそこに現れた。だがどちらの男も彼女を見もしなかった。一人はボニーから目を離さず、ボニーは銃身を見つめていた。

「キャプテン、そのライフルをしまってちょうだい」テッサが叫んだ。「そんなもの下ろしてと言ってるのよ。あなた、馬鹿じゃないの。何おかしなことやってるの。事故だなんて。耳が聞こえないの？　そんなライフル片付けてよ」

ライフルは揺るぎもしなかった。テッサはそれ以上動くことを恐れた。ボニーが精一杯努力して穏やかな口調で言った。「キャプテン、わたしを撃つんだったら、その前に掃除用の布に油を少し垂らすのを忘れたらだめだよ」

「それと忘れないでキャプテン、わたしがここにいることを。わたしがここであなたの殺人を目撃することを。そしてわたしがあなたに不利な証言をすることを。あなたは馬鹿よ。とんだ愚か者よ。あなたは……もしほんとにこの人を撃ったら、きっと絞首刑になるわよ、キャプテン」テッサは懇願し続けた。

「じゃあ、お前も撃つ」キャプテンはきっぱりと言った。

「何て馬鹿なこと言うの」テッサは平然と嘲笑った。「そのライフルには弾が一発しか入ってないわ。あなたが次の弾丸を込める前にわたしは逃げるわ」

「悪賢い女だな、くそっ！　上等だ、テッサ。お前の望みどおりにしてやろう」キャプテンはそう言うと、荒い息をつき始めた。銃身がわずかに揺れたが、彼の視線は揺らがなかった。「えらそうにしやがって。オールド・テッドといちゃつきやがって。俺をごみみたいに見下しやがって。ガプガプのこともほかの連中のことも。そこの警部にあることないこと話しやがって。俺を裏切って。お前の部族を裏切って。そうさ、テッサ。これはお前が望んだことだ。俺は罰を与えることにする」彼の黒い目に激しい怒りが充満し、顔が歪んで恐ろしい形相になった。「お前を殴り倒してやる、テッサ。どんなルーブラも殴られたことがないほどにな。そうだ、テッサ。お前はほんとにお高くとまった、こまっしゃくれた小娘だ」

キャプテンはライフルを後ろに投げつけた。銃の弾薬筒《カートリッジ》が暴発した。テッサはくるりと振り向くと、戸口から逃げ出した。アボリジニが威嚇するような叫び声を上げて、彼女のあとをよろめきながら追って行った。

第二十二章　母の教え

キャプテンのこの思いもよらない豹変ぶりにテッサは動転して逃げだした。これまではおおむね穏やかで分別があり礼儀をわきまえていた彼が、夜になると徘徊し、野営地から危険を冒して遠出した若者とルーブラに忍び寄るという伝説の化け物、クルダティアマンと今は何も変わらなくなっていた。

残忍きわまりない表情をありありと浮かべたこの男からとにかく逃げることが、そのとき反射的に湧いた感情だった。彼女は小屋から敷地のゲートまでの何も遮るもののない土地を全速力で走った。すると入り口の真正面に、どっしりとしたミスター・ラムが怒ったように立っているのが目に入った。ミスター・ラムを迂回することなど到底できないことはわかっていた。柵を飛び越えることなどできないこともよくわかっていた。そして柵を登ろうとすると時間がかかり、それはとりもなおさず捕まることを意味していた。

捕まる！　それはすなわち殴られることを意味する。そしてそのことによるひどい痛みを。憎悪と怒りを帯びた息苦しいほどの恐怖感と、子どもの頃から見てきた、殴られて手荒く扱われたほかのルーブラたちの記憶で、彼女の心はいっぱいになった。ジム・スコロッティの叫び声が聞こえ、彼が厨房の外に出て両腕を振り回しているのが見えた。キャプテンが威嚇して叫ぶ声がそれよりずっと近くで聞こえ、振り向くと彼が十二ヤードと離れていない場所にいるのが目に入った。そしてミスター・

ラムはまるで彼女の逃げ道をふさぐかのように前に出て来ていた。

テッサは咄嗟に進行方向を変えてミスター・ラムをよけた。そして入り口の門を通り過ぎて走り、敷地の柵伝いに走り続けた。ミスター・ラムが地面をドスンと蹄で蹴る音が聞こえ、もう一度後ろに目をやると、キャプテンが進路をはずれて小川に向かって猛烈な勢いで走っており、彼の後ろにミスター・ラムがいるのが見えた。ミスター・ラムは天の助けだった。彼女は牧場のまわりの柵のところまで来ると、困惑して立ち止まった。これからどこに行けばいいのか、どうやって家の中に入ればいいのかもわからなかった。やがて悲鳴を上げたい気分になった。というのもキャプテンがまた彼女に向かって来ていたからだ。ミスター・ラムは茫然として突っ立っていた。

テッサは再び走りだし、砂漠のほうへと向かった。愛情と安全と秩序と目的の象徴だったその家は過去の中へと消えて行った。その代わりに目の前に広がるこの果てしない世界は、憎しみに駆られて執拗に追って来る、かつては彼女のものだった美しいものをことごとく破壊することに余念のない恐ろしい生きものに支配されていた。

その砂漠は彼女には未知のものだった。恐怖心があらゆる色彩を消し去ったかのようだった。それでも、まばらに生えている低木の色は鮮やかな灰色か緑色だった。砂漠は赤みを帯びたきめの粗い石の一帯で、それでいて靴の下の感触は柔らかだった。〈ルシファーのカウチ〉は白と黒の小石の山のようになっており、ほかに色彩はなかった。そして彼女のまわりには鎖やロープが渦巻いているようで、それが彼女に忍び寄り、彼女を縛り、まるでクモの巣にかかった蠅であるかのように彼女をからめとろうとしていた。

靴が片方脱げた。足が不自由になったような気がして、もう片方の靴も蹴って脱ごうとしたが、結局立ち止まって貴重な時間を使って靴を脱がなければならなかった。それでもこれでキャプテンを引き離すことができるだろうという望みで拍車がかかった。彼女は家のほうに回って行こうとした。そこに行けば男たちが彼女をキャプテンの魔の手から守ってくれるだろう。懐かしい料理人のジムやヤング・カル、それにボナパルト警部が。

長い砂地の上で彼女がちらりと後ろを見た。キャプテンが五十ヤードほど後方にいた。彼の新しい灰色のギャバジンのズボンがはためいていた。陽光が彼の胸できらめき、したたる汗を銀色のしずくのように光らせている。彼の長すぎる黒髪が、彼が自分で起こした風に立ち上がって揺れていた。テッサは進路を変えた。

希望は薄れ、はねるようだった足からまた力が抜けて来た。というのは、キャプテンもまた方向転換しており、じきにテッサの進路を妨げて来るのがわかったからだ。彼女はまた進路を変えた。今度は小川の木々を目指していた。そこでならあの狂気じみた男を何とかかわせるかもしれない。だが一瞬のちに彼女はキャプテンがこの作戦に応戦したのがわかった。まるで子牛を一頭群れから離すディンゴのように彼女に狙いをつけていた。

一本のロープが彼女の体に触れた。彼女は脚に脅威を感じた。だがロープと思ったのは彼女のスカートだった。お気に入りだった白のプリーツスカートが今や彼女の脚を縛り、彼女の行動を妨げ、彼女をキャプテンに降伏させようとするものになりつつあった。これを取り除かなければならない。でもだめだ。そんなことをしたらローズがどう思うか？　何て言うか？　男たちだって。彼女が家に帰ったときに。スカートも穿かずに。スリップとパンティーなんて。もう一度家にたどり着くことがあるとしての話だが。彼女は依然としてクレーターに向かって走っていた。家からはどんどん離れて行っていた。向かっていたのではなく。彼女がなんとか家のほうに回ろうとしていたら、キャプテンがその進路を遮ろうとしてきたからだが。あのけだものが！　あの黒い汚らわしいけだものが！

彼女は走りながらスカートの脇のファスナーを下ろした。そしてウエストバンドのボタンをはずしてバンドを緩め、スカートを少しずつ下ろした。そして立ち止まってスカートから足を抜いた。そして走った。〈ルシファーのカウチ〉に向かって。このほうがずっと快適だ！　足が自由になり、また力が戻って来た感じがした。もう背の低い藪を避けるために急に曲がる代わりに、まるで若い雌鹿のように飛び越えて行った。それでもこの状態は永遠には続かなかった。彼女は息を切らしていた。もう何マイルも走ったにちがいない。まともに息ができなかった。愚かしくもブラに胸を羽交い絞めにされ、じわじわと締め付けられ、両胸に痛みを覚えていた。

彼女は発作的にブラウスの前を縦に引き裂き、ちぎれてぱたぱたしている縁をつかんでブラウスをはぎ取った。ああ、いまいましいブラ！　これをはずすにはほぼ立ち止まらないといけない。そんなことをしたらキャプテンに追いつかれてしまう。それにいずれにしろスリップを先に脱がないといけないだろう。

ちらっと後ろを見ると、キャプテンが彼女に向かって突進して来ているのがわかった。彼は狙いをつけた犠牲者から四十ヤードと離れていなかった。テッサはスリップの縁をつかみ、その材質の強さを思い出した。ブラウスを引き裂いたときのように簡単には行かないだろう。スリップをまくり上げ頭から脱ぐと、どうしても一瞬まわりが見えなくなり、つまずいて転んで二度と起き上がれないかもしれない。もう一度後ろを振り向くと、また少しキャプテンが近づいて来ていた。狂気じみた彼の目には悪魔的な光が浮かんでおり、勝利を予感したにやにや笑いに白い歯がむきだしになっているのが見てとれた。するとそのときキャプテンは、かつては生い茂っていて格別に大きいハマアカザの木の根のところに低い砂山があるのを見落とした。彼は大の字になって前に倒れると、慌ててもがきながら、低い雲のような砂ぼこりを舞い上がらせた。

テッサは足を止めた。キャプテンの叫び声が聞こえていた。その間にスリップを引き裂かんばかりにして頭から脱いだ。痛む背中をまっすぐに伸ばし、肩をすぼめてあえぎ、小さい叫び声を上げながら、なんとかブラのホックをはずし、腕から抜いて放り投げ、また走りに走った。

ああ、助かった。解放された！　彼女の肺は拡張し、深々と空気を吸い込んだ。痛みは消えた。脚はそれまでまるで瓶のように重かったが、今やカート・ブレナーのシェリー酒でも注いだかのように新しい力がみなぎっていた。胸や腕や体にあたる空気がひんやりと感じられた。彼女は再び元気を回復したのがわかり、後ろを見やると、キャプテンの敗戦の色が濃くなりつつあった。

そこで彼女はまた家を目指して回って行こうと考えた。だが彼女が進行方向を変えると、キャプテンも変えた。絶望で胸がふさがる思いがした。それでも気を取り直して、また〈ルシファーのカウチ〉のほうに向き直った。よくベランダから眺めていたときと比べると、今は少しも高いようには感じなかったものの、少しも近づいているようにも思えなかった。

果たして逃げおおせるのか？　燃えるようにずきずき痛む足への不安がふくらんでいた。彼女の情けない足は、白人女性が履く靴を何年も履いてきた結果、すっかりやわになってしまっていた。キャプテンの足はこんなに燃えるようにほてってはいないだろう。というのは、彼は特別なときにしかブーツや靴を履かなかったからだ。テニスをするときでさえ靴など履かなかった。彼の足は丈夫なのだ。彼の足は何マイルも彼を運んでくれ、ついには彼女に追いつくだろう。

一体彼女に何ができるというのだ。彼女はここ何年も白人女性が食べるようなものを食べて穏やかに暮らしてきたのだ。ああ、この前誰かを追い駆けたり、追い駆けられたりしてからだって、ゆうに一年はたってるにちがいない。それも子どもたちと遊んでいるときに。そして誰とももう何カ月もテニスすらしていなかった。じきに男の指に体をつかまれるだろうと思うと、鋭い痛みが脇腹を貫き、胸が締め付けられた。彼女はあえぎ、叫び声を上げ、よろめいた。痛みは消え、また走り続けたが、不安はあの恐ろしいバオバブの老木のように大きくなり、その中に彼女を閉じ込めた。ボニーの伝説の中で、あの年とったルーブラと子どもたちが閉じ込められていたように。現実の子どもたち、テニスコート、ローズとカート、長いこと着てきた洋服たち、本、勉強、先生になるという夢、だがつまるところ何一つ現実のものではなかったわけだ。すべては誰かから聞いた物語だったのだ。当然だ。彼女はアボリジニなのだ。母親と同じように。キャプテンやガプガプと同じように。彼女にとっての現実は野営地なのだ。白人の家ではなく。ブレナー夫人はいつだって感じがよくて、いつだって親切だった。彼女は何度もあの家に自分を連れて行ってくれた。そしてテッサはあの家の一室で眠ったり、テーブルで食事をしたり、ブレナー夫人やルロイ夫人やほかの白人女性たちと同じように服を着こなすことを幾度となく夢見ていたのだ。

すでに暗くなりかけていた。奇妙なことだった。それとも彼女はもう何時間もキャプテンから逃げ続けて来たのか？　そうだ、何時間もたったにちがいない。なぜなら彼女はひどく疲れ切っていて、もう長くは走れそうになかったからだ。風が耳元で歌っていた。ブンブンうなるような音と、ドンドン鳴らすような音に混じって。そしてその歌声のなかに母親の声が聞こえた。そして世界中のすべての女性の声が。

「さあ、お前にはわかるはずだ。もし知らないアボリジニに野営地からさらわれたらどうしたらいいか」と女たちが言った。

すぐにキャプテンが叫ぶのが聞こえた。「止まるんだ、テッサ！　お前は俺から逃げられない」

「ほら、わかるだろう――どうしたらいいか」

彼女はぼんやりした目で柔らかな砂だらけの場所を見つめた。彼女は無意識に腰を手で押さえ、まだ美しい緑色の絹のパンティーを履いていたことを思い出した。キャプテンがもう一度叫び声を上げた。その大声はすぐそばで聞こえた。彼がほんの少し後方にいるのが見えた。彼女はたじろぎ、足が止まった。パンティーをするりと脱ぎ捨て、キャプテンと向かい合った。彼がもう一度勝ち誇って叫んだ。

「俺はどうしたらいい――どうしたらいいんだ」

テッサはアルチュリンガの時代から女たちが娘たちに伝えて来た教えに従った。彼女は砂地にくずおれると、自分の胸や太ももに砂をかけた。開いた口から砂が入り込み、閉じた瞼の上を砂が流れた。キャプテンの体がドスンという音と、ぜいぜいいう息づかいが彼女のすぐそばで聞こえた。「きみを殺すつもりだった、テッサ。本当に殺すつもりだった。でも今はそんなつもりはないよ」

声が静まり沈黙が訪れると、テッサにはまた気絶したほうがましだと思うほどの恐怖感が戻ってきた。キャプテンが胸から汗を流しながら、自分の横で膝をついて、頭を垂れているのが目に入った。肌の上で砂がきしるような感覚を覚えた。彼に殺されるとしたら、自分が彼を出し抜いたときだろうと悟った。そもそもなぜ彼が彼女を殺すのだ？　たぶん彼はつまるところそんなつもりはなかったのだ。彼はいつもと同じように見えた。もう今は彼の目にも顔にも激しい怒りの色は見られなかった。

落ち着いた声で彼は言った。

「きみにはもう長いことわかっていたんだ。テッサ。きみが俺のものだということを。オールド・テッドのものではなく。それにきみは部族のものだ。奥さんのものじゃなく。きみはいつだってずっと俺のループラだった。俺はいつでもきみを求めて泣いていた。で、きみもいつも俺を求めて泣いていたんだが、その声に耳を貸そうとしなかった。愛している、テッサ。奥さんもカートさんもボニーさんも、それに部族だって俺からきみを取り上げることはできない。遠くへ行こう、二人だけで。きみは俺の女だ。俺はきみの男だ。さあ、立って、出発しよう」

テッサは立ち上がるよう体を引っ張られた。手をつかまれ、歩くように無理強いされた。足が燃えるようだったが、引きずるようにしてやっとのことで歩いた。言いようもなく疲れていて、とてもひどい気分だった。宝石を散りばめた髪飾りはいつのまにかなくなっており、髪は砂まみれだった。彼女はよろよろしていたが、手をつかまれているために前へ進まざるをえなかった。しばらくするとキャプテンの顔がぱっと明るくなった。彼女を家に連れて帰るという考えが浮かんだのだ。

「見られたものじゃないぞ、テッサ。風呂に入らないとな。だいたい俺に対してあんな昔ながらの女の切り札みたいなのを使ってみせる必要なんかなかったんだ。こっちにだってそれに対抗する男の切り札の一つや二つはあるんだからな」

太陽が小川の木々の向こうに沈みかけた頃、彼らは牧場の柵に近づいた。ヤング・カルの姿がどこにも見えないことがテッサにはありがたかった。年配のスコロッティは厨房の入り口におり、ボナパルト警部は貯水槽の上に昇っていた。なぜあの人はあそこにいるのだろう？　なぜ降りて来て自分をキャプテンから救い出そうとしないんだろう？　とテッサは訝った。やがてヤング・カルとミスター・ラムが目に入った。彼らは大工仕事の作業場の外にいて、ミスター・ラムはタバコを噛んでいた。「もうこれ以上進めないわ、キャプテン」彼女は泣くように言った。「足がはれて痛いの。わたしを裏口から家の中に入らせて」

キャプテンは穏やかに笑った。その笑い声からは一抹の残酷さも怒りも感じられず、まるで幸せそのもののような響きだった。彼は立ち止まると、彼女をひょいと抱きかかえて肩に腕を回した。そしてもう一度笑ってみせると、自由になる方の手で彼女の脇腹を軽く撫でた。そのまま彼らは家の前を通り過ぎ、じきに彼女は、彼が自分を川まで運ぶつもりだとわかった。もう彼は家に背中を向けていて、テッサは彼の肩越しに、ヤング・カルがミスター・ラムをけしかけて彼を狙わせようとしているのが見えた。

彼女の誘拐者がようやく足を止め、彼女の目に自分の脇に川の土手があるのが見えた。彼女は自分を抱えている彼の腕の力に驚き、お互いの体に伝わっている奇妙な恍惚とした感覚を不思議に思った。ミスター・ラムが彼らのほうに速足で向かって来ていた。彼はいつもよりいくぶん頭を下げて接近して来ている。キャプテンが言った。「テッサ、きみに水浴びをさせる前にもう一度言う。きみは僕の女だ。きみを愛してる」

テッサが彼の腕の中で身をよじった。彼女は右手で彼の頭をかすめると彼の首を押さえた。そして顔をねじって、口を彼の耳に押し当てた。それからミスター・ラムが近づいて来るのをじっと観察し、くすくす笑うと、キャプテンの首に当てていた指で、彼の力強い肩をとんとん叩いた。ミスター・ラムが本気になって向かって来ると、彼女はもう一度くすくす笑った。

次の瞬間彼らの体は川に向かって宙を飛んでいた。そしてミスター・ラムはあまりにもすっかり戦闘モードに入っていたので、勢い余って彼らのあとを追わざるをえなかった。

第二十三章　情勢は流動的

　ボニーがキャプテンの小屋から出て来ると、ミスター・ラムが決然としてキャプテンのあとを追い駆けているのが目に入った。そしてキャプテンの前には逃げて行くテッサの姿があった。彼は先ほどの出来事にすっかり動揺していた。というのもキャプテンの態度はアボリジニにしても常軌を逸していたからだ。そして彼自身は無力感に襲われていた。彼らのあとを追うにも、馬たちは放牧場に放されていたのだ。逆上したアボリジニはまるで虎のように危険で、その行動は予測不可能だったから、テッサのことがひどく心配だった。自責の念に駆られながら、ボニーは貯水槽にかけられた鉄製のはしごを昇って行った。

　その高さからだと、牧場の向こうにある砂漠を見晴らすことができるのだ。砂漠はまるで緑色の斑点のある薄赤色の絨毯のようで、空に接している砂漠の縁は濃い黄色だった。ヤング・カルが自分に向かって何か叫んでおり、ジム・スコロッティがライフルを持って厨房から急いで出て来たのがわかった。ミスター・ラムの姿も見えたが、特に注意は払わなかった。ミスター・ラムは今は去って行く人影を立ったまま凝視していた。

　テッサはキャプテンのかなり前方を走っていた。彼女が南のほうへ曲がり、家へ戻ろうとしているのが見えた。キャプテンが苛ついているのがわかった。テッサは立ち止まって靴を脱ぎ捨て、そのあとスカートも脱ぎ捨てた。青いものが翻るのが見え、ブラウスも脱ぎ捨てたとわかった。そして彼女が自分の体をブラから解き放ったときにはひそかに喝采した。今や彼女は、まるで追って来る猟犬から逃げている、すらりとした鹿のような優美さを漂わせており、ボニーは初めて彼女に好感を持った。小川の木々が投げている影は、みるみるうちに眼下の地面から砂漠のほうへと広がっていき、日の当たっている土地を、まるで刑務所の独房の鉄格子の裏側にある、燃え立つ庭のようにしていた。もっともこのことはボニーにとってさほど重要なことでもなく、単にもうじき日が暮れるという印象を持ったにすぎなかった。そしてあたりが暗くなることはテッサに有利に働くだろう。テッサが追跡者の前方を走り続けている限りは。彼女がはるか遠くにある金色の〈ルシファーのカウチ〉に向かって走っていることはこの際何ら重要性を持たなかった。ボニーの目に、赤い地面の上にある彩色したように黒い彼女の体が見えた。彼女の体はそのときはまだ着けていた緑色のパンティーで中ほどで分割されていた。

　キャプテンは着実に勝利に近づいていた。ボニーが怒りを凌駕する心配な気持ちで、これを避けられないこととして受け入れかけたそのとき、テッサが不意に走るのをやめた。彼女はパンティーを脱ぎ捨てると地面に体を横たえた。彼女がつかんで自分の体にふりかける砂の粒が、陽光で金色に光った。

「あの野郎、彼女を殺そうとしてるんですか？」ヤング・カルがわめきながらボニーの隣に立った。

「そのようだ。いや、ちょっと待てよ、そうじゃないな。あの男は彼女のそばにひざまずいてる。彼女に手出しはしてないようだな」

「それにしたってめちゃくちゃですよね、ボニーさん。キャプテンに一体何があったんです？」

「それはあとで話すよ、カル。あれを見たまえ」

彼らの目に、キャプテンが立ち上がり、テッサの体を引っ張って立ち上がらせるのが見えた。

「なに、彼女を家に連れて帰るっていうのか」カルはわめき続けた。「俺、ライフルを取りに行ってきます」

「それをわたしに持って来てくれ、早く」ボニーが命令するように言い、カルが訝しげに見るとつけ足して言った。「早くと言ったんだ、カル」

ライフルを持って戻って来たヤング・カルは、ミスター・ラムを捕まえて、もし実現可能なら、キャプテンを狙わせられるよう準備させておいて欲しいと言われた。ヤング・カルは喜んで請け合い、まるで消防士のようにきびきびと鉄のはしごを降りて行った。そしてボニーはこの男女が家に向かって近づいて来るのを引き続き観察した。

彼は大いにほっとしていた。今のところテッサが暴力をふるわれた形跡は見られなかったからだ。アボリジニが考えそうなことはわかっていたから、キャプテンの怒りはおさまり、今は後悔の念からテッサを家に帰らせようとしているのだと楽観的に考えようとした。もっとも、キャプテンがため池のほうに向かって急に曲がったときにボニーは、体を横たえたテッサに降りかかった金色の霧の意味を理解した。そしてキャプテンがとろうとしている対応もわかった。

ヤング・カルは大工仕事の作業場の脇にミスター・ラムと一緒に立っていた。そして先ほどからのテッサのふるまいに見惚れて混乱していた。料理人が喚声を上げて、ヤング・カルはやっと我に返ってボニーをちらりと見た。ボニーはミスター・ラムのほうを手振りで示してみせ、カルは昔ながらのやり方でミスター・ラムにまたがってけしかけた。それでもボニーは内心あきらめていた。ミスター・ラムが彼らに追いつくには遅すぎると思ったのだ。テッサはキャプテンの肩のところで姿勢を低くして衝撃を受ける準備をしているようだった。そのあとテッサがくすくす笑い、愛情をこめてキャプテンの耳に口を当てているのが見えた。だからキャプテンとテッサの体が土手から川に向かって跳び、勢い余ったミスター・ラムがそのあとを追ったのを見ても、彼は何もおかしいとも思わなかった。

キャプテンとテッサは川の深みから顔を出し、横に並んで浅瀬のほうへと泳いで行き、傾斜している土手に着いた。ジム・スコロッティが彼らに向かって大声で叫んだ。二人はまた川に飛び込むと、ミスター・ラムが溺れる前に浅瀬まで泳ぎながら誘導した。陸にいるほかの人間たちもキャプテンとテッサのあとを追い、彼らが川から出るときにはそのまわりに集まっていた。キャプテンとテッサはまた人だかりを抜け出して走りだした。白人の男女ならもう消耗しきっていただろうが、どうやら大丈夫らしい走り方だった。

もはやテッサのことは何も心配せずにボニーは走り去る彼らを見送った。彼らは自由に走っていた。というのはキャプテンはもうテッサの体を捕まえてなかったからだ。彼らは早く走っているわけではなく、二人一緒に走っていた。そしてテッサが白人女性の服を脱ぎ捨ててもなお、彼女の中に時間をかけて構築されていた白人との同化から、部族の妖精の呼びかけに屈して、自分を解き放ったことがわかってボニーはぞくぞくした。

やがて彼らは小さい人形くらいの大きさになり、金色の布の上で黒い斑点のようなものが命を持って動いているようだった。最後の陽光に、二人のまわりにはそれぞれ虹色の濃淡のある後光が差しており、一瞬ののちには二人は世界の果てにある藍色の空まで登って姿を消した。

下で大騒ぎをしている中をボニーははしごを降りて行った。アボリジニたちはいくつかの集団に分かれて、身振り手振りを交えながらわめいていた。ジム・スコロッティがみなに向かって何か叫びながら、ミスター・ラムの体を拭くために端綱《はづな》を引いて連れて行った。くしゃくしゃの髪に鋭い目をしてヤング・カルがつぶやいた。「そういうことですか」

「あの連中の一人に、馬を中に連れて来させられるかな?」ボニーが尋ねた。「朝一番で必要になるかもしれん」

「まかせといてください。ところでさっきのことはぜひともブレナーさんの耳に入れないといけませんね、ボニーさん。ローズさんはきっと卒倒するだろうし、オールド・テッドは銃を持ってキャプテンを追い駆けていくだろう」

「今は冷静に考えないといけない状況だよ。暗くなる前に馬を中に入れてしまってくれ。で、きみは無線機にはくれぐれも近づかないこと」

ボニーはキャプテンの小屋に入って行った。床からライフルを取り上げるとそれをテーブルの上に置き、その脇に引き出しで見つけたノートと一束の原稿を置いた。ざっと目を通して、装丁された何冊かの本もそこに足した。ブレナー夫妻はテッサ同様キャプテンにも物惜しみしなかったのだと思いながら、灯を点けた。やがてベッドのマットの下に、別のノートと二つ目の象牙の仏陀と財布があるのを見つけた。

灯を消すとあたりはほとんど真っ暗だった。彼は〝戦利品〟を事務所に運び、スチールの棚に置いた。後ろからついて来ていたヤング・カルが言った。「この後はどこへ行くんですか、ボニーさん?馬をもう中に入れてるのは聞こえましたよ」ボニーは、三頭か四頭に夜の間餌をやってもらうことはできるか、そのほかの馬はまた外に出してもらえるかと尋ねた。カルは大丈夫でしょうと答え、その手配をしに出て行った。ボニーはライフルをキャビネットの後ろに滑り込ませると、料理人と話をするために部屋を出た。

「わたしたちの食事のことは心配しなくていいよ、ジム。今夜はここで適当に食べるから」

「わかりました、警部さん。どのみち晩御飯はちょっと失敗です。ミスター・ラムにずっとついてたんですよ。ある程度あいつを乾かしてやらないといけなかったから。そうでしょう。くそっ、あの光景は金輪際忘れられんなあ。キャプテンとテッサのことは、ボスが戻るのを待ちましょう。ボスはきっと怒鳴ったりわめいたり、大変なことになるだろうなあ」

「まあ、こういうこともあるよ、ジム」ボニーが穏やかに言った。

「へえ、ずいぶん達観してるんですね」

夕食が終わるとボニーはヤング・カルを事務所に連れて行った。

「カル、わたしの思い違いかもしれんがね、さっきのテッサとキャプテンの様子を見ていて、彼女は自分の意志で行ったと思うんだよ」ボニーはそう言うと、ノートとライフルをテーブルに持って来た。「テッサに何があったか、きみにはきっとあまりよく理解できないだろう。アボリジニは白人より野生に近いからね。キャプテンにはわたしにも理解できないところが多分にあるし。だが、暗闇で灯を探り当てようとしたら、時間をかけないといけないんだよ」

「あの件はブレナーさんに報告すべきです」カルはにべもなく言った。

「いや、まだだ。しばらく様子を見よう。だいたいキャプテンはテッサを今夜のうちにも連れて帰るかもしれないじゃないか、あるいは明日の早朝とか。それまでにきみにはここにある銃をすべて集めてもらいたい。手始めにまずこの銃から。で、全部隠して欲しいんだ」

「キャプテンから？」

「それとオールド・テッドからだ」

ヤング・カルが事務所に戻って来ると、ボニーが壁に貼ってある地図をしげしげと眺めていた。二人は居住区間の井戸と使われている動力ポンプの型についての話をした。

「無線の受信機の波長を合わせてくれないか、で、警察に連絡をとって欲しい」ボニーが地図から目を離して言った。彼の髪は乱れてぼさぼさだったが、その口調は鋭く、歩き方から手の指先にまではからずも緊張感が現れていた。ハワードが出ると、彼はヤング・カルのところに急いで合流した。

「こちらはボナパルトだ、ハワード。明日の朝一番にトラッカーたちを連れてそこを出てもらいたい。そのときもしわたしがここにいなければ、ヤング・カルがきみ宛ての手紙を持っている。いくらか事態に進展があって、きみの助けが必要だ。ブレナー一家はまだ町にいるのかね？」

「ダンスパーティーに出かけてます。ブレナーさんには、ディープクリークから何か連絡があればわたしが代わりに聞いておくと言ってあります」

「ではこう言っておいてくれたまえ。すべて順調だと。もっとも、きみは夜明けとともにそこを発つんだ、いいね？」

「了解です。ブレナー家は明日の正午くらいに町を出て自宅に向かうと言ってました。大臣を見送るまでとどまるそうです。ところでホールズクリークの生活は最高でしょう」

「今のところは申し分ないよ。ちなみに、そこを発つことは誰にも知らせないように。誰にも関係ないことだから」

咄嗟にヤング・カルが驚いたようにボニーを見た。ボニーが無線機のスイッチを切った。

「驚いた！　ブレナーさんには関係あることじゃないですか、ボニーさん」

「そうだな、でもまあ、ほかの人間には関係ないだろ」とボニーは主張した。「いずれにしろ、今のところはまだね。まあ、聞きたまえ。わたしはある調査の結果についてキャプテンと話をしていたんだ。すると突然彼がライフルを出して来た。そこにテッサが現れて彼を叱りつけた。彼は逆上してライフルを放り出して彼女に向かって行ったんだ。きみも見ただろ。彼が彼女を追ってるのを。わたしはてっきり殺人が起きるものと予想していた。それでも何がそれを押しとどめることになったのか、わたしにはわかるがね。彼らがため池のほうに戻って行くのをきみも見ただろう。それはもしミスター・ラムが突進して来なかったら、キャプテンがテッサを連れて行っただろう場所だ。そして彼らが今度は砂漠へと走り去って行くのも見ただろう。あのときテッサが、捕らわれていやいや行動したわけでないことにはきみだって同意するだろう。それに、キャプテンはわたしをライフルで脅したこと以外には何も罪を犯していないことにも。アダムとイブがエデンの園を正面の入り口から追い出されて以来、何百万という若い男が、何百万という若い女を追い回してきたよね。つまりは本来のキャプテンとテッサが、エデンの園に裏口から忍び込んで行ったわけだよ。わかるかね？」

「警部さんはどうやら目に砂でも入ったみたいだな」ヤング・カルが言った。「だがカートさんと奥さんが家に戻って来たら最後……」カルは言いかけてやめ、口笛を吹いた。

「彼らが家に着く前にキャプテンはテッサを連れて戻るかもしれないじゃないか」とボニーが指摘した。「朝食までに彼らが戻る可能性はあると思うよ。もっとずっと早いかもしれないし。それか、何時間か星空の下を進み続けて、日中も進み続けるかもしれないが。軍人たちがよく言うことだが、情勢は流動的なんだ」

「流動的なのは結構ですよ、ボニーさん。ところで俺が見たところあいつらはパラダイス・ロックスに向かってましたが。そこまでは六十五マイルあって、その間、水場はない。キャプテンはきっとモーンディンが率いる野蛮な黒人たちにまぎれて身を隠すつもりかもしれない。賭けてもいい。あの男はブレナーさんたちに合わせる顔がないだろうから」

「わたしもそれに賭けたい気分がしてきたよ」

「警部さんはハワード巡査に、明日の朝来たときにここにいないかもしれないと言ってたけど。どういう計画なんです？」

「わたしは夜が明ける直前にここを出発するつもりなんだ。ついては最高の馬が欲しいんだが。きみなら用意できるよな？　ハワードに一筆書いとかないといけないな。それと、きみからもう少し情報を聞きたいんだが」

「警部さん、一人では行きませんよね？　ハワード巡査とトラッカーたちを待つでしょう？　ちっ、あの野蛮な黒人連中にままごとは通用しないですからね。あいつらのやることは手加減なしだ」

「まあそうだな、ディープクリークで爆発があって、そこいらじゅうに破片が飛び散っているとでも言うか」ボニーは再び穏やかな、一見すると自信たっぷりな様子で言った。「だからできる限り回収に努めないといけないんだ、とね」

ボニーはもう一度地図をじっと眺め、ヤング・カルにも一緒に見るよう手振りで示した。彼らは遠くにある牛の水飲み場や、カルが知っている岩の穴に自然にたまっているかもしれない水のことや、そこまでの距離について、そしてカルが知る限りの活字の配列について話し合った。キャプテンが自発的にテッサと一緒に帰って来る可能性を認めながらも、ボニーは彼が法に公然と反抗することを見込んでいた。

彼はジム・スコロッティから肉とパンと紅茶と砂糖を分けてもらうよう、そして倉庫から嚙みタバコを少々調達して来てもらえるようヤング・カルを使いにやった。十時になると彼は歩いて野営地まで行き、そこにいた男にガプガプとポッパを起こして連れて来させ、三人で小一時間小さな燄火を囲んで座った。ボニーが立ち去るときには、日の出とともにある行動を起こすことで同意をとりつけていた。

ボニーが戻るとヤング・カルは事務所の安楽椅子で寝入っていた。ボニーは彼をそのまま寝かせておいて、キャプテンのノートを読み、ハワード巡査に手紙を書いて、さらにローズ・ブレナーに宛てても手紙を書いた。ヤング・カルはまだ眠っていたが、彼は家を出て、用意してあった馬に乗り、砂漠へ出て行った。東の空が新しい日の訪れを告げており、流星が〈ルシファーのカウチ〉の上を炎を上げて流れていた。

第二十四章　ボニー、賭けに出る

その日が来た。ボニーはキャプテンとテッサの姿を最後に見かけた場所に、力強い糟毛の去勢馬と並んで立っていた。柔らかい砂の上に彼らの足跡が残されていた。後ろを振り返ると彼らの足跡はゆるやかな坂を下って続いており、砂漠の北のへりをおおっている腰くらいの高さのまばらな藪の中に消えていた。前方に視線を戻すと足跡は向かいにある坂を下り、何の目印もない果てしない一面の平地へと伸びていた。

彼は家からここに着くまでずっとその馬を強いて歩かせてきた。そのことで馬の体力は温存され、ボニー自身も逃亡者たちの足跡が見えるようになった瞬間から彼らの追跡を開始する気分になった。牧場からの距離はほぼ三マイルあった。彼は馬にまたがると、ゆっくりした駆け足で進ませて、自分は彼らの足跡を捜す仕事に没頭した。

いくつかの事実を考慮に入れなければならなかった。そもそもあの娘は同伴者としてはあまり体力のないほうだろう。彼女は日頃、過酷とは程遠い、庇護された生活をしていた。そして靴を履くことが習慣になっている。だいたいこのキャプテンとの逃避行に出る前に、もうすでにキャプテンと疲労困憊するような競争をしていた。その後、牧場からこの低い丘陵地のてっぺんまでの三マイルを暗くなる直前に走ったり歩いたりしていたのだ。そしてまだ走ったり歩いたりし続けて、現在ボニーがあとを追っている足跡をつけていた。これは尋常ではない努力の結果だと認めざるをえなかった。

これまでのところ、これといって特に目につくような明るい場所も影になっている場所もなかった。土地は一様に灰褐色で、まるで鋼鉄の板をかぶせられ、それが凍りついて永遠に変わらなくなったかのようだった。まばらでもろそうな低木の茂みは百万年前に成長するのをやめており、百万年後もまだそのままそこにあるだろうと思われた。キャプテンとテッサがその足跡をここに残したのは昨夜のことなどではなく、きっとこの世界が形成されている途中のことだったにちがいない。もっとも夜明けの光は夜とはちがい、そんな魔法は寄せつけない。

ついに地平線に太陽の光が差し、微量の雲母が白や銀色や琥珀色の光を放って輝き、森林地帯が呼吸することで振動し、熱を帯び、砂漠の砂の粒まで震え、耳を澄ませると、新たな熱で温められて歌っているのが聞こえた。

そこまではずっと二人分の足跡がついていたが、今は一人分だけの、男の足跡しかなかった。どうやら娘のほうが忍耐力の限界に達し、男が彼女をおぶって歩きだしたらしい。一人分の足跡は南のほうへよどみなく進み、下にあるもっと硬い砂をおおっている柔らかい砂の上をそのまま歩き続けていた。やがて平坦な地面から、赤みを帯びた砂が細長く隆起していた。近づいてみるとそれは高さ五フィートにも満たない、風に浸食された、草の生えてない土地だとわかった。

ずっと向こうのほうで男の足跡はテッサのと入り混じって終わっていた。そこの砂がかき乱されており、何があったかを物語っていた。それは空気が冷たくなる、だいたい真夜中くらいに始まったのだろう。男のほうはかろうじてズボンは穿いていたが、女は何一つ身に着けていなかったのだ。彼らの未開の先祖たちがしたように、二人は穴を掘ってその中に体を入れ、掘りだした砂をすくって上からかけて、顔だけが出るようにした。このかなり暖かいベッドの中で彼らは休息をとったのだ。

東西に走っている隆起の向こうには別の隆起があって、その向こうにもまちがいなくまた別の隆起があり、窪地には細いクレーパン（大雨のあと水たまりとなる浅くて乾いた窪地）によって分割された砂の波があった。二人の足跡が次の砂の斜面にしるされているのをボニーは見た。足跡は斜面を昇っていた。キャプテンはテッサと一緒に、こうした隆起部を夜明け前に越えたのだとボニーは確信した。最後の隆起を降りると、彼が予想したことが起きた。灰色で命が通ってないようだがそのくせ弾力のある、タソックグラス（南米産のイネ科の牧草）の海のへりに出た。この草は熟練した者が見ても何の足跡もとどめていなかった。

この海の岸は白いリボン状のクレーパンで、十二ヤードの幅があり、セメントのように硬かった。草の海は西の方向に見渡す限り広がっていたが、南のほうにはほんの一マイルばかり広がっているだけで、東も同じだった。そこで動いているものは何もなかった。野性の犬一匹識別できなかった。もしキャプテンとテッサがここを横切ったのだとしても、ボニーが岸まで下る前だったのだ。

彼はずっと向こうのほうでクレーパンの上に降りて、紙巻タバコを巻いた。北の方向に振り向くと、ガプガプの命令で合図ののろしが上がっているのが見えた。等距離で三カ所から上がっている。一つは連続したもので、もう一つは断続的なもの、あと一つはさらに間隔を置いたものだった。牧場の家屋はもう見えず、キンバリー山脈が地平線に沿って灰色と茶色の岩の帯のように見えた。自分は今ディープクリークから南にほぼ十四マイルの位置にいると見当をつけた。ということはパラダイス・ロックスから十五マイルちょっとの場所にいることになる。

ヤング・カルの話では、この時期パラダイス・ロックスの北に水場はないということだった。とはいえ彼はアボリジニたちがきわめて用心深く守ってきた秘密の水場のことまでは知らないだろう。一方キャプテンなら本能的にそれを探り当てるだろう。彼にとってはとにかく理屈抜きにパラダイス・ロックスまで進み続けることが重要なので、想定される警察の追跡をまくためにどの方向にでも進めるように、テッサとともにここの草の海を渡った可能性があった。彼らをとらえてディープクリークの野営地まで連れ戻すようにと野蛮な黒人たちに求めるガプガプののろしに、きっとキャプテンの心は乱れるだろう。彼はまちがいなく狼狽し、裏切られて罠にかけられたと思うだろう。彼とモーンディンの部族との距離にもよるが、もうつかまるのは時間の問題だと思うだろう。

キャプテンは逃走中、立ち止まって彼らの足跡を消そうとした形跡はどこにもなかった。彼はこの地域のことには通じていて、ここに着けば草地を横切って行くか、あるいはそのへりにあるクレーパンに沿って行けば追跡者をまくことができるのがわかっているのだろう。草は丈が短くなるまで牛たちに食べられており、まるでワイヤーブラシについている毛の束のような硬い草が残っていた。キャプテンのような頑丈な足の持ち主なら何らひるむことはないだろうが、テッサには裸足でここを歩くのは無理だろう。彼女がここを渡るにはキャプテンに運んでもらわなければならないだろう。それ以外の選択肢は、象でも足跡のつかないクレーパンを進むことだった。

昨日の夜更けのガプガプとの会合がボニーの心に去来した。彼がキャプテンとテッサを連れ戻すための取引を提案すると、ガプガプは同意した。酋長は自ら進んではほとんど話さなかったが、問い質すことで野蛮なアボリジニたちが例年の行事予定に従って、彼らだけの秘密の場所を訪れるウォークアバウトに出ていることがわかった。この行事予定は季節に基づいて決まっているらしく、現在モーンディンと彼の部族は、南西に九十マイル余りの野営地でコロボリー（アボリジニによる勝利を祝う歌や踊りの宗教的または戦闘にそなえた祭りの集会）の最中じゃとガプガプは言った。さらに、キャプテンはおそらくこのことを知っており、のろしを見ればきっと南東のパラダイス・ロックスに向かうじゃろうと。

ボニーは草地の東端にあるクレーパンに馬を進ませ、牧場からパラダイス・ロックスまで続くかすかな車輪の跡のところまで来た。砂漠は広大で、起伏が長く続いていた。それと気づかないほどの坂も多く、一見地平線は百マイル向こうにあるようにも見えたり、一マイルも離れていないようにも見えた。

砂漠を縦断している車の通り道には何の足跡もついていなかったが、ボニーはそれがないことに何の焦りも感じなかった。キャプテンは自分たちの足跡を消すことに手間をかけたりしないだろうと確信していたのだ。彼はパラダイス・ロックスに向かう羽目になり、しかも二つの重荷を抱えていた。祖父が彼の逃避行に反対しているのがわかったこと。娘が文明によって軟弱になり、その年頃のアボリジニの娘なら通常は持っている持久力に欠けること。

それに仮にパラダイス・ロックスに着いたとしても、その後はどうするのか？　パラダイス・ロックスに着いても、つまるところ喉の渇きと空腹以外何もないだろう。それで仕方なく西に向かうことになり、そこをモーンディンの手下につかまって、自分の野営地に連れ戻されるのが落ちだ。ボニーはこれがキャプテンの考えそうなことだろうと予想した。そしてキャプテンがこの状況を理解して、テッサと一緒に牧場に戻ることを願った。もっとも確信はなかった。だがいかにキャプテンでも、いかなる武器も持たずに、パラダイス・ロックスの水に磁石のように引き寄せられて来る鳥や獣を殺すことはできまい。

だから今、彼が馬でパラダイス・ロックスに向かっているときに、彼のほうに引き返して来るキャプテンと娘を見ても別に驚きはしないだろう。キャプテンがどこかに身を隠して彼をやり過ごし、その後ディープクリークの野営地に退いて行ったとしても不思議はない。

午後の早い時間、ボニーが車輪の跡からは離れて馬を進めていると、彼らの足跡に行き当たった。その足跡は、逃亡者たちがまだ前方におり、テッサは今なお歩いていることを示していた。時間と距離からして彼らはそうたいして離れていないだろうと確信した。

真昼の時間は蜃気楼が実に厄介なものになった。始終惑わされるおそれがあり、ものがそれに隠れてしまった。しかも一面に広がるつやのある石と砂から立ち昇る強烈な光が目に痛かった。気をそらし、現実に引き戻してくれるような生きものも見当たらなかった。ハマアカザが広範囲に散在し、燃えて黒くなって命を失った、湿地のゴムの木の切り株が点在する場所まで来ると、さすがに耐えられないものになっていた孤立感からむしろ救われたような気がした。

その木の切り株にはいろいろな大きさのがあり、丈も様々だった。また、形状やポーズにもありとあらゆるものがあった。なかには次に暴風が吹けば倒れるにちがいないほど傾いているものもあり、まるでわらの柱のように見えるたくさんの死んだ低木がびっしりと立っていた。そのうちの二つの切り株をボニーは不審に思った。

その二つはいやに接近して立っていて、普通とちがう感じがした。というのもほかの場所の木々は広い間隔があいていたからだ。二つの切り株のうち一つは直立していたが、もう一つは傾いていて見たところ次に風でも吹けば倒れそうだった。二つの切り株は通り道から百ヤード余り離れていた。

ボニーは馬に乗ったまま先へ進んだ。まるで水を求めてパラダイス・ロックスに着くことを切望しているかのように。もっとも、疑い深げな目は繰り返し先ほどの二つの切り株に戻っていた。直立しているほうは今も焼けて黒くなった枝をつけており、倒れかけているほうの切り株のてっぺんはこんもりした低木に遮られていた。

その並んで立っている二つの切り株は、この乾き切った荒涼とした景色の中で何か違和感があった。ボニーは確認するために馬を脇道に入れた。おそらくは時間の無駄だろうが。彼は手綱を引いて馬を戻らせて、座ったまま切り株をじっと見つめた。そしていくぶん馬鹿らしい気分になった。自然というものが常に型どおりであるとは限らない。

彼は馬から降りると切り株に馬をつなぎ、しまってあったケースからライフル銃を取り出した。そして直立した切り株に武器の照準を当てながらじりじりと近づいていった。まだどこか馬鹿馬鹿しい気もしていたが、それでも自分の疑いをはっきりさせようと決心した。何も変わったことは起きずに十五ヤードのところまで来た。そのときそれまで直立して硬直していた切り株が揺れた。枝が折れ、切り株がねじれたように見え、てっぺんが男の姿になった。キャプテンが腰に手を当ててつま先立ちで立っていた。もう一つの切り株はゆっくりとくずれて、そのまま動かなかった。

「何をしようっていうんですかい、警部さん?」キャプテンが嘲るように怒鳴った。

「言うとおりにしなかったら、きみの脚に弾丸をお見舞いすることになる」ボニーも怒鳴り返した。「わたしは水も食料も持っている。テッサのためのプレゼントもあるぞ。馬のいるところまでわたしについて来るんだ」

ボニーはキャプテンに自分の前を歩かせて馬のところに戻った。そしてライフルを彼に向けたまま、自由がきくほうの手で馬の鞍から包みをはずし、キャプテンにもっとそばへ来るよう手招きして、彼がつかめるように包みを投げた。「それをテッサに持って行ってやりたまえ。彼女にはそれが必要だから」

キャプテンはその言葉に従った。倒れた切り株が立ち上がるのをボニーは見た。そして彼らに背中を向けるとテッサは、スカートを穿き、ブラウスを着て、靴を履いた。それらはボニーがわざわざ彼女のために持って来たものだった。彼は娘が追跡者から逃げている一部始終を見ていた。彼女がまず靴を、そしてついには下着まで脱ぎ捨てるのを見ていたのだ。この過程で彼女が次第にほぼ原始的な女性に戻っていくのがわかった。とはいえ今の彼女は教え込まれた見事な着こなしで再び服を身に着けていたので、彼女の中の原始的な女性は牧場の洗練された娘に征服されたのだと判断した。

ボニーは足を使ってごみの山を作ると、それに火を点けて棒きれを足した。ブリキ製のポットを出して来て、馬の首に吊るしてあるキャンバス地の水袋からその中に水を満たし、それを火にかけて叫んだ。「こっちへ来て紅茶でも飲まないかね?」

テッサが痛めた足を引きずりながらやって来た。彼女は見るからにひどく疲れていた。一方キャプテンはその招待を断った。彼女の髪はぐしゃぐしゃに乱れており、顔にはほこりと汗の痕がついていた。大きな目の縁にまでほこりがこびりついている。化粧気のない顔でおしゃれに裁断されたスカートと明るいブルーのブラウスを着た彼女は哀れに見えた。ボニーはハンカチを水で濡らしてやった。彼女はそれで顔をきれいに拭きながら泣きそうな顔をした。彼は上着のポケットから櫛を取り出し、元気づけるように笑いながら彼女にそれを渡した。

「これでもう大丈夫だよ、テッサ。今から二人でキャプテンを説得しないといけない。わたしたちと一緒にハワード巡査を待つようにね。その間に食事をして砂糖入りの紅茶を飲むといい。わたしが用意するよ。キャプテンを呼んでくれ」

娘がため池のほうに連れて行かれてからもう丸一日たっていた。そのとき彼女は少しは水を飲んだかもしれない。ボニーは水袋の水を彼女に勧めるのをわざと控えていた。彼女はキャプテンを呼ぶかわりに彼のところまで行った。ボニーの目に二人が言い争うのが見えた。娘は懇願し、男のほうは苦い顔をしていた。ボニーは茶葉をブリキのポットに落とすと火からはずし、たっぷり一分待ってから中身を二人分に分けた。それからもう一度声を張り上げた。「どうしたんだね？　こっちへ来て紅茶でも飲んだらどうかね」

テッサがキャプテンの手をつかんで、ボニーが待っているところまで引っ張って行こうとした。キャプテンは頑強に拒否したのちにしぶしぶ引っ張られて行った。ボニーは食べものの入った包みを開けた。彼が膝をついていると二人が彼の後ろに立った。

「さあさあ」とボニーが言った。「小さいカップはレディー用で、ポットは紳士用だ。砂糖がいるなら言ってくれ。スプーンもある。二人ともさぞ腹ぺこだろう」

テッサは黙ってかかとにお尻をつけてしゃがんだが、すぐに地面に座りなおしてスカートで膝を隠した。そしてボニーのほうを見ずに紅茶の入ったカップを受け取ると、しきりにすすり始めた。キャプテンは彼女の隣であぐらをかき、やけどしそうに熱い紅茶を飲みだした。やがて二人は食事をとりだし、ボニーはタバコを巻いた。

食事がすむとキャプテンはズボンのポケットから少量のタバコと何枚かの紙とマッチを取り出した。彼はその紙を一瞬凝視すると火の中に投げ込んだ。ため池に浸かって使い物にならなかったのだ。ボニーがタバコと紙を差し出した。キャプテンがタバコを吸いながら訊いた。「僕らはここからどこへ行くんですか？」

「牧場へ戻るんだよ」とボニーが答えた。「きみもガプガプののろしを見ただろ？」

「きっと頭がおかしくなったんだな」遮断幕の下りた目でボニーを見ながらキャプテンが言った。「あんたもだ、警部さん。あんたがライフルを馬の鞍に戻してあるのは見た。いつだって俺はあんたを殺すことができるんだぜ。俺ら二人にとってライフルが重要な鍵を握ってるってわけだ。あんたは俺を拘束するつもりなんじゃないのか？　だったらそんなことはあきらめたほうがいい」

「きみを拘束するだと？　わたしはめったに拘束などしない。もう何年も誰も拘束などしていない。そういうことは地元の警察にまかせてある。この状況ではそんなことをするのはわたしじゃなくてハワード巡査かモーンディンの部族の男たちだろう。昨晩遅くにわたしはガプガプと話をした。きみの書いたものから、この事件の真相がすべてわかったのでね。で、わたしたちは理にかなった合意に達したんだよ。要するにこういうことだ。部族はこのごたごたに巻き込まれずにすみ、きみは二、三年刑務所に行く機会があるかもしれないというわけだ。わたしが〝機会〟と言ったのは、わたしにははっきりわからないからだ。お役所がきみをそこにやると決めるかどうか。わたしとしてはそれを阻止するために全力を尽くすつもりだがね」

下りていた遮断幕が上がり、キャプテンの黒い瞳に希望の灯がともった。ボニーは先を続けた。

「わたしがここに派遣されたのは、あの白人の男がキンバリー地域のこんな奥深くまで、どうやって何も無線で報告されることもなく来られたのか、で、あの男は一体何をしていたのかを突き止めるためだった。わたしの依頼主たちは誰が彼を殺したかには関心はない。もっとも西オーストラリア州警察はそれに関心があるだろうがね。だから殺人犯を逮捕するのは彼らにまかせておけばいい。わたしが思うに、きみの一番頭の痛い問題は、テッサをさらったことをブレナー家にどうわびるかということだろう」

キャプテンはボニーを長い間見つめていた。そして消えかけている火から渦を巻いて立ち昇っている煙に視線を据えている娘をじっと見た。彼は何も言わずに手振りでタバコを要求し、タバコを巻きだした。そのときテッサが視線を上げて口を開いた。

「わたしはさらわれたんじゃないんです、ボニーさん。彼と一緒に逃げたんです。彼は言うことを聞かせようとして殴る代わりに、わたしを愛してると言ったの。わたしも、彼に腕をつかまれたとき、嫌だと思う代わりに、彼を愛してるとわかったんです。わたしたちは一緒にエデンの園に走り込んだんです。裏口から」

テッサはまだ苦い顔をしているキャプテンに微笑んだ。彼女の顔から疲労感が消えていた。ボニーは視線をそらした。彼女の瞳に宿るものをキャプテンと共有する権利は自分にはないと感じながら。

「それならことは簡単だ」と彼は言った。「きみたちを結婚させるよう、今からハワード巡査を説得しよう。彼の車の砂ぼこりが見えている」

彼らは立ち上がって、まるで槍の穂先のように近づいて来る黒い点の背後にある雲のような砂ぼこりをじっと見つめた。砂ぼこりの後ろには血のように赤い太陽が西に傾いていた。キャプテンがボニーの腕をつかんで言った。「テッサがそう言うんだったらしょうがないですね。折れますよ」

「もちろんわたしはそう言うわよ」テッサはそっけなく言うと、くすくす笑った。「あなたのほうからわたしに無理強いしたのよ、覚えてるでしょう。だからあなたはわたしと結婚しなくちゃならないのよ」

キャプテンはボニーの腕を離すとテッサの手を取った。三人はハワード巡査と彼のトラッカーたちが到着するのを静かに待った。

第二十五章　任務完了

ボニーが失踪事件の説明と嘆願のためにハワードとブレナー夫妻に宛てて手紙を残して来たので、逃亡者たちの帰還はいたって見ごたえのないものとなった。牧場の敷地のゲートにジープが到着したとき、そこには誰の姿もなかった。子どもたちの姿も見えず、ミスター・ラムがキングサリの木につながれていた。あたりに隠れているアボリジニもいなかった。視界に入る唯一の人間はローズ・ブレナーで、彼女は横手のベランダに立っていた。ちょうどそのときジム・スコロッティが厨房のトライアングルを鳴らして、夕食の準備ができたことを知らせた。

「キャプテン、分別をもってふるまうよう期待してるよ」とボニーが言った。「体を洗ってきたまえ。で、夕食が終わったら、こっちが呼ぶまできみの小屋で待っていてくれ」それからテッサの腕をつかんで言った。「テッサ、きみはわたしと一緒に来なさい。足を引きずって歩かないように」

テッサは野営地に追放されるだろうと思っていた。彼女をベランダまで連れて来ながら、ボニーには彼女が震えているのがわかり、指で励ましの気持ちを伝えた。ローズは落ち着いており、これまでの習慣でテッサの手を取ってバスルームまで連れて行った。「よく汚れを落とすのよ」

夕食のための着替えをする時間はなかったので、夕食の席にはテッサも子どもたちの姿もなかった。ほぼ完璧な静寂の中で食事が進んだが、カート・ブレナーはボニーが乗って行った馬のことが気になっていた。トラッカーの一人がその馬で戻って来ているところだとハワード巡査が答えた。食事が終わるとブレナーは彼らを事務所に誘《いざな》い、一人の大柄な男もその場に加わった。

「あの二人をどこで捕まえたんだね？」ブレナーが詰問するように言った。

「ここからだいたい四十マイルくらい行ったところでさ。二人はパラダイス・ロックスに向かってたんです。テッサはもうへとへとでした。キャプテンももういい加減うんざりしてたとは思います。まあまだへたばるとこまではいってなかったですけどね」

「さっぱり理解できんね」ブレナーが吐き捨てるように言った。「キャプテンがそんなふうに狂ったように出て行くなんて尋常じゃない。テッサも喜んで一緒に逃げて行ったというじゃないですか、ジムとヤング・カルの話では。うちとしてはあの二人にできる限りのことをしてやってきたつもりなんだが」彼の語気は荒くなっていた。「何があったんです？　一体全体何があったんです？」

ボニーの目がだしぬけに熱を帯びた。

「この上なく素晴らしいことですよ。大きな困難に直面して、若い男女がお互いへの愛にやっと気づいたんですから。まるで物語みたいです。だからわたしは彼らにもぜひこの場に同席してもらいたい。あなたの奥さんもご一緒に。キャプテンを呼んでもらえますかな？」

ブレナーは憮然とした厳しい表情で、大股に部屋から出て行った。ハワードがボニーを胡散臭そうににじろじろ見た。目を細め、口を引き結んでいた。

「この事件には一風変わった側面がある」とボニーが言った。「結論は、お偉いさんときみとわたしとで出さないといけないだろう。だから、われわれだけで行動するのはうまい考えではない。ただ、現段階でも、今回のクレーターの殺人の裏にある動機はそれほど邪悪なものではないということは言える」

「ではもう事件は片付いたんですね？」

「そうだよ、ハワード君。片付いた。わたしは明日の早朝の飛行機に乗るために、今夜きみと一緒にここを発ちたいと思っている。きっときみも同意してくれるだろう。ここの人々との話し合いが終わったら、われわれのどちらもそれ以上は首を突っ込むべきじゃないということに」

ローズがテッサを伴って入って来た。今夜遅く発つつもりなので、子どもたちにお別れを言っていかボニーが尋ねていると、ブレナーがキャプテンと一緒にやって来た。

「さあこれで全員そろいましたな」とボニーが言い、一同は彼の指示どおりに席に着いた。「みなさんにはぜひとも包み隠さず正直に話してもらいたい。あなたたちのためだけでなく、ほかの人々のためにもです。結果的にあの男の死に関する捜査はそう難しいものではありませんでした。まあ、実を言えば、歴史を書き記すことにかけてのキャプテンの才能に大いに助けられたんですが。しかもわたしは彼のその書きものをわりと前に利用することができた。それは彼の持って生まれた、そして抑えることを身につけなければならないあの荒っぽい気性のせいでしたが」

キャプテンは彼のしみ一つないテニスシューズを凝視していたが、視線を上げてボニーをじっと見た。だが彼の顔からは何の表情も窺えなかった。

「インドネシア人が、オランダ領ニューギニア（現在のインドネシアのパプア州や西パプア州にあたる）を彼らの帝国の一部だと主張しているのはよく知られていますし、その地域で反政府活動やスパイの潜入が進行しているのもよく知られていることです。

こうしたアジア人たちは、彼らが最終的にオランダ領ニューギニアを獲得すると確信しています。

折衷案や宥和政策を求める西洋諸国の情熱によって。そしてもちろんそれは通常は弱腰と受け取られます。彼らはこの土地を手に入れたらきっと、続いてオーストラリアが支配しているこの島のあと半分を手に入れようとするでしょう。それに成功したあとは、今度はオーストラリアの北半分を征服することに食指を動かすでしょう。と言ってもこれらはキャプテンが書き留めた見解ですけどね。まあ彼にはわたしたちの誰もが持っている、自分の意見を記録するという権利があるわけですからな。

昨年の今頃、アジア人たちがオーストラリアのこの地域に密使を送って来ました。アボリジニたちに接触して、彼らの計画の重要な仲介人に道をつけるためです。彼らの密命は、白人たちを追い出してアボリジニたちを自由にし、白人の倉庫を開放すると彼らに約束することでした。何しろそういう倉庫には食べものやタバコが無尽蔵にあると大半のアボリジニが考えていましたからね。その解放運動の神秘的な象徴が、象牙で彫られた仏陀だったのです。

こうした活動の先駆者の二人がディープクリークにやって来たとき、彼らは強い反発に遭って、ちょっとした喧嘩になりました。キャプテンがこの争いの痕跡をとどめていたことをブレナー氏が業務日誌に書き記しています。

キャプテンはまちがいなく頭のいい男です。ですが、知恵が足りなかったことが露呈しました。もし彼がこの二人のよそ者の使命をしかるべき第三者に報告していたら……ミスター・ブレナーは彼らのことをアボリジニとして記録していましたけど……あとの出来事は起きなかったのかもしれません。あるいはミスター・ブレナーが単なるアボリジニ同士の喧嘩で片付けたりせずに、その喧嘩の原因を徹底的に調べていたら、おそらくはこういう状況には至らなかったでしょう。ブレナー氏にしてもキャプテンにしても、このディープクリークの部族の現状を維持すると固く決意しているのは明らかです。一人は、必要なときに牧夫を雇うことを正当に取り決めようと考えていて、もう一人は、受け入れるに値しない人種との彼の部族の同化をできる限り遅らせることを考えてはいますが。

ここでちょっと脱線していいですか。最後に戦争があった数年後、わたしはある伝説を耳にしたんですが、それはこういう話でした。アルチュリンガの時代に、ディンゴの頭と人間の体を持つ生きものが、ディンゴの体と人間の頭を持つ生きものと一緒に狩りをしていました。彼らが黒人の男をつかまえて、火であぶって食おうとしていると、イグアナの神がその煙の柱を滑り下りて来て、火を吹いてちりぢりにし、危なくないようにその火をまわりに追いやって言った。〝そのアボリジニはお前たちが来るより前からこの土地にいたんじゃ。白人がウォークアバウトでここにやって来ても彼はここにいるだろう。その白人が死んでもやはり彼はここにいるだろう。そのあと長いウォークアバウトで茶色い男が来るじゃろう。そして黒人みなといい友人になる。以後、彼らは食いものに困ることはなくなるじゃろう〟イグアナの神はそう言うと、周囲の火を怪物たちに吹きかけて、彼らを燃やしてしまったんです。それから煙の柱を空に向かって昇って行った。助かった黒人の男は家まで逃げ帰ったという話です。

この伝説がここディープクリークにも伝わって来ていた。わたしはこの話をテッサの書き留めたものの中で読んだのですが、実はこれは偽物の伝説です。なぜならほんものの伝説には予言的なことは含まれないからです。とはいえこの話はアボリジニの部族から部族へと実によく広まっています。その目的は、茶色い男たちがまく種を受け入れるための土壌をアボリジニたちに準備させることだったと言えます。

キャプテン、どうやってきみが象牙の仏陀を持つに至ったか教えてもらえるかね」キャプテンはいくぶんびくっとして座り直した。「きみのベッドのマットの下にあったあれのことだよ」

「よそ者の一人が首にかけてたんですよ。それを僕がはぎ取ってやった。警部さんが部族の宝物庫で見たと言っていたものは、ポッパがもう一人のやつから取ったんだ」キャプテンが含み笑いをした。

「立ち去るとき、あの二人は仏陀のことなんかまるで気にかけちゃいませんでしたがね」

「その後に〈ルシファーのカウチ〉で男の死体が見つかった」とボニーは続けた。わたしは彼が何者かは知らないが、公安のほうでは彼を特定しています。それでも何か理由があってわたしにはその情報を伏せている。もっとも、彼はたぶんイギリス人で、もしかしたらオーストラリア人だと、キャプテンは書き記しています。この男はかなり語学が達者で、アボリジニの方言によく通じており、その他の点でも秀でていた。というのは、男はオーストラリア全土でも最も友好的でない地域を反感を買うこともなく旅をして、ディープクリークまでやって来た。本来の野営地ではなく、そこから二マイル離れた秘密の野営地のほうにだが、とも記録しています。

彼は外国政府の手先だった。というのは彼もまた小さな象牙の仏陀を持っていたのです。彼に何があったのでしょうか？　モーンディンがガプガプを訪ねて来た際に、その野蛮な紳士と一緒にいたのがその男でした。彼はもっと南の別の部族によってモーンディンの部族のところにたどり着いていた。どうやら彼は港町を通って内陸部に入ったわけではないらしい。彼の書類の中に、ニューサウスウェールズの境界線に近いイナミンカを発ったという記録がありました。日付入りでね。

キャプテンは秘密の野営地で、長老たちと一緒に男の話を聞きました。彼は、じきに茶色い男たちが来て、白人たちを殺害し、倉庫を開放して、牛を撃つための銃を配るだろうという予言に激怒した。キャプテンは、この男はアボリジニの言葉を流暢に操り、アボリジニのような考え方をする傾向があると書いています。男の使命は、最終的にはダービーで見つかった、先に来た同志たちがまいた種を、いんちきな伝説によって準備された土壌で発芽させることでした。

どうやら男はある送別会で、地元のアボリジニがブーメラン投げを披露していた際の、不慮の事故で死んだようです。キャプテンはこのブーメラン投げには出席していませんでしたが、彼の話ではその白人の訪問者は、戻って来るブーメランをよけられずに、頭を直撃されたとのことです。

問題が起きたときの調整役として評判の高いキャプテンが、ただちに送り込まれました。その事件を警察に報告すると捜査が入ることになり、男たちが罪人となって受刑地にやられる可能性があるため、彼はそうはせずに男の死体を身元不明の死体として処理することにしたのです。

それでもガプガプとポッパは、彼らの部族の土地のいかなる場所でも、その死体を埋葬したり始末したりすることを頑として許可しようとしませんでした。部族の土地は慣習的にも歴史的にも隅々まで神聖なものとしてあがめられているからです。ただ、一カ所だけ部族にとって重要でない場所がありました。ガプガプと部族民たちは、その死体が〈ルシファーのカウチ〉に運ばれることには何ら異を唱えませんでした。そもそもそのクレーターを白人たちが訪れることはめったにありませんでしたし、万一、隕石の残骸を探そうと、地面を掘るのに興味のある科学者たちが再度クレーターを訪ねて来たとしても、男はひどい喉の渇きで死んだということにするつもりでした。そういう最期なら、男の死体に何の装備もないことにも説明がつきますからね。

キャプテンが大工仕事の作業場からのこぎりを持ち出して、木の棒を二本切り出しました。斧だと牧場にまで音が響くので、そのほうがいいと考えたんでしょう。そして足跡をできる限り少なくするために、モカシンの上から麻布の袋を履いて、夜までに死体を運び、〈ルシファーのカウチ〉に置いて来たんです。と、まあそんなところでしょうか」

ボニーがタバコを巻きだした。ローズ・ブレナーの声が静寂を破った。

「その棒は何に使ったんですか？　なぜ棒がいるんですか？」

「担架としてですよ」ボニーが答えた。

「まあ！　でもそれだと二人の男手が必要だということになりますわ。もう一人は誰ですの？」

第二十六章　もう一人の男

ボニーはローズ・ブレナーの質問には答えず、キャプテンに向かって話しかけた。

「よそ者たちの行動についてきみが記録したものを読むにあたっては、きみのマットの下に隠してあったあの小さいノートと小さい仏陀がとても助けになったよ。ただ、送別会でのブーメラン投げの話はどうにも違和感があるんだ。

きみはなぜあの書きつけをとっておいたのか？　そもそもなぜあの件について書いたのか？　紙のインクの状態から見て、きみがあれを書いたのは、わたしがここに現れてみんなを攪乱するようなことをやりだしてからのことだと推測される。それがとりもなおさずあのブーメランの話はいんちきだと考える論拠だがね」

キャプテンはゆったりと椅子に座り続けていた。顔には苦悩の表情を浮かべていたが、その目は何一つ認めていなかった。

「クレーターに男がいると飛行機から知らせがあったとき、きみは無線機に細工をしたのかね？」ボニーが尋ねた。

「ええ、そうです。ハワード巡査があまり早く来るのを阻止したかったんです。ガプガプがウォークアバウトに出るよう命令を出したので、僕はそんなことをするのは最悪だと彼を説得する時間が欲しかった。それでも祖父は耳を貸そうとしなかったので、ルロイ氏が来る前に、また電源を入れに戻らなければならなかったですがね。それとテッサをループラたちから引き離すのにも難儀した。ポッパが彼女たちにテッサをつかまえておくよう言ったんですよ」

「それだとつじつまが合うな、キャプテン。では、なぜミッティをヤング・カルとわたしより先に〈エディーの井戸〉に着かせたか教えてもらえるかね」

「なんでおたくらがあそこに向かってるのかと思ったんですよ。それだけだ。僕は警部さんのやることは何でも知る必要があった」キャプテンは足を組むと、まるで自分の抜け目のなさを褒めてもらいたいとでもいうようにテッサをちらりと見た。

「だがそのせいで牧場は有能な馬を失い、馬を探すのにもかなりの時間を浪費した。そのうえわたしはあの場所で、ポッパと連れの男たちが馬を切り刻んで坑道の中に投げ込むのを見る羽目になった。きみはあまりにも人を見くびる傾向があるようだね、キャプテン。きみはじっとしていられなかった。わたしが何か刺激するようなことをすると、動かずにはいられず、そして動き続けた。教えてくれるかね。あの雑な作りの担架を運ぶのを手伝ったもう一人の男が誰なのか？」

「誰が言うか」キャプテンが語気を強めて言った。

「言いなさいよ」テッサが叫んだ。「思い出して。ボナパルト警部が言われたことを。結局は真実を話すことが誰にとっても最善なのよ。さあ、話して」

「話したところでどうせ何も変わらない。だからそんなに責め立てないでくれ」彼は視線をボニーに戻して言った。「クレーターに死体を動かしたことの責めは喜んで負いますよ。僕は部族にとって最善だと思うことをやったんですから」

「そしてわたしもきみの部族にとって最善だと思うことをしてるんだ」ボニーが言った。「きみのあのブーメランの話はあまりに現実味がないんで、お役所はそんな話を真に受けないと思うがね。きみはどう思う、ハワード君？」

「わたしにも、きわめて突拍子もない話のように思えますが、警部」

「キャプテン、きみは南に向かってたのに、いつのまにか西に進路が変わっていた旅人のようなもんだな。で、軌道を修正しようとしたら今度は東に進路を切り過ぎてしまい、とうとう道に迷ってしまったんだ。きみのブーメラン話はむしろきみの部族全員を罪に陥れるぞ」

「あれは事故だったんです。たまたまそうなったんだ」

「裁判所はそんな話、端《はな》から信じないだろうな。実際に自分たちの前にきみの部族がぞろぞろ引き立てられて来るまでは」ハワードが断言した。

「一つ質問をしていいですか？」ブレナーが口を挟み、ボニーがうなずいた。「警部さんはなぜあの日ヤング・カルと一緒に〈エディーの井戸〉に行ったんですか？　キャプテンの面倒ごとは、ミッティをあの日あそこにやったところから始まったように思うんですが」

「おたくの言うとおり、キャプテンの面倒ごとはまさにその日に始まっています、ブレナーさん。でもわたしはただ、ここの土地を見にヤング・カルと一緒に馬で遠出しただけなんですがね」

「単にきみが愚かだったということか」ブレナーがキャプテンに言った。「そのせいで牧場は馬を一頭失い、部族がこの事件に引きずり込まれたんだからな」

「でもわたしも愚かでした」とボニーが言った。「いくつかミスを犯しましたから。一つは、医者が見立てたあの死体の死後経過時間をうのみにしてしまったこと。あなたも覚えてるでしょう？　最短で三日、最長でも六日だと言っていたのを。わたしはその六日というのにこだわってしまった。本来もっと頭を働かせるべきだったのに。六日どころではなく三日だと示しているような死体の写真をじっくり見たあとだったとはいえね。つまりクレーター内の湿気のなさをしかるべく考慮に入れるべきでした。というのは、実際にはあの男は発見されたときに死後七日間経過していたのです。彼は四月二十日に殺害されました。ちなみにその日はテッサの誕生日でした。

この日の午後キャプテンは、大工仕事の作業場でロージーのお道具箱を修理しました。そしてその際にのこぎりを持ち出して、それで棒を切り出しました。ちょうどその日でしたね、ブレナーさん。あなたがラファーズポイントまで車で行ってポンプを修理したのは。あなたはその日遅くに帰宅しました。家に戻られたのは何時頃でしたか?」

「かなり遅かったです。真夜中近かったと思います。道の状態がひどかったんです」

「あなたはそのときポンプを修理したんですよね?」

「そうです。だから家に戻るのがそんなに遅くなったんです」

ローズ・ブレナーは夫をしげしげと見ていたが、ボニーに向き直って微笑んだ。

「そうなんですよ、警部さん。カートがわたしに言ったのを覚えてますわ。暗くなるまでポンプと取っ組み合ってたって」

「ほんとのところは、ラファーズポイントのポンプは四月二十日の二週間前に取り外されて、修理のためにホールズクリークに送られて、四月二十日の一週間後まで再び設置されることはなかった、ということはないですよね?」

ブレナーがさっと立ち上がった。怒りで目をぎらぎらさせていた。ボニーはキャプテンをにらみつけた。アボリジニはゆっくりと立ち上がり、こぶしを腰に食い込ませた。この緊迫した空気の中でボニーは、ヤング・カルがキャプテンとオールド・テッドを沸騰する鍋にたとえて言ったことを思い出した。「この鍋にふたをしたのはキャプテンではなかったんですね。どうぞかけてください、ブレナーさん。確かにキャプテンは愚かなふるまいはしたかもしれない。でも決してみんなを裏切るような真似はしていない。あの日あなたはラファーズポイントに行かなかったんですか？　それとも行ったんですか？」

「いいえ、わたしはあそこには行きませんでした」ブレナーはまた腰を下ろすと、額をハンカチで拭った。彼の妻は目を見開き、まばたきもせずに彼を見つめていた。ブレナーが言った。「ご指摘のとおりだ、警部さん、キャプテンは愚か者だが裏切り者だったことはないです。彼はミッティを〈エディーの井戸〉にやったことをわたしに報告して来ました。で、その結果どうなったかを打ち明けました。そもそも、わたしの心配を取り除くためというか、問題の調整役としての自負心からやったことだと思います。いずれにしろわたしは、あらゆる災難の責任を彼に背負わせるつもりはなかったんですがね。

あの日、まず——そう、四月二十日のことですが——キャプテンはこの白人の扇動者のことと、前の晩に彼が仮設の野営地でガプガプたちに何を言ったかをわたしに話したんです。わたしはキャプテンと一緒にそこに行きました。平和的に、その男を出て行かせるつもりだった。部族が反政府行動に巻き込まれるようなことはどうしても避けたかった。わたしは率直にその男に出て行ってくれと言ったんです。だが男はおとなしく出て行く代わりにわたしに毒づいた。それでわたしは男を一度だけ殴りました。すると男は仰向けに倒れて、その拍子に木の根に頭を打ちつけたんです」

「モーンディンもその場にいたんですか？」

「いいえ、彼は前日に自分の野営地に戻って行きました。つまりそういうわけで、わたしは死んだ扇動者という問題を抱え込みました。それはさすがに何とかしろとキャプテンにまかせるわけにはいかないことでした。その死体を埋めるかどうかして始末しようとわたしたちが言うと、アボリジニたちはそれが彼らの土地で行われることをどうしても容認しようとしませんでした。ですが厳密に言うとクレーターは彼らの土地に含まれていませんでした。そこでわたしは棒を二本切り出させるためにキャプテンを使いにやり、その間ガプガプらと一緒に野営地にとどまっていたんです。彼らと話をしながら。そういうことなんだ、ローズ。わたしがもう一人の男だった」

「わざわざ業務日誌にラファーズポイントに行ったと記入したのはどういう理由からですか？　その日誌はそんなに重要なものなんですか？」ボニーが訝しげに言った。

「ええ、重要なんです。というのは、毎月の頭に、前の月にした作業記録の写しを本部の事務所に送るきまりになっていまして。それをいつも妻がタイプで打って清書するんです」

牧場主は両手を膝の間にはさみ、前かがみになって座っていた。ローズは彼のところへ行き、彼の椅子のひじかけに腰をかけて、彼の首に腕を回した。長い沈黙が流れ、ハワード巡査が言った。

「まだ話は終わっちゃいませんよ、警部」

「そうだった、ハワード。ありがとう、思い出させてくれて。わたしは今聞いた話を信じますよ。昨晩ガプガプがそれを認めるのにはちょっと時間がかかったけどね。もうわたしはこの後はお偉方にまかせようと思う。きみはどうかね？」

「責任逃れするのには大賛成です」

「ブレナーさん」ボニーが静かに言った。「ほかの状況なら、わたしはあなたを拘束するようハワード巡査に頼まなければならないところでしょうが。殺人罪で。並びにいくつかのささいな罪で。まあ最終的にはそれで告発されることになるかもしれませんけど、わたしは喜んでその責任ある役をほかの人に明け渡します。たとえあなたの怒りが正当なものだったとはいえ、人ひとり殺されたのですからね。それでも個人的には、あなたがそのとき野営地に向かった動機を非難することはできませんし、それに……まあ、もしわたしが警察官でなかったら、その事故の後あなたやキャプテンと同じような行動をとったかもしれません。二人とも上の決定が下るまではこの牧場居住区から出ないということでいいですかな？」

「もちろんです。あなたの温情に感謝します」

　ローズが立ち上がり、声を詰まらせながら言った。「わたしも同じ思いです」それからテッサに向き直って声を張り上げた。「一緒に来てお夕食を手伝ってちょうだい、テッサ」

　テッサは彼女のところにほとんど駆けて行った。ボニーが二人を引き留めて言った。「夕飯の後で、ちょっとハワード巡査にしてもらわないといけないことがあるんですよ。ブレナー夫人、あなたは結婚のお膳立てに失敗しましたよね。でもわたしは今回の結婚のお膳立てには絶対失敗しませんよ」

訳者あとがき

著者略歴にもあるように、本書はイギリス人作家アーサー・アップフィールドによって〈ナポレオン・ボナパルト警部〉シリーズとして連作されたものであり、オーストラリアの先住民アボリジニと白人の混血であるボナパルト警部（ボニー）が、西オーストラリアを舞台に、迷宮入りになりかけた殺人事件を解明していく様子が描かれている。

今回ボニーを待ち受けていたのはどういう事件なのか、ざっとあらましをご説明したい。

The Will of the Tribe
(1984,CHARLES SCRIBNER'S SONS)

巨大な隕石跡《クレーター》（通称〈ルシファーのカウチ〉）で、白人の男の死体が見つかった。男は頭部を殴られて殺害されていた。だが地元の警察が調べても、その男が何者か、どうやってそこまでたどり着いたのか、何一つわからなかった。死体の周辺には誰の足跡も見つからず、死体の損傷具合から見て飛行機から投下された様子もない。そこでクインズランド警察から、腕利きのボナパルト警部が派遣された。ボニーは近隣の牧場の住人が殺人に関わっている可能性があると考え、地元のハワード巡査とともにディープクリーク牧場を訪ねて行く。その牧場には、牧場主夫妻と二人の幼い娘、白人の牧夫、アボリジニの馬の調教師、アボリジニの養女、料理人が暮らしていた。近くには別の牧場もあり、またアボリジニの部族の野営地もあった。

死体が見つかったクレーターはその部族の土地だったので、ボニーは必ず彼らが犯人を知っているはずだとにらみ、野営地を訪ねて酋長たちと話をしようとする。だが肝心な話になると彼らは心を閉ざし、白人の殺人事件など自分たちには関係のないことだと、押し黙ってしまうのだった。ある日、ボニーは牧夫に同行して〈エディーの井戸〉まで遠出する。目的地に着いて、焚火を囲んで二人で話をしていると、そこに身を潜めていたらしい裸のアボリジニの男が、彼らに見つかったと知って急いで逃げ出した。牧場に戻ったボニーが馬の調教師にその話をすると、部族の長老が若い男女をつれて謝罪のためにやって来た。だがボニーは、その若い男は〈エディーの井戸〉で目撃した男とは別人だと気づく。折しも牧場から一頭の馬が忽然と消えていた。

ほどなくボニーは、アボリジニたちが死んだ馬を解体するのを山中で目撃する。そして彼らのあとをつけていき、おどろおどろしいアボリジニの魔術道具を発見する。その魔術道具に混じって、小さい仏陀の像があった。仏陀の像はもちろんアボリジニの文化ではないし、オーストラリアの白人の文化でもない。なぜそんなものが彼らの手に渡ったのか？　調査の進展とともにある事実が判明する。事件の前年に、部族の野営地を外国人の男たちが訪れ、喧嘩が起きていたのだ。そして急転直下、物語は結末へと向かって意外な展開を見せていく。

作中に出て来る広大な砂漠、牧場、バオバブの木、流星群、ウォークアバウトや呪いの骨やのろしといったアボリジニの風習など、いかにもオーストラリアらしい風物や事物が、この作品の世界を作り上げている。また随所に織り込まれる、いくぶん荒唐無稽なアボリジニの伝説も独特の彩りを添えている。そもそも隕石クレーターなるものも、日本に住んでいる身には、写真や映画の中とかでしか見たことのない現実味のないものなのだが、それが実際にあるのがオーストラリアである。

オーストラリア内陸部のすさまじいまでに荒涼とした風土や、白人との同化が進行しつつあるとはいえ原始的で呪術的なアボリジニの文化には、ときに寂寥感を覚えることもあった。もともとアボリジニには白人の入植者に迫害された悲しい歴史がある。もっとも本書に登場するアボリジニたちは、どちらかというとたくましく誇り高く人間的に生きている印象だ。また、緊迫したシーンの合間に登場する、牧場のおしゃまな娘たちや、牧場のペットのくせ者の羊には思わずくすりと笑いを誘われる。この一風変わった不思議な味わいを持つオーストラリアのミステリーを楽しんでいただけたら幸いだ。

「征服者」アップフィールドが晩年に描いた「部族の思い」

三門優祐（クラシックミステリ研究家）

本書『ボニーとアボリジニの伝説』（一九六二）は、オーストラリアを代表するミステリ作家とされるアーサー・アップフィールドの、〈ナポレオン・ボナパルト警部（通称ボニー）〉シリーズの長編第二十七作で、同シリーズとしては実に三十八年ぶりの翻訳紹介となる。〈ボニー〉シリーズは過去、東京創元社のクライム・クラブで『名探偵ナポレオン』（一九五三、第十七作）が、またハヤカワ・ミステリ文庫で『ボニーと警官殺し』（一九五四、第十九作）、『ボニーと風の絞殺魔』（一九三七、第五作）、『ボニーと砂に消えた男』（一九三一、第二作）の三作が翻訳されている。注目すべきは本書が過去に翻訳された作品と比べて、かなり後年に発表された作品だと言うことだ。アップフィールドのこの時期の作品が翻訳されるのは初めてだが、本作はこれまで翻訳されてきた著者の代表作群と比較して遜色のない出来の作品であり、同時に作者やシリーズについての認識を改めさせる異色作であった。本稿では、そういった点を踏まえて本書の、そして〈ボニー〉シリーズの魅力を紹介できればと思う。

三十八年ぶりの翻訳紹介ということなので、まずは作者アーサー・アップフィールドの経歴と、主人公ボニーの人物像を改めて確認していきたい。

アーサー・アップフィールド（一八九〇～一九六四）は、イギリス南部のハンプシャー州に生まれた。少年時代は病弱で、弟たちを育てるのに手一杯の両親と離れ、父方の叔母や祖父母と暮らす期間が長かった。内向的な青年アップフィールドが齢二十歳にしてオーストラリアへ旅立った理由を、越智道雄は『ボニーと警官殺し』の解説で「少年時代は〝黄禍もの〟の小説を書いていた」、「作家志望のために父親から見離され、オーストラリアへいわば流刑されてしまう」と説明している。この記述は一九五七年にジェシカ・ホークがアップフィールドの多大な協力を得て著した伝記 *Follow My Dust!* に拠っており、多くの論者が同様にこの説を採用している。しかし、近年トラヴィス・リンゼイが発表したアップフィールドの伝記（インターネット上で三百ページ近い全文が閲覧可能）では、一九三四年に書き始めたものの刊行されることのなかった自伝 *The Tales of Pommy* の原稿に依拠して、「学業に支障を来たすほど小説執筆に打ち込んでいたことは事実だが、束縛が強い祖父母との生活を抜け出すため、自由を求めて「真っ新な土地」オーストラリアへ船出した」という「自発的出発説」を採用している。いずれにせよ作者の言葉以上の客観的証拠がないため、今のところはこれらいずれの説とも「事実かも知れないし虚構かも知れない」とみておくほかない。

ともあれ、一九一一年にオーストラリアに到着したアップフィールドは、大陸南東部を放浪しながら様々な農場で働く。月日は流れて一九一四年に第一次世界大戦が勃発。義勇兵で構成されたオーストラリア・ニュージーランド合同軍に参加したアップフィールドは、同軍が参戦した中でも最大の激戦地であるトルコのガリポリ半島に派遣され、その後も各地を転戦した。戦後、オーストラリアに戻ったアップフィールドは再び内陸部を放浪して様々な職業に就きながら、時にジャーナリストとして働き、また小説を書いていく。一九二八年に〈ボニー〉シリーズの第一作 *The Barrakee Mystery* を発表、これが大いに喧伝されたことで、本格的に作家として生計を立てていくことになった。以降も一所に留まることを良しとせず、暇さえあればオーストラリア中を放浪し、小説の題材を集めていたという。実際、後述する本書の物語のモチーフ「ウルフ・クリーク・クレーター」も、地理学者の冒険隊に同行して実見したとのことだ。

次にアップフィールド作品の顔であるボニーことナポレオン・ボナパルト警部について。白人の父親とアボリジニの母親の間に生まれ、伝道所で育てられたボニー（その名前は、幼い彼が偉大な皇帝の伝記をかじっていたことに由来する）は大学で高等教育を受け（第一作刊行当時、アボリジニの血を引く人間で大学を出た者はまだ存在しなかった）、ニューサウスウェールズ州の警察に就職した。母親の血筋に由来する足跡を辿る技術やアボリジニの人々の生活や文化への理解と、白人の論理的で理性的な思考の両面を兼ね備えたボニーは本部長からは苦い顔をされつつも（度々馘首を申し付けられるのがお決まりのネタになっている）、その独自の捜査理論と現場判断で、型破りながら図抜けた事件解決能力を誇る。難事件解決に窮した地方警察に単身で派遣されることも多々あるが、分け隔てのない人格的魅力からすぐに周囲の人物を味方に付けてしまう。今回の『ボニーとアボリジニの伝説』での振る舞いもその一例である。

【以降、本書の展開・結末に抵触します。本書を通読してからのご一読をお勧めします】

さて、ここからは本書についてまとめていく。

この物語の核となっているのは「ルシファーのカウチ」という名で呼ばれているクレーターだ。この地形の元ネタは「ウルフ・クリーク・クレーター」、西オーストラリア州北部のキンバリー地区にある、世界で二番目に大きく（直径は最大八百メートル、縁から底までの深さは六十メートル以上）、またその痕跡がよく保存されたクレーターである。第一章にある「西にあるダービーまでは三百マイル、北のウィンダムまでは二百マイル、ダーウィンまでは五百マイル程度です」という「ルシファーのカウチ」の説明は元ネタにもピタリ当てはまる。荒野のど真ん中にあるこのあまりにも雄大な地形の中心に、死後数日経った男性の死体が、まるで虚空から現れたかのように足跡を残さぬまま遺棄されていたというのが、本書で扱われる事件である。

前述のように、難事件解決請負人としてニューサウスウェールズ州警察から派遣されてきたボニーだが、今回はいささか勝手が違う。何しろ死体はあっても誰一人として男のことを知らず、男がどの方角から現れたかすら分からないのだから。殺人の動機も機会も手段も容易にはつかめず、さらに警察上層部はボニーに対して隠しているらしい。それでも、ボニーは目の前の謎の答えを求めて、至近の農場やアボリジニの人々への、丹念な聞き込みと現場調査を積み重ねていく。

第一章から「いかにも」という謎が描かれているが、そこから本書に不可能犯罪興味を求めても虚しい。アボリジニの人々にしてみれば白人が見て分からない（が、訓練されたボニーであれば判別できる）程度に足跡を消してしまうことなど朝飯前だからだ。むしろ本書において突き詰められるのは、なぜそのような状況が生じてしまったかという「動機」である。アボリジニが白人を殺すなんてよほどのことがなければ考えられないが、死体を遺棄したのはアボリジニとしか考えられない。しかし、なぜクレーターの底などという派手で目立つ場所に捨てたかはまったく理解できない……。この幾重にも絡まり合ったジレンマをボニーがいかに解決するかというのが本書の読みどころの一つである。

本書の核心にあるもう一つの謎、つまり上層部がボニーに言わずに隠している秘密が、発表当時の時代背景を反映していることも興味深い点の一つだ。本書を含め〈ボニー〉シリーズで描かれるオーストラリアの風景はアップフィールドが放浪して回った二十世紀前半のそれとほとんど変わらない、場合によっては十九世紀に退行しているのではないかとさえ思わせるものがあった。しかし時代は、世界は、確実に動いている。この先のオーストラリアの状況を予見したが如き結末に、読後、思わず頷かずにはいられなかった。少年時代、無邪気に流行の〝黄禍もの〟小説を書いたというアップフィールドがオーストラリアへのアジア人の進出をどのように受け止めていたかは、ニュートラルな書き方ゆえ計り知れないが……。

＊＊＊

本書をミステリたらしめている構造とは別に、物語としての厚みを与えているものとして、アボリジニの人々と西洋文明とがいかに関わるべきかという問題がある。そもそもこのシリーズ自体が「西洋文明を学んだ」アボリジニ（と白人の混血者）＝ボニーの存在を軸に成り立っているが、本作においてアップフィールドはアボリジニの若者たちの在り方を通して、さらにその先を描こうとしている。

とりわけ力が入っているのが、実母の死後に集落での居場所を失い、そのことに義憤したブレナー一家に引き取られたことで、カートとローズ夫妻の娘として、またロージーとヒルダの姉としての生活を享受するテッサである。

テッサは「アボリジニ」の「女性」という二重のハンディキャップを負っているが、これから大学で教育学を学び、いずれアボリジニの子供たちに自分と同じように教育を与えたいと思っている。彼女は、謂わばボニーに近い立ち位置、すなわち西洋文明によって教化され、その担い手たらんとしている、白人にとって「都合のいい」アボリジニである（ただこれは無理な押し付けではなく、ブレナー夫妻なりの「正義」と「善意」に基づくという前提があるため、単純ではない）。

ところが物語の終盤、第二十二章「母の教え」において彼女は、ブレナー家の馬の調教師で、すぐ近くのアボリジニ集落の酋長の孫であるキャプテンに追われて荒野を走り回る中で変わっていく。走るのに邪魔な衣服を次々に脱ぎ捨てる中で、彼女の在り方は「西洋文明を享受する黒人女性」のものから「アボリジニの集落に暮らす女性たち《ルーブラ》」のものへ変容していくが、これは決して、単純なアボリジニ文化礼賛や安易な西洋文明への反発ではない。この章を通じて描かれたのは、これらのいずれの在り方がより優れているか、あるいはより適切かといったことではなく、「自分が在りたい立場を、他の誰でもない自分自身の意志で選ぶこと」の重要性である。テッサは、精神的に成長し、正しく成年することができたのだ。ボニーは（呆気に取られる周囲とは違って）テッサとキャプテンの唐突な結婚を祝福するが、それは与えられた枠のままに成長した自分にはたどり着けなかった場所へ到達した若者たちに眩しさを感じていたからではないか。そしてそれこそ「征服者」である白人の視点からボニーという「フランケンシュタインの怪物」、あるいは「帝国主義の落とし子」を生み出したアップフィールドが晩年に開眼した、アボリジニの文化と西洋文明との折り合いのつけ方、そして「部族の思い」の示し方なのではないだろうか。

末筆ながら本稿を、〈ボニー〉シリーズの人気を定着させたほか、日本へのオーストラリア文化の紹介に尽力され、本年五月に亡くなられた故・越智道雄氏に捧げる。

〈ナポレオン・ボナパルト警部〉シリーズ　長編リスト
※タイトル、刊行年月日は英版（一部、先行する豪版）に準拠した。

01. *The Barrakee Mystery*, 1929
02. *The Sands of Windee*, 1931（『ボニーと砂に消えた男』越智道雄訳、ハヤカワ・ミステリ文庫、一九八三）
03. *Wings Above the Diamantina*, 1936
04. *Mr Jelly's Business*, 1937
05. *Winds of Evil*, 1937（『ボニーと風の絞殺魔』越智道雄訳、ハヤカワ・ミステリ文庫、一九八二）
06. *The Bone is Pointed*, 1938
07. *The Mystery of Swordfish Reef*, 1939
08. *Bushranger of the Skies*, 1940
09. *Death of a Swagman*, 1945
10. *The Devil's Steps*, 1946
11. *An Author Bites the Dust*, 1948
12. *The Mountains Have a Secret*, 1948
13. *The Widows of Broome*, 1949
14. *The Bachelors of Broken Hill*, 1950
15. *The New Shoe*, 1951

16. *Venom House*, 1952
17. *Murder Must Wait*, 1953（『名探偵ナポレオン』中川龍一訳、クライム・クラブ、一九五八）
18. *Death of a Lake*, 1954
19. *The Cake in the Hatbox*, 1954（『ボニーと警官殺し』越智道雄訳、ハヤカワ・ミステリ文庫、一九八二）
20. *The Battling Prophet*, 1956
21. *Man of Two Tribes*, 1956
22. *Bony Buys a Woman*, 1957
23. *Bony and the Black Virgin*, 1959
24. *Bony and the Mouse*, 1959
25. *Bony and the Kelly Gang*, 1960
26. *Bony and the White Savage*, 1961
27. *The Will of the Tribe*, 1962（**本書**）
28. *Madman's Bend*, 1963
29. *The Lake Frome Monster*, 1966

（作者の没後、草稿をJ・L・プライスとドロシー・ストレンジが補筆して刊行した）

〔著者〕
アーサー・アップフィールド
アーサー・ウィリアム・アップフィールド。1888年、英国ハンプシャー州生まれ。1911年にオーストラリアへ移住し、放浪中にアボリジニと知り合い親交を深める。第一次世界大戦が勃発する前に英国へ戻り、軍人として戦役に加わった。終戦後、除隊して再び渡豪。29年より〈ナポレオン・ボナパルト警部〉シリーズの執筆を開始する。オーストラリアの習慣や風俗、厳しい大自然を緻密に描写した作風が好評を博し、"Man of Two Tribes"（1956）で英国推理作家協会賞シルバー・ダガー賞を受賞した。1964年死去。

〔訳者〕
稲見佳代子（いなみ・かよこ）
大阪外国語大学イスパニア語学科卒。翻訳書に『赤き死の香り』、『サンダルウッドは死の香り』、『亀は死を招く』（いずれも論創社）がある。

ボニーとアボリジニの伝説《でんせつ》
——論創海外ミステリ　272

2021年8月10日　初版第1刷印刷
2021年8月20日　初版第1刷発行

著　者　アーサー・アップフィールド
訳　者　稲見佳代子
装　丁　奥定泰之
発行人　森下紀夫
発行所　論　創　社
〒101-0051　東京都千代田区神田神保町2-23　北井ビル
TEL:03-3264-5254　FAX:03-3264-5232　振替口座 00160-1-155266
WEB:https://www.ronso.co.jp

組版　フレックスアート
印刷・製本　中央精版印刷

ISBN978-4-8460-2074-3
落丁・乱丁本はお取り替えいたします